春光读处

胡芳芳◎著

中国文史出版社

图书在版编目（CIP）数据

春光读处 / 胡芳芳著 . -- 北京：中国文史出版社，
2025. 2. -- ISBN 978-7-5205-4999-8

Ⅰ . I267

中国国家版本馆 CIP 数据核字第 2024S5T257 号

责任编辑：牛梦岳

出版发行：中国文史出版社
社　　址：北京市海淀区西八里庄路 69 号院　　邮编：100142
电　　话：010-81136651 81136602 81136603（发行部）
传　　真：010-81136655
印　　装：廊坊市海涛印刷有限公司
开　　本：787mm×1092mm　1/16
印　　张：16　　　　字数：219 千字
版　　次：2025 年 2 月第 1 版
印　　次：2025 年 2 月第 1 次印刷
定　　价：68.00 元

半笺诗行寄幽怀

——胡芳芳散文集《春光读处》序

王 英

　　胡芳芳在这部散文集里延续着自己一贯的诗化语言风格，本书汇集了她早期创作的散文作品，清新自然、简洁流畅，充满真挚的情感。作者站在自己的心灵地平线看世界，观内心，诉悲欢，是一种自我的反思与挣扎。由于年龄、阅历和格局的局限，本书较《华彩序章》而言文笔还较为稚嫩，却有着小荷才露尖尖角的清纯与灵动。

　　作者把每一篇散文都写成了一首散文诗。"当你走近这片绿园，请你细听花开的声音，还有清风吹拂露珠的吟唱，那就是我写给你的诗。从含苞的羞涩，到花蕾绽放的惬意，再到凋零的淡然与勇气，季节在更替，我的诗歌之树也在风雨里日渐苍劲挺拔……褪去稚嫩的花叶，远离蝴蝶蜜蜂的歌舞，沉寂的日子里，在静谧的湖面描画着你的笑颜，在风里涂抹着你远去的方向，在冰天雪地里书写我们的诗歌。"（《为你写诗》）她"自己也变成了一首诗"。这让人想到作家杨朔的散文《荔枝蜜》的结尾，说他自己也变成了一只小蜜蜂。谁读到如此优美的诗句不为之折服？将散文用诗的语言来叙述，每一句都充满诗情画意。在作者笔下，像这样的语句、段落比比皆是："一泓春水吸引了鸟儿的脚步，碧波荡漾的湖面映照着娇羞的容颜，如水的眼眸里闪烁着深情期盼……是什么拨动了这只鸟儿的心弦，让平静的湖面荡起了层层涟漪，每个柔波里都飞出一首空灵的小夜曲？是谁唤醒了心湖的小金鱼？它欢快地在碧波上写下顽皮的诗句，却被鸟儿衔走，嵌在湛蓝的星空。白天化作洁白的云朵，自由飘荡，与蓝天共欢颜；夜里化作漫天的繁星，和月亮捉迷藏，在深邃的夜空，幻化成一首首拨动心弦的诗歌。"（《幸福鸟》）

优美的意境是作者用诗化语言搭建的楼阁。"忘记了是怎样的一个开始，就那么轻灵地走入了彼此的内心，在那个不食人间烟火的云水间，编织着永远长不大的童话……孤寂的日子悄然远去，每天携手行走在唐诗宋词里。在浅浅深深的探索中，枯燥的文字竟然如花般绽放在指端。不知何时搁浅的兰舟被你轻解启航，在漆黑的江面静静地移动……我知道天边的那颗闪烁的星星是你期待的眼睛，深情的注视让心海荡起涟漪。于是，我学会寂寞时与星夜为伴，在碧波上书写忧而不伤、悲而不泣的故事。绵绵的情思在小河里缓缓流淌，已奔流成深情的小夜曲。"（《蝶之恋》）在本书中，具有如此意境的篇章不胜枚举。

拟人化的描述，是作者文章的又一处亮点："地上的河真是幸运，不论在哪里走散，总有机会在某个地方团聚。一路上玩玩闹闹、走走停停，朝着东方奔跑，长停短停，都无法阻挡它奔跑的脚步……河有脚有骨头有灵魂，化溪进潭，汇江入海，它的脚步遍及长城内外，铿锵有力的脚步声惊醒荒原，不敢阻拦，也无法阻挡它的奔跑。"（《聚散两依依》）

作者在散文作品里居然也能写出小说精彩的故事情节来："突然身后传来一串清脆的笑声，不知何时他和哥哥也追随她们来到了楼顶。四个人相视一笑，欲言又止，姐姐猛地拉着她的小手，离弦的箭一般冲了过去，错身的刹那，她看到他眼中的惊诧。……她轻轻掀起窗帘一个小角，默默凝望。他从怀里掏出一本小人书《白雪公主》，她再也控制不住自己，爸妈的叮咛马上丢到了爪哇岛，她夺门而出。拿到心爱的小人书，大口地呼吸着久违的清新空气，不由自主地加入雪地里游戏的人群中。"（《往事如昔》）

从作者骨子里涌出的真情实感不时跃然纸上，给人以身临其境之感："想你时，给自己沏一杯热茶，你就随着氤氲的幽香走入我的生命里，解读我对你的思念。闭上眼睛深深地啜饮，细细地体会你给予的抚慰，幽香在唇齿间萦绕，舌尖那淡淡的苦涩就像青葱岁月的闲愁，才下眉头，却上心头。"一个现代版的李清照崭露头角了。"默念着你的名字，刚刚平静的心湖又泛起了几痕柔波。你我终于超越红尘，穿越时空，牵手在碧波上漫步低语。听一曲琴箫的缠绵，看一场烟花与夜空的悲欢，再深深地、紧紧地相拥，直到从红唇到心肺，再到每个细胞里都流淌着你的名字、你的情诗、你的热泪。"（《茶香缥缈锁清秋》）

书中所写的过往，桩桩件件是人生。作者叙述童年时期曾在书店里看书欲罢不能，想买又囊中羞涩，强忍着宁可不吃冰糕也要每天省下四分钱攒钱买书，以及看到父亲给自己买书时的愉悦、偷看父亲古典藏书的窃喜，这样，一个从小酷爱读书的小女孩形象已呼之欲出。（《浮生最忆是童年》）

作者在母亲患病的"风雨之夜"追忆母爱，依偎在母亲身边时感悟道："雁阵驮着秋声远去了，天际的那痕细线渐渐淡化在云影里。一切终将逝去，曾经的熙熙攘攘，都将空无。秋深，衣单，寒侵身。此刻，我在病房的地板上和衣而卧，腹痛如绞。医院的夜好漫长，心凉如水，泪断如珠。"

如果说"致亲人"一组文稿是作者对自己父母、兄妹真情实感的描摹，"致禅心"则是对自己内心的梳理与解读。扑面而来的风，竟让作者的心上长出了"羽毛"。在她的文字里，有对野草的赞赏、对人情冷暖的解读、对春茶的品赏，也有对南国海天、云贵高原、汉江两岸、北国冰城不同景色的描写。作者与春相约、与竹相约、与花相邻、与茶相依，迎春花开让作者在雨珠里静坐禅思，在月光下听秋。心之态若何？竟是《昨夜无眠》！发现了"天空有翅膀的痕迹"，联想到"中州的芙蓉花""心似莲花的女人"。在作者眼里，万物有灵，一切皆美，山川河流赐她风骨，春花秋月令她钟情。吐鲁番的杏花是一团熊熊燃烧的生命之火，阿拉善左旗弥漫着醉人的酒香……

在作者心里，有一处令她牵情的远方，那里有岷州十年文学路的耕耘与收获。当她站在颁奖台上，捧着"岷州文学金笔奖"的奖杯时，"内心涌起层层涟漪"。"这不仅仅是奖杯，更是故乡对我殷切的期盼！"她暗自发誓："我将用自己的笔去讴歌我心灵的故乡，为她歌唱，为她呐喊，我知道今生与故乡再也无法分离。"（《岷州，雕琢的时光》）作者的童年是在甘肃的渭源度过的，因而她曾"多少次梦到老君山，梦到霸陵桥，梦到青青的当归田，时隔40年，那清幽的当归香依然萦怀。"（同上）她清楚地记得，故乡有"流珠的河"和会唱歌的精美的洮砚、"花儿"的歌海、流彩溢韵的陶罐。当她与岷州告别的时候，竟感慨道："青山一道同风雨，明月何曾是两乡！"（同上）

纵览芳芳的散文集《春光读处》，犹如漫步在一处五彩缤纷的百花园，那扑面而来的芳香令人每每闻香驻足，不忍离去。一杆生花的妙笔，洋洋洒洒散发着无尽的文学之美！愿芳芳在散文艺术创作之路上不断有新作问世。

是为序。

2025 年 2 月 10 日

（作者系中国作家协会会员、河北省霸州市作家协会主席）

第一辑 致青春 \ 1

为你写诗 \ 2

幸福鸟 \ 4

蝶之恋 \ 6

依涛望月 \ 8

雨舞江南 \ 10

聚散两依依 \ 12

往事如昔 \ 13

茶香缥缈锁清秋 \ 18

梦里听箫 \ 20

初 雪 \ 23

第二辑 致亲人 \ 27

浮生最忆是童年 \ 28

与母亲相守的日子 \ 32

母亲一样的蜡梅香 \ 38

相思一年年 \ 42

拳拳孝子心 \ 45

娘行千里 \ 48

泪洒中元节 \ 49

甜蜜的烦恼 \ 52

天若有情 \ 63

第三辑 致禅心 \ 79

原上草离离 \ 80

独坐小亭茶一壶 \ 85

叩响春天的大门 \ 89

我和春天有个约定 \ 91

今夜在雨珠里静坐 \ 96

听 秋 \ 97

月 光 下 \ 99

天空有翅膀的痕迹 \ 102

立冬絮语 \ 104

曾为沧海一滴水 \ 107

一岁一礼一欢喜 \ 109

芙蓉温婉在中洲 \ 113

岁岁年年人不同 \ 115

雪 夜 \ 117

蓦然回首 \ 119

给心似莲花的女人 \ 124

心头的那片海 \ 126

第四辑　致远方 \ 129

天涯孤旅 \ 130

火洲烟雨杏花嫣 \ 161

岷州，雕琢的时光 \ 163

烟花三月下扬州 \ 176

南国听雪 \ 180

相约在冬季 \ 183

一路向南 \ 188

青海湖漫笔 \ 191

逐梦泥河湾 \ 193

金佛山觅禅 \ 196

西 北 望 \ 199

藤龙山夜曲 \ 201

虎山寻幽 \ 204

再别江南 \ 207

漫话镇江 \ 209

我见青山多妩媚 \ 211

永远的毛十五 \ 214

第五辑 致故乡 ＼ 217

守望文化记忆 ＼ 218

大河之上 ＼ 221

梦里水乡 ＼ 224

心里的雨飘到云上 ＼ 228

在细雨里呼唤 ＼ 232

风萧萧兮盐水寒 ＼ 235

秋日牧云 ＼ 239

唯有诗书可传家 ＼ 242

第一辑 · 致青春

为你写诗

坐在地球的另一端，我在想着你微笑，想起你，我的小屋顿时溢满阳光的味道，眯着眼睛安静地注视着阳光在窗前行走，心底涌起为你写诗的冲动。

午后的阳光一定是个刚刚睡醒的孩子，有些慵懒、有些顽皮地在我的睫毛上弹奏小步舞曲。随着心率的节拍，我的指尖开始起舞，于是我的眼前有了一片奇异的园林。当你走近这片绿园，请你细听花开的声音，还有清风吹拂露珠的吟唱，那就是我写给你的诗。从含苞的羞涩，到花蕾绽放的惬意，再到凋零的淡然与勇气，季节在更替，我的诗歌之树也在风雨里日渐苍劲挺拔。

褪去稚嫩的花叶，远离蝴蝶蜜蜂的歌舞，沉寂的日子里，在静谧的湖面描画着你的笑颜，在风里涂抹着你远去的方向，在冰天雪地里书写我们的诗歌。"春天啊，我的爱人……"还没有写完，冬阳里就有了你的味道，瞬间冰雪消融，桃花满天红。

诗歌如花，开在月光里就有了如水的忧伤。记得那天，你说最喜欢伊人如花的笑颜，那是最暖的阳光。最是那低头的温柔，像一朵水莲花不胜凉风的娇羞，触动内心最柔软的一角。于是，我的诗歌从此拒绝午夜开花。

为你写诗，在阳光最灿烂的时刻。

为你写诗歌的日子里，我的身心如婴儿般纯净，世界在那一刻变得宁静、祥和、美好。为了给你写诗，我情愿化作一只不知疲倦的知更鸟，在你窗前的木棉树上做巢歌唱，在每个绿叶上写下快乐的音符，我把惬意藏在歌声里，把希冀藏在花蕊里，于是叶脉里流动着我的柔情，春暖花开的日子，我的梦也随风摇曳。

为你写诗，我情愿化作一朵白云，碧空为笺，雁做标点，轻舒长袖写下飘逸的音符。

为你写诗，我情愿化作失去婉转歌喉的人鱼姑娘，在午夜的波涛上写下缠绵的音符，任凭心海潮起潮落的击打，梦里依然渴望月的圆缺。

为你写诗，直到自己也成了一首诗。

今后的日子，我只想做两件事，呼吸与写诗。这个冬天不太冷，有诗歌做伴，我就像有了暖暖的羽绒被，被它拥抱，我时常能听到鸟儿的鸣唱，于是均匀的心跳变得有些急促，就像你走近的脚步。

"折一张阔些的荷叶，包一片月光回去，夹在唐诗里，扁扁的，像压过的相思。"为你写诗，以吻封缄。就让这一纸的相思乘着思绪的小舟，在时光的溪流上缓缓漂向天边——等你开启。

幸 福 鸟

晨曦里有一只鸟儿在翱翔，轻轻穿过薄纱般的云层，向着太阳的怀里扑去……

那是一只快乐鸟，轻盈的羽翅上带着亲人的祝福，带着朋友的期待，在文学的天空中自在翱翔。

鸟儿飞过的地方开出了笑盈盈的花朵，那是怒放的生命之花，娇嫩的花瓣上闪动的露珠里有她生命的赞歌。

一泓春水吸引了鸟儿的脚步，碧波荡漾的湖面映照着娇羞的容颜，如水的眼眸里闪烁着深情期盼。

是什么拨动了这只鸟儿的心弦，让平静的湖面荡起了层层涟漪，每个柔波里都飞出一首空灵的小夜曲？是谁唤醒了心湖的小金鱼？它欢快地在碧波上写下顽皮的诗句，却被鸟儿衔走，嵌在湛蓝的星空。白天化作洁白的云朵，自由飘荡，与蓝天共欢颜；夜里化作漫天的繁星，和月亮捉迷藏，在深邃的夜空，幻化成一首首拨动心弦的诗歌。

翼下的风哟，请你慢慢地吹，鸟儿还没有做好演出的准备呢。春天插下的那枝碧柳已是丝绦万缕，等我折支柳笛倚着黎明的肩头，吹奏幸福的音符。

等待一颗心的唤醒，即使是千年的等待。

柔和的风啊，请你抚去心上的尘埃，你看那涌动的心溢着炽热，在融化冰冻的积雪。此时万籁俱寂，只有那颗心颤动得怦怦怦……

这是春雷的欢笑？是两颗心灵撞击的欢歌！

天际那颗闪烁的晨星，是你那牵挂的眼睛吗？走了这么久，还一直在你的目光里穿行。触摸你那眼眸里深藏的柔情，幸福悄然弥漫，让鸟儿心醉，忘记了翱翔，停歇在你的心舟，聆听风的呢喃。

穿起云朵裁剪的霓裳，在目光搭成的彩虹上曼舞轻摇。

长袖轻舒，时光悄然流走，转眼漫天已飘落着花瓣雨，我敛眉垂首双手合十，默默地祈祷这缕香魂不要消失在尘嚣里，随我去诗卷筑巢。

翼下的风啊，请你慢慢走，让我采撷几串红豆，那是他昨夜的诗句中溢出的泪滴。等我用平仄的丝线把泪滴穿成佛珠，随着袅袅的檀香浪迹天涯。

如果你是那清风，我一定是那幸福的鸟儿，追逐你，化作快乐的字符，飘落在荷香萦绕的诗句里。

如果你是那春雨，我一定穿越这长长的雨季，沐浴着沁人心脾的雨，即使季节变更，你还会淋湿这只小鸟吗？

仰望天空，鸟儿又在那清风中轻快飞翔……

蝶 之 恋

忘记了是怎样的一个开始，就那么轻灵地走入了彼此的内心，在那个不食人间烟火的云水间，编织着永远长不大的童话。

孤寂的日子悄然远去，每天携手行走在唐诗宋词里。在浅浅深深的探索中，枯燥的文字竟然如花绽放在指端。不知何时搁浅的兰舟被你轻解启航，在漆黑的江面静静地移动。

我知道天边那颗闪烁的星星是你期待的眼睛，深情的注视让心海荡起涟漪。于是，我学会寂寞时与星夜为伴，在碧波上书写忧而不伤、悲而不泣的故事。绵绵的情思在小河里缓缓流淌，已奔流成深情的小夜曲。

朋友，如果今夜你的梦中有一只飞舞的蝶，请不要惊讶，伸出你的双手让它停歇，那就是我。遥远的关山无法飞度，无须祈求神灵的相助，我用婉转的歌喉换取了一双飞翔的羽翅。三生三世的祈祷才有了今生的相逢，在黑暗的世界里，我被情丝密密缠裹，是你的呼唤让我从酣睡中醒来，春风透入漆黑的小屋，在苦苦挣扎中，我终于破茧成蝶。在清风里飞舞，在碧空里诉说红尘的爱恋，那是只有你才能破译的心事。

蝶是一个没有言语的精灵，只有如痴如醉的舞蹈。没有舞伴，也无观众，只为一人独舞。蝶的心是水晶，异常脆弱。你的手心是她永远的依恋，蝶一定是唐宫里那个霓裳羽衣的舞娘，足尖在你的掌心翩翩而起，随着你的手温幻化着霓裳羽衣，足尖轻触你的脉搏，于是优美的诗句在你的笔端缓缓流淌。

诗歌犹如千年佳酿，随意地泼洒使蝶迷醉，蝶儿饮词枕诗，在你的掌心一醉千年。

也许有人会说无语的蝶怎会懂感情，你看她那孤独的舞姿怎么会属于凡尘？可是，你知道吗？你的喜怒哀乐时常牵动着蝶的心，你微皱的眉头压抑着蝶的呼吸，面对你的伤痛，蝶好像就有了温言软语的安慰。可是，蝶不会言语，只有翕动羽翅小心地呵护，心却疼痛欲裂。

有人说蝶无情，从来没有看到过她的泪水。你看晨曦中，蝶飞过的花叶上滚动着晶莹的玉珠，那就是蝶的泪呀。蝶不能在你面前落泪，她知道泪水会落在你的心上。蝶的爱只有短短一季，她把欢颜给了你，把忧伤留给自己。

我是一只孤独的蝶，一只不会言语的蝶，却有着烈焰一般的情感。凡尘的烟雨打湿我的羽，狂风撕裂我的翅。于是我便在红尘里苦苦挣扎，仰望苍穹，泪水已经泅湿翅膀……

终于我听到了，听到了你那熟悉的脚步，靠近的温暖便让冻僵的心开始复苏。是你，是你，我知道你就是前世灯下苦读的书生，可是你已经不认识添香的红袖。只为与你相逢，我便已化为恋蝶翩舞在你的周围。熟悉的微笑，熟悉的话语，熟悉的诗句，熟悉的幽香，让你恍然忆起前世，于是，我走入你的书页，和着灵秀的文字，浸入日子细微的深处，与你共醉斜阳。

哀岁月无情容颜改，叹人间梦短恨情长。如果今生无缘牵手，来世我依然化作恋蝶，等在你必经的红尘阡陌。

依涛望月

寻着梦的痕迹，我又回到那片海滩，倚着波涛，聆听海的心音。一轮皓月渐渐跃出海面，月光深情地抚摸着起伏的波涛，风儿与浪花自在地旋舞，摇动了水面的那轮玉盘。月儿在粼粼的水面俏皮地与鱼儿追逐，刚刚平静的心，又被它搅乱。

记忆在海浪的叩击中缓缓打开。那夜也是这样的静，我们相依望月，远处的海面上闪烁梦幻般的粼光，如同天上的星儿，似乎都在祝福我们的天长地久。

枕着你的手臂遥望圆月，心已随浪花而去。浪花朵朵撞击而来，和海滩来个拥抱，又顽皮地退去。贪玩的心又一次被它牵引，我恍惚回到如花的季节，赤足走在海滩上，细沙在脚下轻轻揉捏，好像你温柔的手掌轻抚着。不要给我整个世界，只要你一个陶醉的眼神，一双有力的手，一个能容下我的怀抱，一个轻吻，我就够富有。只需给我这样的一瞬，刹那的温情便是永恒，我的心月就永不凋落。今后，在银河里泅渡，不再迷路。

夜深了，海浪也悄然入梦。月儿给海面披上纱衣，整个世界只有我们的心梦在游弋。轻舞月光霓裳，再一次与你在碧波上翩舞，你那幽怨的箫曲在纱袖的挥动中渐渐舒展，抖落凡尘的纷扰，心尘在流溢的清辉里涤荡。

今夜我们牵手月光……

月下，我们默默对视，月儿的每一次悲欢，牵扯着心灵深处的悸动，幽泪随之涌出。你掬水捧月，为我送上最美的礼物，捧着这颗冰心，我的手轻轻颤动，于是月儿跳入我的眼睛里，滑落我的心上。

从此我们的心里有了月的圆缺，泪有了潮汐。

离别随着晨曦悄然走来，让我们再一次紧紧相拥，依偎在温暖的怀抱，再轻轻抽出我的手，深情凝眸地仰视呵！思念从此生根，美丽的记忆在此刻凝固。

当我再一回眸，热泪在心底奔流。海水一阵又一阵，涌如思念的潮汐，把沾满泪水的衣襟随海风飘远……

蓦然回首，沙滩上只留下一弯浅浅的脚印，一枚遗落在退潮声中的贝壳。弯身捡起，吹响小螺号，把思念和祝福，送给海的那一边。

又将远隔天涯，明朝是否涛声依旧……

2015 年 7 月二次修改

雨舞江南

离别的时刻随着阑珊的夜色悄然到来。再一次紧握你的手，不忍抽离，不忍凝视，不忍拭去腮边滚落的泪珠。

深情注视着这座城，留恋着这方烟火，你的笑脸在迷蒙的泪雾里，清晰又模糊……

江南的烟雨不知何时飘落，在斜风里摇曳轻舞，如同我那纷乱的思绪，难归拢，理不顺。江南的柔风在耳边一次次挽留，刚刚平静的心湖再一次清波荡漾。碧波上流淌的忧伤，正缓缓蔓延。轻吐一口长气，却舒展不了折叠的心事，披一蓑烟雨，徜徉在飘远的思绪里。

火车的汽笛无情地拉响，在我还没有收藏好那一蓑烟雨的时候。那一刻我如同一只受惊的羚羊，呆立窗前，车缓缓启动，熟悉的城市在渐渐远去。一个个挥泪别离的缠绵画面在我的眼帘中停歇，又瞬间消失在夜幕里，如同美丽的烟花灿烂绽放，刹那间，又无奈地湮灭。

心底涌起了一丝痛，随着烟雨慢慢渗入夜的骨髓，缠绵的雨里有着缠绵的痛，缠绵的风里有着撕扯的伤。

我看到灵魂站在铁轨上，迎着奔驰的车轮。那颗脆弱的水晶心在疾驰的铁轮下一遍遍被碾压，碾去生命里多余的装饰，碾去世俗的名利纷争，碾去敏感的神经，在迸射的钢花里重塑自我。

今夜，我将丢下所有的负累，听从灵魂的召唤，给心灵来一次裸奔。

心灵在纷杂的俗世中挣扎，是什么搅乱了心的平静？往事的碎片经过夜的巧手拼接，被雕成晶莹的玉坠，挂在心灵深处。江南的烟雨渐行渐密，往事清晰又模糊。放逐思绪携雨曼舞……

"今夜，不流泪，我托烟雨陪你远行。"触摸着这行温热的字，再一次跌倒在雨滴的清凉里，除了烟雨，我还能带走什么？默默凝视窗外的雨雾，江南的雨静静地在我的指尖流淌，顿时化作一行清凉的文字，不断地敲打着记忆的窗。

无语在那个江南的夜，无怨在心的琴弦。在落霞里，裁一方似火的云锦，把这曼舞的烟雨轻裹。

聚散两依依

天空中的流云，也许前一刻还牵着手，不知哪一阵风吹来，便慢慢走散。再聚，也许要等下一个轮回……

地上的人，也像两朵云，飘来飘去，没有了踪影，也许就在不远的地方，喊一声，或者走过去，都能牵手，只是那手已冰凉，就像深秋褪色的叶子，握住亦无言，如两粒沉默的石子。

田里的小草郁郁葱葱，喜欢亲亲热热地挤在一起，时刻告诉身边的小伙伴，握紧手，一旦走失就再无相聚。

草的心里总是简单的，爱着同类，恋着大地，做一棵本分的草，想自己该想的，做自己该做的，就是幸福。所以草岁岁荣枯，年年葱郁，它修了一个不灭的灵魂。

地上的河真是幸运，不论在哪里走散，总有机会在某个地方团聚。一路上玩玩闹闹、走走停停，朝着东方奔跑，长停短停，都无法阻挡它奔跑的脚步。

河有脚有骨头有灵魂，化溪进潭，汇江入海，它的脚步遍及长城内外，铿锵有力的脚步惊醒荒原，不敢阻拦，也无法阻挡它的奔跑。

当一条河，真是幸福，山川树木都热恋着它，一切的生命都因为它而生机勃勃，大地有了河，它的梦才有声有色……

牵紧手啊，我们是溜到地面的云，前世是草，今生为人，来生是云。没有多少人幸运地修成一条河，那就珍惜今生的相遇，握紧手啊，想自己该想的，想自己不该想的，无论是草还是云，都要像河一样努力强壮起来，或走或跑，一直向前！

往事如昔

初见，他们七岁。那天是腊八，雪后初霁，正好是他的生日，刚喝过腊八粥就跑到大门外的小桥上眺望远山。

远远看到一行人，背着行李在雪地上艰难行走。他的目光久久地盯着那一双花蝴蝶一样的小姐妹，默默地想：如果她们入住大院里，我们做邻居多好啊……

世间的巧事真不少，正像他期待的。他们一家入住大院，他和她成了邻居。父母忙着布置家具，她和姐姐新奇地在家属楼里捉迷藏，空空的楼道里回荡着姐妹俩兴奋的喊叫声，蹦着，跳着，一口气追逐着跑到楼顶。

她与姐姐牵着手眺望着远方，寻找着千里之外的奶奶家。她不知为何告别内地的亲人，随陌生的父母来到天边的山城，从离去故乡时大人们艳羡的啧啧声，还有小伙伴那羡慕的目光中，她知道将临的生活是美好的。

突然身后传来一串清脆的笑声，不知何时他和哥哥也追随她们来到了楼顶。四个人相视一笑，欲言又止，姐姐猛地拉着她的小手，离弦的箭一般冲了过去，错身的刹那，她看到他眼中的惊诧。她和姐姐冲到楼下，在厕所前迟疑了。厕所没有男女的标识，去哪边呢，小姐妹犯了难。"这个就是女厕所！"附近又出现一个小男孩，眨着眼睛提醒，眼神里闪着一丝诡秘。那几天，小姐妹每天都一起去厕所，却总感觉不踏实，第三天又遇到初见的男孩："你们去错了，那是男的。别听那个男孩的话，他故意捉弄你们。"

八岁那年的春天，伙伴们相约去爬乌兰山，捡发菜，捋榆钱，他们每天形影不离。有一天，大院里的孩子们打赌，谁能摘到楼顶的榆钱，以后就是孩子头儿。他和她勾勾手，爬在三楼屋檐边，伸长胳膊用力够着榆钱，突然她被倒提起来，原来爸爸发现她这个危险的举动，倒提着她，气得要丢下楼去。那天，她被爸爸狠狠责骂、罚站、饿饭。他悄悄扒着她家的窗户，默默地看着她，目光里的关切，驱散了她内心的恐惧与委屈。

夏天，她的爸爸带着大院里的十多个孩子去黄河边游泳。他开心地颠前跑后，勇敢地像大人一样帮着照顾这些小弟弟小妹妹。他的爸爸常年在外地工作，他过早地学会独立，学着做有担当的男人。在她爸爸的身边，他学到男人做事的气度与风格。她家里只有姐妹，他带给她男孩的阳光与活力。

傍晚，家属院自发组织去城里看电影。他和哥哥打前站，跑在前面去打探演出的电影。他哥哥有些咬舌，兴奋地大喊着："今晚的电影是《一个兔子脱裤子》。"他把《一个护士的故事》说成了脱裤子，这个口误把她笑得呛了水，他乐得坐在地上，他哥哥羞得好久不敢在外人面前说话。

冬天，她突然闹起了麻疹，爸妈怕传染给姐姐和妹妹，把她隔离在另一个卧室。每天躺在门窗紧闭、窗帘低垂的屋子里昏昏沉沉地睡着。多日不见，他跑到她的窗前低低呼唤着。她轻轻掀起窗帘一个小角，默默凝望。他从怀里掏出一本小人书《白雪公主》，她再也控制不住自己，爸妈的叮咛马上丢到了爪哇岛，她夺门而出。拿到心爱的小人书，大口地呼吸着久违的清新空气，不由自主地加入雪地里游戏的人群中。

白雪莹亮得刺眼，很快，眼睛就有些缭乱，莫名地落泪了。突然妈妈出现了，老鹰捉小鸡般把她逮到屋里，一顿狠批。虽然知道爸妈限制她的行动是为自己好，但那挥之不去的孤单，依然让她多年来记恨并躲避着他们。从那以后她有了迎风流泪的毛病，尤其在伤心的时候，总有擦不干的泪。

快过年了，她家擦玻璃，窗户被冻上了。他路过，站在桌子上猛地用屁股一蹲，窗户没开，玻璃却碎了，幸好那时的孩子穿着厚棉裤，不然……那晚，她和他都被父母罚站，两家的灯很晚才熄，都在熬夜写检查。

九岁那年初夏，小伙伴们写完作业，又聚在一起。他想出比勇敢的游戏——剪发，比谁剪下的头发长。他把自己剪成斑秃，又把妹妹小辫剪了一个。她把自己的刘海儿剪成一字胡，又把妹妹的两个小辫子都剪了，旗鼓相当，没分出胜负。

父母还在开会，小伙伴们也饿了。正好她家地上有一辫新蒜，他提议比吃烤蒜，辛辣的烤蒜吃了一瓣又一瓣，不服输的劲头让他们忘记了辛辣。她还哄着两岁的妹妹吃了几瓣，以为这样妹妹就不饿了。那晚，她的爸妈回来，看到她和妹妹的头发和满地狼藉，气得撸胳膊卷袖子，一顿狠揍。半夜，她和妹妹都发烧呕吐，大蒜那恶臭的气味，让她多年都不敢沾蒜。当然，病好后，检查还得补上。

夏天西北的天很是漫长，淘气的小孩子总是要折腾出一点动静。傍晚，她和伙伴们在屋后玩耍。雨后的花园很是潮湿，她和他挖了一些胶泥往墙上打泥碗，他们比着劲儿往高处拍，突然她发现了自家房顶上的大烟囱，欢呼着集中投射。她的爸爸正在屋子里煮饺子，突然从烟囱里落下一块块泥团，爸爸疑惑不解地追到屋后，顿时暴跳如雷，拿着小棍子追打她。"上墙！赶紧上墙！"在他的提醒下，她爬上墙头，任凭爸爸喊破喉咙，就是不下来。那天的饺子没得吃，但躲过了挨揍。

冬天的晚上，父母去开会，淘气的孩子们又凑在一起捉迷藏。开始，大家还比较规矩，后来，她藏在屋里就是不出来。正好头天看了电影《闪闪的红星》，她真以为自己是潘冬子的妈妈，手扶蜡烛，梳理青丝，英姿飒爽。他和几个淘气的男孩子找来火柴点燃纸片往门缝里塞，烧得木门"吱吱吱"冒着黑烟，突然她的父母回来了，又是一阵训斥，一顿哭号，检查、罚站、饿饭三部曲，一个不落。

童年，在懵懂中，走远了。当年的淘气鬼已长成挺拔健硕的青年，她亦亭亭玉立，温柔娇媚，没有了从前的顽皮与活跃，秋月般沉静。他们依然一同上学，只是一前一后，若即若离地跟随着。

西北的冬天日出很晚，常常摸黑去上学。他们的中学在回民区，治安较差，野狗比较多。他总是兄长般陪伴着，早晨在她家窗前轻轻叩击，然后一起静静地走着去学校。路上偶尔聊几句，说话没有了从前的自然，他在变声，小公鸭般的嗓音更让他羞于言语。

16岁那年冬天的早晨，学校有活动，突然放假一天。他们回到家，家里还没有开门。于是，二人不约而同把书包放在窗台上，拉着手跑到黄河边，走过河滩，穿过白杨树林，来到三滩的舟桥部队。看到战士们在训练，他们好羡慕，盼着将来也去军营锻炼。

在白杨树林里，他们说起了自己的理想，相约考取同一所大学，在同一个城市生活。她有些不自信，担心自己的成绩，他说，我们一起努力，我给你辅导理科。我们拉钩，永远在一起！

那年，他们16岁，纯如水滴，不懂爱情的年龄，憧憬着美好未来。那年的腊月，她的父母接到调令，就要回到遥远的内地。离别的前夜，他在她家门前一遍遍地吹着口哨。于是，她跑了出去，在小桥上，两双泪眼默默注视着，千言万语已不知从何说起。远处的群山、黄河、月亮、小桥、溪流，都在聆听着他们的故事，期盼着地久天长。

次日，她和父母挥泪告别这个温情的小城，火车启动的那一刻，风中传来他的口哨声——"啊，朋友再见……"那天是腊八节……

从此鸿雁传书，或远或近地往来。读书、工作，她按照父母画好的路线行走着。为了照顾父母，她最终选择留在内地，收起曾经的憧憬，步入婚姻的殿堂。

他从部队转业，安排好工作，找了一个机会，他来内地出差。终于看到了她的父母，终于靠近了思念的人。她的妹妹艰难地告诉他，她已成家两年，孩子已六个月。那天他五雷轰顶一般，傻傻地坐了一个下午，一遍遍地翻看着她新婚的照片。多次央求小妹带他去看看她，却没能征得她父母的同意……

那天，她妈妈亲自给他擀面条，那天是他的生日，虽然分开近十年，他们依然记得很清楚。他一再向小妹询问她的情况，同样的话，说了很多次，既听不够，也听不倦。

他很高很瘦，眼神很忧郁，看了让人想哭。他走后，小妹告诉她，她愣愣地抱着孩子，宝宝用软软的小手不停地擦拭着滚落的泪珠。那天是台湾作家三毛去世的日子，她去书店买了一本三毛的文集，在扉页她写了"哀莫大于心死！"

从此每年的腊八节，她总要给他打电话："生日快乐！"30岁时她去了西北，阔别20年后终于相见。攒了一肚子的话，却不知从何说起，两行热泪如珠垂落……

皱纹、白发、驼背、疲惫，他们在对方的眼睛里看到自己日益逝去的青春，伤感叹惋着。多少往事萦绕心头，理不清，放不下。五彩的童年，多梦的青年，永远逝去，多少年，或远或近，或冷或暖，默默同行，没有失去彼此，是命运给了他们坎坷，但更多是厚爱。童年和青年的美好时光一路相伴，已是三生缘啊。

时光带走的只是容颜，往事在岁月的酒坛里窖藏着。闲下来，静静地品味这坛美酒，在岁月的路口等待缘起的那一刻，今生不晚，来生亦不会太迟。

2016年腊八节

17

茶香缥缈锁清秋

傍晚了，请不要叩门。幽闭的心门再也经不起敲打，有锈蚀的铁锁看护，还能让人回忆起这里也曾有过满园的桃红，心底还能荡起些许涟漪。叩落了那道锁，退了桃红，落了青杏，飞扬的尘埃里将不再有声息。

也许我只是你旅途中的一个传说，像一条迷途的鱼儿，偶尔闯入你的网里。海退潮了，梦也搁浅在沙滩。也许我们有如茶与水的情缘，馨香四起时却是相离，只有茶香悠悠，那是你的气息。

行走在漫长的旅途中，总会邂逅春花秋月。可是有多少人能看到繁花落尽时的凄凉？今日红杏还在枝头含笑，明日花飞花谢又有谁怜惜？失眠的午夜，时常捧杯热茶斜倚窗前，看一朵朵花儿在午夜的风雨中顾影自怜。

花在舞，风在泣，杯中的茶也在哽咽，任挥洒的泪拥着它在杯中缠绵。

我想，我与茶一定有着奇异的情缘。前世你是苦读的书生，在夜深人静的书房中悬梁刺股。我也许是你屋前的一株山茶，聆听你月夜中激昂的吟哦，为你送去缕缕幽香，帮你驱散苦读的疲倦。你的诗词歌赋如细雨，润泽我的心田，由此我得到了你的教诲幻化为人，却一直没有找到回报的机会。

今生我为人，而你却为茶。只能让一双泪眼注视着你，任我一生的热泪紧紧拥抱，还原你生命的精彩。此刻，茶就成为开在我灵魂里的花朵。

想你时，给自己沏一杯热茶，你就随着氤氲的幽香走入我的生命里，解读我对你的思念。闭上眼睛深深地啜饮，细细地体会你给予的抚慰，幽香在唇齿间萦绕，舌尖那淡淡的苦涩就像青葱岁月的闲愁，才下眉头，却上心头。

默念着你的名字，刚刚平静的心湖又泛起了几痕柔波。你我终于超越红尘，穿越时空，牵手在碧波上漫步低语。听一曲琴箫的缠绵，看一场烟花与夜空的悲欢，再深深地、紧紧地相拥，直到从红唇到心肺，再到每个细胞里都流淌着你的名字、你的情诗、你的热泪……

　　歌未尽，夜已央，飒飒秋风摇曳着记忆的枝叶。花曼舞，叶飘零，细雨轻敲小轩窗。酒醉人，曲醉人，茶也醉人，今夜，我愿长醉不醒，乘一叶扁舟顺着记忆的小河轻轻漫溯。不再撒网，也无须再打捞，生命的旅途就是捡拾与丢弃的过程，失去的东西永远找不回。

　　人生茶，在社会这个容器里，丰盈如画，简约如诗，沸腾、沉寂，唯有香如故，握在手上就握住了根。

梦里听箫

乍起的秋风摇落漫天的枫叶，秋叶无奈地与大树依依惜别，扑向大地的怀里，聆听大地的呼吸。闭上眼睛，一曲悠悠碧箫自天籁缓缓走来，披着皎洁的月光，入一帘幽梦。

无眠的夜，一管长箫叹去指尖的落寞，如怨如慕，如泣如诉，余音袅袅，不绝如缕。心梦随着那幽怨的曲调行走在深秋的林间，听不到秋虫的呢喃，只有飒飒的秋风在枝叶间回荡，仿佛叶与树的私语。

树啊，我看不到你眼里的依恋，却听到了你的叹息。没有言语的挽留，却是伤感的呜咽，这凝噎的轻叹触动了夜的伤悲。

无边落木萧萧下，颗颗寒泪化作漫天的雨蝶，翩舞在天地间。枯黄的飘叶啊，我是你依恋的秋风，欣赏你那惆怅的舞蹈，触摸着你的落寞，多想随你的幽香飘入云霄。

静寂的夜，无言的离愁让梦与落叶一起飘零。西风起时，吹落了秋叶，吹老了青山，吹瘦了相思……

南飞的大雁伴着箫声渐行渐远，依恋的鸣叫牵着思念的目光远去，天地间织出一张细密的网，从北国的枫林一直到南国的竹林。幽怨的箫曲拉不住秋叶的纤手，落叶频频回首，片片都在诉说着今生的痴恋。轻轻一个挥手，季节在流走，穿越长长的思念，依然等你在红尘阡陌。

"繁花开尽有叶落，春暖过后有秋寒。"今夜有谁读懂那燃烧的相思，温情地捡拾摇落的枫红，无言深藏于心的书页。

一曲怨箫，落红满地……

飞舞的叶子

两片叶子，在枝头上终日默默地凝望，却无法相拥，清风传递着它们的欢喜，月光细数着它们的相思……

在一个落雨的午后，这两片叶子为了瞬间的相依，告别枝头，如蝶追逐，缠绵着，坐在清风的背上，在雨滴做成的风铃里穿梭，抖落尘世的烦忧，相握的手温暖着，绚染着生命的色彩。

飞越生命的界河，终于靠近安详。风远去，雨停歇，这两片叶子终于牵手落在湖的心波，它们在夕阳里静默着、羞涩着，聆听时光从水面缓缓远去，相视一笑，看到对方脸颊上的丹红在渐渐消退，却没有一丝的哀伤。或许微风拂过湖面荡起的微波让它们恍然忆起前世那灿烂的日子。

原来生命可以如此的安静，没有花的芬芳，没有溪流的欢歌，没有云朵的洒脱，却如风如烟如尘，有形却又无形，丰盈着却又空无。

阳关三叠

送君至阳关，客舍青青柳依依。一杯薄酒尽余欢，欲语，泪两行，万语千言，融酒中，饮下，丝丝柔点点暖，伴君走天涯。

君远行，无以为赠，一管长箫，轻轻叹，叹出长短句三两行。莫忧，莫泣，今宵别过，更待秋月圆，层云荡雁阵，吾携薄酒迎君归。

长亭送过又短亭，青山依依，流水呜咽，相思一年年。人生聚少离多，悲欢离合，总关情，一壶浊酒，半缕箫，皆空！

妆台秋思

雁阵驮着思念渐渐远去，天空再一次寂静。鸟儿的翅膀，聚散的云朵，彼此默默地打着旗语，仿佛飘到天上的唐诗宋词，一点一点，被箫曲裁成标点符号……

秋风轻摇梧桐，一枚黄叶飘至妆台，对镜凝望，眼角的泪光再一次泄露了心事。故园越走越远，渐渐凝成心头的一颗朱砂痣，总在月夜隐隐作痛，也许是离开的那一刻，被故乡撞痛。

凭窗远眺，远在茫茫天涯的故乡，依然有潮湿的呼唤，不住地追到耳畔。前方，云朵起落的地方，除了金戈弯弓，是否有琴声悠悠，安放半缕娇柔？

跻身金碧辉煌的宫殿，寂寞如影相随，不曾招惹春风，总有蜂蝶妒，如履薄冰地行走，一管箫，半张琴，陪伴漫漫长夜。有月的夜里，晾晒着潮湿的心……

放手，转身，走在出塞的路上，马背上的行李除了云朵、长箫、诗卷，还有满怀的乡愁，走在未知的路上。

初 雪

初雪飘落时，我走在去医院的路上。眼前烟雾茫茫就像我此刻的心情，望着前方的迷雾，我找不到一个可以栖息目光的绿地，我的眼睛就像饥渴的孩童一般，焦急地搜寻着，哪怕是一丝暗示，一缕慰藉，也可让揪紧的心得到片刻的喘息。

飘雨了，压抑许久的心里有了一丝潮湿。摇落车窗，伸出的手也是一片茫然，想抓住什么呢？雨滴不断地落在掌间，清清凉凉隐隐有一丝丝的痒痛，就像被绣花针不断地撩拨。雨斜斜地飘着，扑打在车玻璃上，刚要往下流淌，就被风吹着艰难地往斜上角爬，往下落的惯性与风的阻力对抗着，挤压得雨珠子变得扁圆，依然顶不住风阻，只好一步步往后方退着、退着。

这多像红尘里的小人物，每前进一步，都要使出浑身气力，也不一定能进步，但雨珠尽力了。而我，就是风雨中这颗柔弱的雨珠子。今天的雨滴没有了往日的欢悦，沉沉闷闷地落着，好像也藏着些许心事。

心跌落在茫茫烟雨里，随雨滴在记忆的天空狂舞。关上车窗，闭上眼睛，暂时逃开雨的包围，心在疾驰的车轮上颠簸碾压，不知痛是何物，唯有泪不断溢出眼眶……

恍惚中似乎看到一对粉妆玉琢的女儿欢笑着扑向我的怀里，伸手去搂抱，却失手摔落。一个激灵猛地坐起，手间却空无一物，胸前和手背洒落了滴滴泪珠。肚子又开始揪着痛，小心地抚摸，似乎触摸到了她们娇嫩的笑脸，触摸到了她们游丝一样的呼吸与呐喊，心中涌起千万个不舍，别过头去看着来时的路，心再一次生痛。留下，放弃，这两个想法不断地交织于脑海，刚刚平静的思绪再一次掀起波澜。

车内静得出奇，唯有雨滴不断扑打玻璃的声音。静静地聆听雨滴的细语，不敢猜想雨滴谈话的主题，不敢看雨滴那好奇的眼神。不知过了多久，睁开眼睛，突然看到漫天飞舞的雪花，心底涌起一股柔柔的痛。尚在 10 月的季节竟然飘雪了，苍穹在给我一个什么暗示呢？不惑之年的我再次拥有了一对玉样的女儿，我却没有留住她们的勇气。工作、家务、身体这三个难题在我脑海里纠缠掂量了许久，却找不到一个孕育的勇气。

我不敢面对自己，生怕一丝心软失去放弃的勇气。目光追随车窗外雪花的曼舞，腹内那两个娇小的精灵似乎也在随心而动，吸一口长气，心弦有了一丝柔婉的颤音，叹一口气，却叹不去满怀的惆怅。

雨静静地落，雪慢慢地舞，思绪在雨雪间徘徊。雪花，吉祥的雪花，感谢你微笑着走入我的生命，触摸你的笑脸，冻僵的心开始搏动，身未移，眼未动，心却随你而舞。放下心事，安静地读你，哪怕是吸一支烟的工夫，哪怕是泪流淌到胸前的距离，就这样安静地读你，就这样默默地想你。想你怎样冲破宇宙的寒冷与孤寂，想你千里迢迢地投奔大地，只为一个召唤，只为唤醒一个沉睡的生命，无怨无悔地扑向大地那温热的胸膛，最终凝为大地眼角的一滴晶莹的泪珠。

"随风潜入夜，润物细无声。"以雪的形式灌溉，用一颗平常心去看待生命里的得失，或许就少了一些心痛。

曾经以为绚丽的青春已被生活的烟尘夺去色彩，干涸的河床不再有溪流的吟唱。在这个飘雪的深秋，生命的枝头竟然如雪花绽放。上苍赐我生命的色彩与绽放的勇气，我却退缩了，在生命的得失面前，我依然是没有勇气跨越名利的沟坎，只能掩面而逃。

一个人久久地伫立雨雪里，脑子里一片空白。双眼茫然地凝视着远方，找不到一点生命的色彩，眼睛与心一样的困顿与疲劳。雨雪很轻，打在身上，却如柳条抽过，片片雪花似乎都在拷问我："什么是母亲？你为什么不能留住我们？为什么不能用生命去呵护我们的成长？"

雨来时，我的泪如断线的珠子；雪来时，我的心如撕扯的柳絮。无论是雨还是雪都将是我生命里的匆匆过客，跳出雨雪的包围，安静地看她们曼舞。雪儿，我的好孩子，虽然我们的缘分很浅很浅，虽然你们最终在我的掌心消融，但我知道你们已经融入我的生命里，也许此刻你们就是我眼睛里的一滴泪珠，就是我血管里的一丝脉动。

上苍在以雪的方式帮我灌溉生命之树……

第二辑·致亲人

浮生最忆是童年

童年时，我常与书为伴，不知不觉，阅读习惯竟然贯穿了我的半生。开心时读书，让心沉静下来；忧伤时读书，让心不再流泪；寂寞时读书，让心灵与书细语。

小时候我跟着奶奶生活，姑妈教学，我从 3 岁就跟着姑妈在学校凑数。虽然字认得不多，可是很喜欢读书。独处的时间长，书就成了我的伙伴。七岁时我来到陌生的父母身边上学，性格很内向。记得一年级放学回家的路上，我无意中走进了新华书店，意外地看到《安徒生童话选》，带拼音和插图，我被《海的女儿》那美丽的画面深深吸引，这个故事姑姑给我讲过，我都能背下来，一直渴望能拥有它。

我翻到底页，标价一元八角，心中顿时涌起了丝丝惆怅，我的兜里没有一分钱。爸爸的家教很严，他最反对小孩子花钱，认为孩子手里有了零花钱，容易思想腐化，没有远大的志向。从小我家的生活条件很好，爸爸妈妈都是干部，工资不低，家里的苹果、糖果、饼干等零食四季不断。爸爸总是给我们买最好的文具，就是不让我们随意花钱。我又刚回到父母身边生活，与他们很陌生，更不敢张口要钱。

我把那本书捧在手里轻轻摩挲着，一页一页小心看，就是舍不得放下。

售货员可有点不耐烦了："咳，咳！我说你到底买吗？"

"我，我……我的钱不够……"

"没钱在这里凑什么热闹？"

我恋恋不舍地放下书，无可奈何地离去。走出很远了，我还在回头望，眼前不时浮现出《海的女儿》，暗下决心一定要买到！

妈妈每天都给我四分钱买冰糕，我就把它积攒下来。每次从卖冰糕的小摊经过，我就假装没有看见，无论多热多渴也不吃冰糕，可是那香甜的奶油味直往鼻子里钻，我就赶紧跑开。

每天放学，我都要绕道去书店看看，看到那本书静卧在书架上，悬着的心才放下。美丽的人鱼姑娘在朝我招手，心里那么痒痒，好想快点把她带回家。来的次数多了，售货员阿姨认识我了，每次都主动和我打招呼："小姑娘，又来了啊，这次钱攒够了吗？"每次我都是无奈地摇摇头，爱恋地翻翻书，失落地离去……

儿童节那天，我要去礼堂参加演出，中午不能回家吃饭。妈妈多给了我一点吃饭的钱，可是还差三角钱。

于是，我就怯生生地说："妈妈，能再多给我三角钱吗？"

"你姐姐吃饭都够，你还不够吗？"

"妈，我，我有别的用处，不乱花。我买……"

"不行，你就是麻烦，让你奶奶娇惯坏了，那么爱花钱，太没有出息了……"没容我解释，妈妈就武断地拦住了我的话。

"妈妈，您相信我，不会乱花钱。妈妈，我求您，就给我吧！我两天不吃冰糕，还不行吗？"

"不行，不能惯你坏毛病，我得给你来点规矩！"

"为什么，姐姐要钱就给，我不是您生的孩子吗？"我终于明白，我只是奶奶和姑妈的宝贝，在这个家我是多余的。

那天，我流着泪参加了全县"六一"舞蹈会演。

三天后，我终于攒够了买书的钱。好容易盼到放学，我连蹦带跳地朝书店飞去。当我风风火火地冲进书店，把那卷被我攥湿的钱放在柜台上，激动地大声说："阿姨，我的钱攒够了，终于可以拿到童话书喽！""唉！小姑娘，那本书昨天刚卖掉，你说儿童节那天会来买，怎么没有来呢？"什么？我简直不敢相信自己的耳朵。我这才发现，那本书的确不翼而飞，顿时眼泪就像断线的珠子一样滚落下来……

我默默地朝家走去，不知道该去埋怨谁，可爱的人鱼姑娘一直在我的眼前晃来晃去。我无精打采地回到家，谁也不理睬，写完作业，妈妈多次叫我吃饭，我都不理她，妹妹在我的面前跑来跑去，我气得要打她，可是我不敢。我没有吃晚饭，早早地上床睡觉。我把头蒙在被子里，伤心地哭成了泪人。这个家很大，却没有我的立锥之地，这个家很热闹，我却是孤独的。那夜我梦到了思念的奶奶，梦到了人鱼姑娘……

虽然我还是时常去书店，但是每次都是失望。慢慢地我变得沉默少语，爸爸妈妈也注意到了我的变化，却找不到原因。他们每天工作都那么忙，很少有时间能坐下来和我交流。我在一天天地远离，他们却不知道，没有人能看到我心中的泪，好希望爸妈能走入我的内心，渴望自己也能像姐姐妹妹那样在他们怀里撒娇，可是，我不敢，我是那样地怕他们。

暑假到了，爸爸带我去兰州出差。我由于水土不服生病了，爸爸带我去打针，我说什么都不打，哭得上气不接下气。爸爸没有办法，只好跟我讲条件，满足我一个心愿，我告诉爸爸想要《安徒生童话选》，没有想到爸爸很痛快地答应了。于是，我乖乖地趴在爸爸的怀里挨了那痛苦的针扎，破天荒地没有挣扎。

打完针，我蹦蹦跳跳地跟着爸爸去书店。爸爸的大手紧紧牵住我的小手，我感到爸爸不再可怕。爸爸看我因打针走路有点瘸，就把我驮在背上。伏在爸爸宽大的背上，我第一次感到那么安全，就像坐在一叶小舟上，快乐地给爸爸唱起儿歌。自从离开襁褓和爸爸的怀抱，还是第一次这样近地接触爸爸，那一刻，幸福的我都不敢相信这是真的……

在书店，爸爸很快就从书海里找到了《安徒生童话选》，我把它紧紧地抱在怀里，生怕它再一次飞走。爸爸看到我的傻样，忍不住哈哈大笑起来，蹲下来问我："别人家的小孩子都是要好吃的，你怎么要书呢？"于是，我就把攒钱买书，和妈妈要钱不给，没有买到书伤心哭泣的事告诉了爸爸。

爸爸若有所思地抚摸着我的头："为什么不告诉爸爸呢？"

"爸爸，我不敢，您太严肃，我怕您。"忽然间，我的泪水又要夺眶而出，"芳芳，爸爸给你的关心太少了，忽略了你的成长……"那天，爸爸还给我买了《格林童话选》，他还给自己买了《拍案惊奇》《醒世恒言》《秦宫月》等书，花了工资的三分之一。我们欢天喜地回到家，被妈妈批评不会过日子。

我真笨，爸爸是个爱书如命的人，我怎么不和爸爸要书呢？爸爸外表严肃，其实，他的心很柔软，最懂女儿的心思。那本小小的童话书，打开了我和爸爸之间的那道墙。那天爸爸对我说："芳芳，以后你要看什么书，尽管给爸爸说，爸爸一定满足你。可是，有个条件，爸爸想看到你写的童话故事书。"我郑重地点点头："爸爸，我不会让您失望！"

这本童话书拉近了我与爸爸的距离。就在那年冬天，爸爸给我在邮局订了好几样儿童读物——《小朋友》《儿童时代》《少年文艺》《儿童文学》，这些读物伴随着我的童年，使我得到别的孩子无法享受的乐趣，每天我都要和书中的那些朋友对话，内心的阴影已被书香悄然化去。

平时爸爸只要看到适合我阅读的书，无论多贵都会买。每天放学回到家，我都着急地寻找新书，妈妈都要给我藏起来，不然，看不完我都不吃饭。爸爸看到我这样如饥似渴地读书很是欣慰，还在上小学的我就偷着读了《一千零一夜》《西游记》《红楼梦》《初刻拍案惊奇》《三言二拍》《聊斋志异》等许多古典文学。

慢慢地我成了爸爸最爱的孩子，爸爸去世前把他一生的藏书送给了我。"芳芳最有资格继承这些书，交给她，我最放心！"

现在，我拥有了许多书，唯有这本童话书让我永远难忘。想到它，就想到了亲爱的爸爸，想到我对爸爸的承诺。爸爸，请放心，女儿绝不让您失望。

2006 年 6 月

与母亲相守的日子

风雨之夜

中秋时分暑气散去，人也神清气爽。母亲说了几次想去吴桥看舅舅，她少小离家多年未归，尤其是年近八旬来日不多，不想给母亲和自己的人生留下遗憾，于是，我未加深思就遵从了她的心愿，前几天刚把她送去，千叮咛万嘱咐六字方针——"别生事，别生病"。

可是才五天就接到了舅舅的电话："快来！你妈妈住院了。"我和妹妹心急如焚地赶过去，由于输液对症又及时，短短三天母亲就康复了。于是赶紧把母亲接回我家，妹妹看母亲一切如常，很是开心，吃饭时哄着母亲多吃了半碗。

下午 5 点送走妹妹，我和母亲分屋休息。一觉醒来已是傍晚 7 点半，屋里漆黑。奇怪，每天这个时候母亲早来到我的卧室拍着大腿乐呵呵地喊："懒虫起床！你家不管饭啊？"可是今天却是悄无声息，我感觉有点异样："妈！妈！你还在睡觉？"屋里静得能听到自己的心跳。我急忙打开卧室和客厅的灯，再一次呼喊老妈，还是没有回应。有点不妙，我的心里敲起小鼓，三步并作两步地跑到母亲卧室，刚要推门，我却迟疑了，我好怕看到……万一母亲就这样无声无息地走了……我惶恐不安地推开门打开灯，母亲脸色煞白静静地躺着，神色却很安详。"妈！"我拉着老妈的手怯生生地喊着，"嗯！我累，懒得说话。"

哦！我长长地出了一口气："想吃什么？我去做！""汤面！"看到老妈没事，我美颠颠地跑进厨房，很快做好两碗色香味都很诱人的鸡蛋面，老妈慢悠悠地坐下，挑了一碗多的，刚用筷子挑了一根面，还没吃到嘴里，就无精打采地说不想吃。我吃惊地盯着母亲，就像电影里的慢动作，母亲面部的表情竟然像下垂的门帘般缓缓放下，眼睛也慢慢合上了，身体往桌子上歪倒。"妈！哪里不好受？"听到我的呼唤，母亲极力睁眼，那眼皮却像千斤巨石般沉重，我赶紧把母亲扶到沙发上，母亲的呼吸变得急促，表情木然却又带着几丝不易觉察的痛苦。

此时屋外已伸手不见五指，暴雨如注。爱人去省里学习，家里只有我自己，身边连个能商量的人都没有。我一筹莫展地盯着雨雾发愣。怎么办？是喊朋友帮忙去市里住院，还是请大夫来家里输液？那一刻，我成了热锅上的蚂蚁。看着昏昏沉沉的老妈，我不敢再耽误，打定主意，脚下生风般跑到楼下的诊所请大夫。

没想到大夫听完我的陈述，二话不说，背起药箱就随我来了。看着他背药箱的样子，我想起童年时在画报上常见的赤脚医生，熟悉又亲切，我的心里涌起一层热浪。一进门，他就有条不紊地诊断，量体温，听心跳，测血压，然后他把我叫到外屋悄声说，高压180，低压120。老天！老妈平时高压才120，我知道这意味着什么。新发脑梗、心肌缺血，如果进一步发展便是脑溢血、心梗，昏迷……

我心惊肉跳地听完大夫的交代，眼泪大颗大颗地落满衣襟……

大夫说，老人心脏不好，不宜多动，今晚先在家里输液观察，明天赶紧去住院。大夫给母亲输上液，又手把手地教我换液、拔液，临走又留下自己的电话，说一旦有情况，赶紧和他联系，别管是几点，并一再叮嘱我赶紧通知妹妹，以防万一。

我的内心充满恐惧，打开所有的灯，我还是心神不安。我不时地摇动母亲，让她和我说话。我又一次茫然地站在窗前看雨，凄苦无助，如同一朵雨夜花……

妈，妈，您为啥就是放不下哥哥，我知道白发人送黑发人的悲伤，可是，又有什么办法让哥哥重生？中秋佳节又逢哥哥的祭日，思儿之痛再一次击倒了我的白发母亲。妈！女儿还没和您玩够呢，求您不要走！哥哥未尽的任务就让女儿来完成，请您给女儿一个尽孝的机会，女儿怎么可以没有您？

我战战兢兢地游走于每个房间，心里的惶恐无法言说。痛苦、悔恨在我的内心交织着、撕扯着……每天忙于自己的生活、工作，陪母亲的时间太少了，也许是职业习惯，总是在指责母亲的不是，总以为母亲会一直这样健康，我竟然忘记生老诀别……

"妈，不要走，妈，求您赶紧好起来，让女儿像照顾小孩子一样去爱您！"

输了一瓶液，母亲脸上渐渐有了血色，我不时地给母亲用热毛巾擦脸、揉手，总想为她做点什么。我后悔没有准备血压计，不知她的血压是否正常。我不敢让她睡觉，怕她在梦中昏迷，于是心慌意乱地给她试体温，哄她吃石榴，给她讲笑话。摸着她身上汗津津的，我心里有点踏实，这才放下心躺在她身边看书，我不再捣乱，母亲也放松地打起呼噜。

一直到午夜2点才输完液，我如释重负，依偎着母亲呼呼大睡，一觉醒来已是早晨10点。

翻身看看母亲，虽然还是很憔悴，但脸上已有几分光泽。我贴着母亲的脸默默地勾起她的手……

风雨飘摇的夜晚，痛苦又幸福。白发母亲就是我的菩萨，她让我把人间的苦痛悲欢再一次咀嚼品味。

守护母亲

耄耋之年的母亲真能折腾，那血压就像小孩子的脸般喜怒无常，又奔到爆表的边缘，三进宫了，难道要把牢底坐穿啊！最近几天又得在医院煎熬了。老妈啊，快点好起来吧，我已累得快受不了了。

在医院看护病中的母亲，时间似乎一下子慢了下来，吊针不紧不慢懒洋洋地嘀嗒着，再急再重要的事，到这里都得放下，无论是高官还是草民，到这里，病痛的烦恼并没多大区别。

在医院陪护的时光懒散又无奈，和母亲有一搭没一搭地聊着。那些远去的记忆被描画得清晰，在回忆里，我们又回到从前的无忧时光，仿佛母亲依然年轻，我还是顽童。午后时光仿佛有了质感，各个时段的光阴仿佛被压成一页一页的纸张，叠压成岁月的图册，等待我的翻阅。

小时候，我的成长、我的成绩是母亲心情的晴雨表；长大后，母亲的安康成了我快乐的晴雨表。我的情绪随着母亲血压计的水银柱攀升而跌宕，即将爆表的高压，令我抓狂无措，升升降降，起起落落，仿佛高空蹦极。留恋风平浪静的日子，看着母亲勤快地做豆瓣酱，挖野菜，熬鱼炖肉。那些闲散的日子看似无聊，却是不可多得的，有母亲，有女儿，有我们幸福的相守。

寂寞的充满来苏水味道的时光，独特又珍贵，安静地陪在母亲身边呢喃细语，二人仿佛屋檐下的两只燕子，静观熙熙攘攘的红尘，独享这份清幽。此刻，除去活着，都是闲事。

在医院里，我拱手交出了自由，即使内心有再多的纠结，我还是把身心折叠，安静地守护在母亲的病榻旁。

耄耋之年的母亲脆弱得像风中摇曳的烛火，每一阵寒风掠过，我的心都情不自禁地颤抖。多想让自己长成一堵墙，变成一间房，哪怕是一株树，挡住袭向母亲的暴风雨。母亲是我眺望远方栖息目光的老屋，虽然老屋年久失修，却依然为游子点亮着油灯，照亮着回家的小路。人在旅途，形如飘絮，午夜梦回时，思绪一遍遍徘徊在通向老屋的小路上，耳畔回荡着炊烟里母亲喊我回家吃饭的悠长呼唤，遥远而清晰。我固执地回想着，不愿入梦，亦不忍醒来。

一行冰凉的泪爬上脸颊，喜极而泣。母亲安睡在身旁，温热的手婴儿般安卧在我的掌心，母亲温暖着我的心，母亲在，我的内心多了一份踏实，伴在母亲身边的日子平静又安详，无言的快乐，让我充实又平和。

母亲病了，平添许多的烦累，检查、缴费、买饭、洗衣，虽有诸多不便，却依然让我心存感恩。调慢生活的节拍，放下看似重要的一切琐事，安心地守在母亲的身旁，原来地球离了我依然转得很欢，而母亲离开我，却是茫然无助，如果我是风筝，母亲就是连接我与故乡的丝线，母亲是我回家之路的驿站，无论是山路还是水路，都无法绕过。

依偎着母亲，感受着她的体温和心跳，我感觉到久违的安适。小时候，偎在母亲温暖的怀抱里，我有了成长的力量与勇气；如今偎依着年迈的母亲，疲惫的身心有了短暂的歇息。母亲的怀抱，我依然孩童般地依恋，有母亲牵挂的日子，再苦再累，也是幸福。

牵着母亲的手，我们慢慢地走，于时间的荒芜里，于岁月的深处，定格这一季的花开花落。

病悟

真是多事之秋，不到两个月的工夫，母亲已住院四次，前三次是血压高，达到极限，这次是心脏病，哪个都是让人肝颤的病，疲惫又无奈。几次三番的折腾，让年逾八旬的老母亲身心更加羸弱，如风中飞絮般脆弱，只怕哪一阵狂风袭来……

娘思儿想断肠啊！自从哥哥三年前为了抢救落水同事而去世，每年这个月都是母亲的难月，迈不过思儿的哀痛坎，放不下曾经的家，在无尽的悲哀里数着岁月的落叶。母亲的病房在四楼，哥哥曾经的脑外科在五楼，哥哥在20年前就是市医院脑外科的"胡一刀"。每当同屋病友问起怎么不见儿子来看母亲，她的眼睛都是红红的，低头不语。我知道此刻酸涩的泪水盈满母亲的眼眶，她的心里再一次打翻了五味瓶，母亲再一次掉入痛的冰窖……

数着药液的滴答声，想着以往的岁月。在这个医院，我陪护过奶奶，照顾过爸爸，在清晨，在黄昏，在深夜，送走了奶奶、爸爸，还有我尚在事业高峰的哥哥，这是一个充满悲伤的地方，却令我躲不开，绕不过。医院又是一个让人满怀期待的地方，在这里我得到了可爱的儿子，迎接了侄女、外甥等许多个让人心颤的宝贝儿。出生与死亡，这里是生命的两端，死亡升华了人生，更令人懂得生的珍贵。

窗外的秋雨淅淅沥沥地落着，心绪秋叶般飘零。潮湿的心在空旷的田野里奔跑，渴望着追上往昔岁月，渴望着邂逅远去的亲人。

雁阵驮着秋声远去了，天际的那痕细线渐渐淡化在云影里。一切终将逝去，曾经的熙熙攘攘，都将空无。

秋深，衣单，寒侵身。此刻，我在病房的地板上和衣而卧，腹痛如绞。医院的夜好漫长，心凉如水，泪断如珠……

母亲一样的蜡梅香

昨夜的风轻轻柔柔，拂乱了我的心绪，风中那一缕蜡梅香悠悠飘来，犹如一把钥匙，瞬间打开了久闭的心门。

晚饭后，与友人在小区散步，不时有暗香袭来，一阵又一阵，我不由得停住脚步，站在树下借着路灯的微光细细打量。呀，蜡梅开了，枝叶间布满密密麻麻的花蕾，有的性急的蜡梅已张开小嘴，那沁人心脾的香气，让我再也挪不开脚步。我的手在蜡梅枝上摩挲着，一番思忖，终于没能压制住私心折了一枝。捏着蜡梅枝就像提着香篓，屡屡幽香在我的衣袂间萦绕。

刚进门，母亲就围了过来，不是因为她眼尖，而是被蜡梅香吸引了。母亲捧着蜡梅细细打量，不时喃喃自语："蜡梅开了，离年近了。"母亲也和我一样喜欢蜡梅，几乎每年我都带母亲去赏蜡梅。我在手机上搜了一下赏梅的公园，都非常远，母亲岁数大了，腿脚越来越不利索，走不得远路。于是，我请朋友帮忙去了一趟花圃挑一株满是花苞的蜡梅盆景，我把蜡梅搬到家里，让母亲尽情赏梅。

爱花是女人的天性，每个季节我都有钟爱的花，唯有隆冬的蜡梅，我更加痴爱。我爱它挺拔的枝干，爱它的旁逸斜出，爱它娇娇的花朵，如蜡似玉，犹如小公主吹弹可破的皮肤，嫩嫩的，亮亮的，薄如蝉翼，被冬阳拥吻着，花瓣散发出一种圣洁的光华。

蜡梅是花中的智者，它的身上透着一股傲气和倔强，迸发出一种昂扬向上的力量。如果把花比作人，蜡梅更像中老年。岁月的刀霜在它那光洁顺滑的树皮上刻下黝黑皱裂的瘢痕，它没有抚伤自怨自怜，没有一蹶不振，它把命运的击打化作了奋起的营养，咬紧牙关默默积蓄力量。它懂得只要自己不想倒下，没有谁能把它踩在脚下。

雪花飘飘的时节，仿佛一声号令，大江南北的蜡梅倾情怒放，压抑许久的心绪如火山喷发。黑黝黝的枝干上绽满花苞，蜡梅倾尽一生的激情，热热地开了，开得肆意，开得忘情，开得忘乎所以，犹如沸腾的水花，海潮般一浪赶着一浪，一波赶着一波，这枝未谢，那枝又开了。摸摸柔弹可人的胖花蕾，看看那朵全开的梅朵多么喜人，嗅嗅这朵刚龇嘴的小可爱，我的眼睛有点应接不暇了，看了这朵，又错过了那朵，拉着母亲一顿猛拍。

写作之余，我喜欢坐在蜡梅树下品茶听梅，对，你没有看错，是听梅。我与母亲坐在蜡梅树下，嗅着清冽的蜡梅香，品着香茗，默默感受着那缕幽香与我耳语，那是只能意会不能言传的花语，丝丝缕缕汇入血液，边吟边唱入心入肺，心底块垒被一点一点融化，于无声无形处涤去。我与母亲慢慢地品着香茗，想着各自的心事。

母亲最是懂我，知道我此刻又在构思文章，她静静坐着，一边喝茶，一边捡起落在地上的蜡梅花摩挲着。母亲细细地端详着落花，眼里满是爱怜。"多可人的蜡梅花啊，真像用蜡捏出来的，咋那么快就凋谢了呢？"母亲已是耄耋之年，岁月的风霜给母亲的面容刻下斑斑核桃纹，如雪白发却给了她一种超然的美，悠然、慈祥、沉静的目光里透着一种果敢、倔强与智慧。我抬头凝视着母亲，蜡梅不时落在她那洁白的发丝上，就像岁月为她簪上一串蜡梅花做的珠翠，透着一种独特的美。

我那鹤发童颜的母亲就是那走向凡间的蜡梅啊，她是那么平凡，那么倔强，一生历经苦难，却依然不卑不亢地活着，每天就像一株向阳花，总是忙乎乎、乐呵呵。母亲到年整90岁，身边与她同龄的人慢慢走散，渐渐地，母亲已走到"前不见古人，后不见来者"的人生荒野，她却没有"独怆然而涕下"，而是一心向阳，笑对生活。

母亲的牙齿已全部退休，换了满口假牙，却不给力，不是咬合不准，就是咀嚼无力。几番折腾，母亲也已疲惫，接受了无牙吃饭的现实，每天很努力很认真地吃饭，荤荤素素、汤汤水水，吃得有滋有味，吃得舒心可口。许是母亲把干饭当成一天中天大的事，再加上饭菜可口，母亲面色红润，腿脚利落，越发活得带劲。

母亲是个活得认真的人，虽然一大把年纪，思想却不守旧，她爱学习，爱思考，爱时尚，爱读书，爱看新闻，关心国家大事。母亲最忌讳与她谈论身后事，她觉得那都不重要，活着，健康活着才是硬道理。她回避身故的事宜，几次三番，我们也懒得再想这些烦事，船到桥头自然直，办法总比困难多。当我想通了，放下了，我也释怀了。生前尽孝，让母亲活得舒心，足够啦。

人老了就爱唠叨，母亲也不例外。每天不厌其烦地催我早起，催我按时吃饭，催我放下文章赶紧休息一下，催我多穿衣服，催我喝水，催我早睡，等等。毫无例外，我总是嫌烦，总是充耳不闻。其实我知道，在这个世界上只有母亲对儿女如此唠叨，只有孩子的安康令母亲牵肠挂肚。母亲愿意唠叨就让她唠叨吧，我安心做自己的事，也许我到她这个年纪，比她还唠叨，但愿我也能有母亲这样的高寿。

微风拂过，飘下几粒蜡梅花，唤醒那飘远的思绪。端详着掌心里的蜡梅花，它们张着小嘴似要与我耳语，感觉一股清冽的甜香透过肌肤涌向脉管。我知道，终有一天，母亲会如这满树的蜡梅花一样落去，其实，无论是你，还是我，也都会如花凋谢，在人世间留不下一丝痕迹。想到人生的无常，想到生命的短暂，想到有那么一天再也听不到母亲的唠叨，我的眼睛不由得湿润了，我静静地注视着这一切，努力记下这美好的一刻，拍照、录像、写文字，总想留住生命里的精彩瞬间。

其实，我清醒地明白，一切终必成空。活在当下，陪伴母亲认真活着，开心活着，不负生命的轮回。

那天，一个老中医赞叹母亲的长寿，能活到 90 岁，依然身体健康，头脑清晰，生活能自理，吃得香，睡得安，是真不容易，不是谁都能这样幸运。那天，母亲笑得很甜，就像一朵绽放的蜡梅花。

幸福是什么呢？我觉得幸福就是此刻，我与母亲坐在蜡梅树下品茶听梅。我的脑海里浮现出余光中的一首诗："给我一朵蜡梅香啊蜡梅香，母亲一样的蜡梅香，母亲的芬芳，是乡土的芬芳，给我一朵蜡梅香啊蜡梅香。"

2024 年 1 月 20 日初稿

相思一年年

　　龙应台曾说，我慢慢地、慢慢地了解到，所谓父女母子一场，只不过意味着，你和他的缘分就是今生今世不断地在目送他的背影渐行渐远。你站立在小路的这一端，看着他逐渐消失在小路转弯的地方，而且，他用背影默默告诉你：不必追。

　　母亲是个闲不住的人，就喜欢养花种草。妹妹家是平房，院子很宽敞，春天时，母亲自己开辟了一个小花园，种了一些花草果蔬，凤仙花、薄荷、艾草、草莓、丝瓜、香葱、豆角、小葫芦，母亲每天照顾这些宝贝忙得不亦乐乎。

　　春天，母亲种的草莓结果了，母亲左一个电话，右一个短信，催我回家吃草莓，得知我动身了，就一再叮嘱小外孙："别摘了，你二姨爱吃，给她留着啊。"如果我按时到家，行李还没放下，她就欢天喜地拉着我去摘草莓，就像五六岁孩子那么开心。如果我有事耽搁了，没有回去，母亲就摘了草莓放在写字台上，至少放一天，确认我不回去，才恋恋不舍地吃了，那失落的神情，真让人难受呢。

　　我家有端午插艾草的习俗，于是母亲每年都要给我种一些，端午前夕催着我去割艾草。碧绿清香的艾草挂在我家大门上，每天回家，远远望见那捆香艾，心头总有热流涌出，那是暖暖的母爱的馨香……

　　盛夏，母亲又打来电话："丫头啊，凤仙花开了，好多呢，快来吧！"于是，我又颠颠地跑回去，采花、研磨、挑染，母亲又是一通忙碌，直到我的指甲上糊满花泥，直到我的指甲艳如晚霞，母亲这才心满意足。

　　今年的凤仙花数量和种类都挺多，有红色、粉色还有紫色。母亲得意地告诉我，前年我带她去舅舅家采的花籽，她今春偶尔翻书包找到就种在墙边，哪知长得如火如荼。故乡的花籽，我们和舅舅逛公园一起采的。不用猜，母亲想念老家了，唉！自从前年母亲在舅舅家犯病住院，三年了，哪里都不敢带她走动，她安好，就是晴天。故乡的花，开在女儿家，每天看看，也是慰藉，那花颜，那花香，都差不多，不同的就是赏花的滋味，千种花，千种味道，在心头，诉不完，哭不出。

我喜欢小宝葫芦，母亲记在心里。春天，妹妹找了一些葫芦籽种在花园里，经过母亲的精心侍弄，发芽开花结果了，小葫芦仁一群俩一伙儿，长得很带劲。母亲隔三岔五拍了小葫芦的照片，从微信上发给我，馋得我心痒难耐，终于颠了去。一进门，母亲就拉着我去看宝葫芦。

"妈，天太热，傍晚再看，葫芦又跑不了。"

"不行，傍晚，光线暗，你看不好。"

"今晚看不好，明早看。葫芦又谢不了。"

"早晨你急着上班，看不仔细。"

哈哈，我的老母亲啊，简直是逆生长，越来越像个淘气的孩子，学会磨人了。好吧，我就随您去逛花园。

"丫头啊，伺候着，哀家要摆驾逛御花园！"

"嗻！您老走起！"

我们娘俩打闹着，说笑着，几步就来到了小花园。

嘿嘿，别说，母亲的小花园被她摆弄得像模像样的。架上的丝瓜秧、葫芦秧如伞如盖，一朵朵白色的小葫芦花，肥大霸气的大黄丝瓜花，娇艳可人，油绿的叶子翠色欲滴，一串串嫩生生的丝瓜，一个个娇俏的小宝葫芦，可爱得让人忍不住想亲两口。无意中看到宝葫芦上刻着字。

"我刻的，有'福禄寿喜'，还有你们的名字：艳、芳、园、豆、阳、鹏、牛……"

母亲把这些小葫芦当成了我们，宠爱孩子般疼爱着，我的眼睛不由得湿润了……

　　每次走时，母亲都要给我带上她种的丝瓜、莜麦菜、韭菜、绿宝石，还有一捧鲜艳的凤仙花瓣。还一再叮咛，回家找时间接着染，红得发紫才是漂亮。红艳艳的指甲，看一眼，已是三分醉，那是艳艳的母爱的颜色啊，一直伴我过夏秋冬。

　　我还睡着，母亲已买好早点。吃过早饭，母亲骑着三轮车送我去车站，带着母亲送我的沉甸甸的大枣和她做的豆瓣酱、蔬菜。每次过红绿灯，我们都要在这里争执，不让她过马路，她就是不听，我不愿母亲看着我上车绝尘而去，把孤寂留给母亲独自承受，每次离别，心里都酸涩难受……

　　"如果有一天，我没有了，你和圆圆要把彼此当娘家啊……"

　　"妈，您说什么呢？非得把我惹哭了，您才满意吗？"

　　母亲啊，我要您四季平安，季季有花开，岁岁有相思！有您，女儿就有娘家，您在哪里，哪里就是女儿的娘家啊！

　　车渐渐远离，远方的母亲形单影只，逐渐模糊……

2016 年 8 月 24 日

拳拳孝子心

自从哥哥七年前救人牺牲，母亲的养老就落在我和妹妹的肩上。母亲天暖的时候在妹妹家，冬天来我家。家有白发老母亲，我们的日子过得有声有色。

去年夏天，妹妹的婆婆病逝，妹妹买了一只小公鸡放生，哪知公鸡在外面游玩了半晌，傍黑时又溜溜达达地回来了。母亲一看公鸡与妹妹家有缘，赶紧给它修了一个小窝，当宠物养着。

妹妹夫妇每天忙着打理生意，两个孩子忙着上学，母亲成了小公鸡的专职保姆，喂食、喂水，很是精心。后来，母亲带着小外甥又从集上买了一只小母鸡，祖孙俩在一群小鸡里左挑右选，终于选了一只俊秀的芦花鸡，母亲和小外甥轮流抱着小芦花鸡连颠带跑地往家赶，生怕小鸡从怀里飞走。

小公鸡有小芦花鸡做伴，长得愈加精神，两个家伙整天形影不离，优哉游哉地在院里散步。增加了一只鸡，母亲也更加忙碌，喂食，没完没了地收拾，打扫院子，收拾打翻的食盆，铲除随处可见的鸡屎。尽管忙累，母亲却乐此不疲，把小鸡们当孩子照顾，两只小鸡与母亲的感情也日益加深，每天围着母亲转，咕咕咯咯，很是欢实。

母亲每天喂养小鸡，忙碌又充实。她是个闲不住的人，总想帮我们做点力所能及的事。其实，她在寻找存在感，能照顾家人，得到孩子们的需要，这种累却快乐着的感觉驱散了老年人常有的孤寂感。母亲一生坎坷，经历的苦痛无以诉说，幼年丧父，青年时，丈夫含冤失去自由将近四年，老年又遭受丧子之痛。母亲把悲伤悄悄藏起，总是把自己变成一抹阳光，给身边的人以温暖和快乐。

两只小鸡得到母亲的细心照料，生长得很快。小鸡的羽毛愈加丰满油亮，不久小公鸡就学会打鸣了。天刚蒙蒙亮，小公鸡就抑扬顿挫地打起了鸣，把小院从沉睡中唤醒，母亲总是第一个起床，收拾庭院给小鸡们喂食，妹夫整理货物，妹妹做早点，孩子晨读，小日子踏实又温馨。

天凉了，接母亲来我家过冬。母亲恋恋不舍地告别妹妹一家，尤其放不下她的两只小鸡，再三叮嘱妹妹记得喂小鸡，晚上收到屋里去。母亲和妹妹经常视频，询问妹妹的生意，亲家的身体，小外孙的学习，最后不忘询问她的两只宝贝小鸡。突然有一天妹妹兴奋地告诉母亲，小母鸡下蛋了，竟然是绿壳蛋。母亲在微信上一遍遍地看着妹妹发来的视频和图片，那开心的样子真像得到奖励的小孩子。

天暖和了，妹妹接母亲去她家。母亲精神抖擞地重回散养状态，又担负起照顾小鸡们的琐碎活计。上周，母亲得知我和妹妹约好去老家上坟，给我攒了五枚绿壳小鸡蛋，让妹妹捎来。昨天我和母亲聊天，她不无遗憾地说："哎，那天圆圆她们刚走，小鸡就下了一个蛋，不然就可以给你多带一个了。""妈，您就别操心我了，我那么胖，什么营养都不缺，您吃了，我才开心啊。"母亲眉飞色舞地给我讲她的宝贝鸡如何漂亮、聪明、懂事，嘿，那语调和当年夸她的孙儿们一样。母亲就是这样乐观，在她的眼里，一切都是美好的，哪怕是一枚落叶、一滴水痕，都是有呼吸、有色彩、有温度的。

中午才和母亲视频聊天，晚上母亲又和我视频，又急又气地告诉我："小芦花鸡走丢了，唉，咋就丢了呢？"我连忙安慰母亲："别急，兴许是它贪玩，去外面会朋友，一会儿玩够了，就回家了。"母亲不住地唉声叹气，让我很是惦念。一会儿妹妹又打来电话："咱妈急得不行，骑着三轮车到大街上找小鸡去了。"

哎哟，一只鸡搅得家里天翻地覆，万一把母亲急出个好歹可怎么办啊？我能想象到母亲急慌慌地蹬着三轮，连声咕咕咯咯，就像丢了孩子的祥林嫂在荒野里寻找阿毛。要知道母亲已 85 岁高龄，哪能着急生气呢？两个小外甥好说歹说把母亲劝回家，妹妹一家人一遍遍在各自的微信群里发"寻鸡启事"，大外甥和父亲商量着明天去集市上买一只一模一样的小芦花鸡，然后对母亲说找到了。

母亲站在院子里喃喃自语："唉，养泰迪狗，丢了，养小鸭子，死了，如今养的鸡能下蛋了，咋又丢了？我和小动物的缘分咋就这样浅薄？"

母亲坚信小鸡没有丢，非要再出去找找。妹夫连忙把母亲扶到屋里："妈，您放心，我接着去找，就是把这个村庄翻过来，我也给您找回来。"妹夫骑着电动车带着小外甥从南到北，走街串巷地毯式搜索。天已擦黑，村边除去疾驰的汽车，已不见人影，小外甥不住声地呼喊："咕咕咕，咕咕……""爸，咱们回家吧，好冷啊。""再找找，不然你姥姥难过得今晚吃不下饭了，万一气病就麻烦了。""爸，我饿了。""牛牛，乖，再坚持一下。"仿佛有神助，那只走丢的小芦花鸡突然出现在视线里，看到主人，芦花鸡咯咯叫着飞也似的跑过来，小外甥紧紧把鸡抱在怀里。

走丢的芦花鸡终于找回来了，母亲的愁眉终于舒展，妹妹家的小院里又充满生机。小芦花鸡到底如何走失的呢？或许是自己跑丢，或许是被村民藏起来，看到妹妹他们发到群里的微信，担心把老人急坏，或许是被妹妹一家的孝心打动，悄悄把鸡撒到村边。

2020 年 3 月 30 日

娘行千里

妈，天凉了，您在远方还好吗？刚才与您通话，知道妈妈想女儿了，泪水在眼眶里直打转。妈，离开您才一个月，女儿想您了，真想一步跨到南方接您回家。

妈，您在他乡快乐吗？有人陪您说话吗？有人陪您喝茶吗？有人陪您散步吗？夜里，有人陪您下棋吗？您不在，女儿也是孤独的，虽然身边很热闹，但是没有老妈的日子是黯然的。

妈，天冷了，女儿给您买了一件厚毛衣。多想看着妈妈穿上，还像上次那样，孩子般笑呀笑，闹着不剪商标，留着给你的老姐妹看，让她们知道衣服是品牌，让大家分享您的快乐，让别人羡慕您有贴心的小坎肩。妈，您知道那一刻，女儿多幸福，有妈疼，被妈疼，再冷的冬天都是温暖的。

妈，今天女儿好脆弱，脑子里都是您的影子，我甚至后悔送您去了南方。女儿只想让妈妈过个暖和的冬天……

盼着春暖花开，没有哪个春天比今冬更令我期盼。一日日，一夜夜，盼着和妈妈的相聚，我的生命里有您，心就有了安适。家有白发娘亲，无须远烧香，您就是渡我过河的菩萨。

平淡的日子，平淡的文字，载不动我对妈妈的感恩与牵挂，岁月的流逝，我无法阻挡，唯有托鸿雁带去我无尽的思念。

愿上苍保佑我的白发母亲安康吉祥，让我好好回报妈妈的养育之恩，岁岁年年。

泪洒中元节

不知不觉中元节到来了，每年这个日子，内心就像此时的天气，压抑沉闷。这是个潮湿得可以拧出水的日子，仿佛自然界也知人类的悲欢离愁，天空愁云密布，大地泪眼迷蒙。

清早，还没起床，浑身乏力，仿佛干了一夜的苦力活。强打精神去上班，脑子里空空的，心疲语言迟，感觉自己就像一个隐形人，默默地看着同事忙碌说笑，仿佛一切都与自己无关。

入夜，买了一些冥钱让儿子陪着去河边祭烧。火舌在暗夜里纠结着舞蹈，仿佛在舔食着我的心，忍了许久的泪终于落下。透过蒙眬的泪眼，我看到奶奶、爸爸、哥哥，还有溪敏，他们的笑脸在火光里荡漾。他们还是生前的样子，慈祥、温暖、英俊、默默凝望，我们已穿越了前世与今生。慈爱的奶奶、严肃的父亲、憨厚的哥哥、爽朗的溪敏，那慈祥的笑容化作暖暖的火光，柔柔地抚慰着我心上的沟沟壑壑，凝聚多年思念的潮气瞬间蒸发。

一张一张冥币穿越火焰，化作午夜的蝶带着我的思念与祝福随风而逝了，或许我的亲人们就在不远的地方默默等待，他们一定知道我的哀伤与祝福。

一滴，两滴，天无雨，我的心空却已倾盆。仿佛还在昨天，五岁的我还牵着奶奶的衣襟在故乡的夕阳下捕捉红蜻蜓，奶奶瘦弱的怀抱，是我最温暖的摇篮，奶奶的缠足和我的脚一样大，她却牵着我的手走得又稳又快。

仿佛昨天，父亲陪着 10 岁的我参加全县元旦环城赛。爸爸鼓励的话语此刻还回响耳畔，当我把全县少年组第四名的奖状交到父亲手里时，他那爽朗的笑声就像我人生征途的战鼓，一直激励着我不停地奔跑、奔跑。

仿佛还是昨天，花季里的我和哥哥在樱桃树下排练六一节目。哥哥开心地拉着手风琴，我如痴如醉地舞蹈，那天的歌很甜，花很艳，那时的我们不懂什么是忧愁。那时的我走到哪里都像公主般昂着头，身边有个大英雄般的哥哥，让我对这个世界毫无畏惧。哥，你是上天派给咱们家的守护神吗？有你的日子，就是晴天。

仿佛还是昨天，青涩的花季里，溪敏牵着我的手去黄河边栽树。挖坑、栽种，我们把爱与理想一起种下，没有誓言，没有牵手，只有默默的凝望。我们穿越彼此的心灵，就像阳光穿越水晶那么容易。我们知道人生之路有风也有雨，也许时光会把我们长久地阻隔，但我们跨越时空，根相触在泥土里，思想的触须相拥云端。所有的悲欢离合我们都能平静地接受，唯独没有想到生死别离。

今夜无语，无语的心苑里却凝固了潮湿的万语千言。我不知哪一句能止泪，止痛。能言说的哀愁，或许就不是悲伤。今夜，我再一次脆弱。再一次徘徊在昨日的悲欢里，长歌一曲，为我的亲人，为我的朋友，洒泪星河。

今夜无酒，却已是醉话连连。今夜，我好想饮下一整瓶烈酒，那样，我将在昏昏沉沉里用泪祭拜我的亲人。可是，我不能自私，我没有权利让自己逃脱心的酷刑，我要用清醒的大脑去缅怀我的亲人。奶奶、爸爸、哥哥、溪敏，你们是我的挚爱亲人，芳芳的世界里没有了你们，好孤独，好孤独。芳芳想念你们啊！拥有你们的爱，是多么地幸福，我却不懂得珍惜，没有好好去陪伴你们。

"树欲静而风不止，子欲养而亲不待！"父母与儿女的情缘总是很短，谁也逃不脱生老病死，唯有平静接受。可是我那事业如日中天的哥哥啊，你还不到知天命的年纪，怎么就匆匆离去了？你一生都在尽着救死扶伤的职责，最后用自己的生命再一次对这四个字做了最有分量的诠释。你是普通人，却做出了超越凡人的事，你是英雄，无冕的英雄，妹妹为你感到自豪。可是，哥哥啊，你难道忘记了每个人的生命只有一次，你为了救落水的同事勇敢地牺牲了自己，值得吗？你把痛苦永远地留给了你的亲人，我去哪里寻找亲爱的哥哥？哥哥，今夜，我再一次，千声万声地呼唤你，呼唤你……

今夜，我心似枯叶，在思念的海水与火焰里挣扎。"天长地久有时尽，此恨绵绵无绝期。"

2015 年中元节

甜蜜的烦恼

2009 年 6 月，儿子高考的这些日子，我们一家的心情就像六月的天气一样持续高温，一向大大咧咧的我也变得心事重重，焦虑不安。

高考的前夜，我就失眠了，整夜在想儿子考试中遇到的情况，几次拿起电话想再叮嘱几句，却又不敢打扰孩子，怕我的不良情绪传染了孩子。

7 日的清晨我几乎是盯着手表数着心跳，看着时针慢慢滑向了 9 点，心口突然压抑得无法呼吸。打开电脑一遍遍地聆听天籁之音《祈祷》，脑子里却是一片空白，最终把千言万语化作母亲的心声《为你祈祷》。

7 日傍晚，几次拨打孩子的手机，想询问叮咛孩子，却一次次被爱人阻拦，怕影响了孩子的心绪。我疑惑地看着爱人，就像看着一个陌生人，一个多月前我就提出租住条件比较好的宾馆，把孩子接出来亲自照顾他的起居，却被他们父子拒绝。儿子坚决不让陪考，他说，这是人生的历练，必须自己去面对。

孩子长大了，处处想证明他是独立的男子汉，我却舍不得放手，其实我知道他是对的，可我还是有太多的不舍。不知道儿子当天的情况，又是一个无眠的夜，担心孩子买不到可口的饭菜，担心孩子吃坏肚子，担心孩子中暑，担心孩子迟到……

8 日清早突降暴雨，我一个人默默地站在学校的阳台上眺望着远方。想着孩子是否已找到雨伞，是否孤独地奔跑在大雨里，是否落汤鸡一般坐在考场上，心再一次揪得生疼。

为你祈祷

阳阳，我的宝贝，明天是你人生的一个转折点，此刻妈妈的心比你还要紧张，昨天才看过你，今天又是忐忑不安。我知道除了祝福，妈妈无法再为你做些什么，可是，妈妈还是忍不住牵挂你。

孩子，请原谅妈妈的狠心，自从 13 年前妈妈把六岁的你送入学堂，就知道我们都步入了一场残酷的角逐。看着诗一般可爱的你逐渐淹没在题海中，妈妈的心也很疼，可是，在这种一张试卷定前程的体制下，妈妈只能无奈地看着你在试卷上不知疲倦地跋涉，除了鼓励，除了欣赏，不忍再给你丝毫的压力，案前小山一般的参考书压在你的肩头，也压在了我的心上。

世间没有不爱自己孩子的母亲，在母亲的眼睛里每个孩子都是天使。宝贝，你一直是妈妈的骄傲。你的聪慧，你的善良，你的懂事，一直是妈妈在人前高昂着头行走的资本。你刚会说话就表现出对汽车的着迷，这让妈妈欣喜，才两岁多的孩子竟然认识 30 多种世界名车的标志，以至于全家人都成了汽车卡片的收集者。你的玩具、餐具、文具、图书、服装等，许多的生活用品都有汽车图案。从小妈妈带你在路边等车，你总是细致地观察来往的车，你经常能准确地告诉妈妈疾驰而过的汽车是什么牌子、新旧程度、发动机怎么样。你对汽车的好奇让身边的人由惊讶到佩服。

妈妈知道你最大的心愿是考一个汽车设计与制造的专业。明天，这个愿望就要触手可及，靠近的梦想让我焦灼不安，此刻的妈妈在敛眉垂首，双手合十，久久地伫立窗前祈祷，祈祷天遂我愿，祈祷我的宝贝金榜题名，如愿以偿！

记得考初中时，你提出去外面上寄宿中学。虽然外婆家紧靠市重点中学，外婆也多次邀请你去那里上学，但都被你拒绝，你说，不想在亲人的翅膀下成长。你选择了离家最远的地区重点中学，那天我就知道我的宝贝已悄然长大，未来儿子一定有出息。果然你很快地适应了那个陌生的环境，并且得到周围师生的称赞。那时我和你父亲无论工作多忙都要亲自送你返校。冬天送完你回家常常需要开夜车，夜很冷，路很静，心却很暖，你那坚毅的目光，挺拔的身姿，沉稳的脚步，平和宽厚的心态就是我们快乐的源泉。中考了，你再一次争气地考上地区最好的高中，儿子，是你让妈妈变得自信和快乐。虽然我知道分数并不代表未来，可是，它却在奠定明天的幸福生活。儿子，加油啊！

儿子，你知道妈妈敬重佛祖，不喜欢形式上的信奉，妈妈喜欢心灵的自由，并没有吃斋念佛，却用做善事的方式修心悟禅。去年冬天妈妈为保定山区的贫苦孩子筹集两千余件旧冬衣，今年三月妈妈给河间的两位陌生的患病教师捐助一千元。儿子，也许周围的人并不理解妈妈的做法，但你一定懂。

我不是一个迷信的人，但我相信诚心能感动天地。今年五月初，我去石家庄参加一个笔会，在井陉县苍岩山的一个庙宇，我虔诚地焚香叩拜许愿，然后连抽三签"金榜题名""喜气临门""指日高升"，正是我许下的三愿，那一刻，我被这个吉祥的预兆惊呆了。

苍天，你知我，佑我啊！儿子的成才是我一生最大的幸福，上苍，请您成全我的孩子。我情愿来生变成佛前的一粒菩提子！

儿子，相信自己，相信自己的实力，大声地对自己说："我一定能成功！"拿出你的最佳状态，超水平发挥。妈妈相信你。

时间一秒一秒地流逝，想着远方的孩子，想着你的梦想，心儿已经被焦虑攥成核桃。这是收获的季节，我怎么能忧郁呢？想到那片整齐的麦浪，心儿不由自主地化作麦浪上跳动的音符随风而歌。

水流到悬崖，已没有退路，勇敢前进，才会形成瀑布，分外壮观。

折一千只纸鹤，点一千盏心灯，为我心爱的宝贝儿子祈祷！

不眠之夜

度过高考那漫长的两天，紧张的心情稍微有了放松。等待分数的那些日子，焦虑再一次随着温度表上的水银柱爬升。每天都有同事、朋友和亲人询问估分的情况，我真的不知道该怎么回答。

孩子参加完高考，终于归来。回到家的这几天，他除了吃饭、查资料，就是呼呼大睡，多余的话都没有。我知道孩子很累，高中三年几乎没有睡过安稳觉。今年我同事的孩子中有四个参加高考，爱人的单位有五个，又是一次暗中较量，虽然我知道要过自己的日子，人不是活给别人看的，可虚荣心还是让我不忍被别人比下去，心累得快成了麻核桃。

6月24日凌晨就要出分数了，吃过晚饭，儿子早早就守在电脑前等待结果。我和爱人静静地在客厅里坐着，我摸着胸前的玉佛，忐忑不安地想着苍岩山抽的那个"金榜题名"的吉祥签。看着爱人一根接一根抽烟，我心疼却无以安慰，只有默默送上一杯绿茶。最近几年每天忙着各自的工作，忙着孩子，很少像今天这样细致地注视彼此，看到他消瘦的脸庞和眼角的皱纹，我的心底涌起一种酸涩。我感觉到了他的疲惫与无奈，丈夫、父亲、儿子这些角色和责任让男人很累、很累，他不善言辞，一直很努力很认真地担起每一份责任。爱人，请你依在我的肩头歇息一会儿，让我为你分担一些风雨吧。

在儿子一再催促下，我和爱人回卧室休息。不知过了多久，蒙眬中看到儿子急匆匆地奔到床前兴奋地喊道："爸，分数出来了，我考了562分！"我猛地坐起茫然地看着儿子，突然想不起是什么分数，我问儿子是中考的分数吗？招来他们父子的大笑。这是期待已久的高考分数，我怎么会迷糊呢？爱人怕自己听错，拉着儿子的手，一遍遍地追问查询，不断地说着："阳阳，我的好儿子！"我三步并作两步地奔到电脑前看着儿子的分数单，又掐了自己一把，那真实的疼让我真切地感到幸福之神的确降临了，"语文100，英语90，数学129，理综243"。参考近三年的本科分数线（2008年本科一批552分，本科二批514分）和这次考试的难度，我感觉孩子的这个分数能过一本线。看到分数的那一刻，我的眼睛突然湿润了，喜极而泣啊，为孩子，为自己，为每一个家有考生的父母，我悄悄擦拭着幸福的泪珠……

那一夜我和爱人陪着孩子守在电脑前等待分数线，我们焦急而又快乐地期待着走近的幸福。回忆孩子这一年的辛苦，回忆那些让人喜让人忧的日子，想着孩子触手可及的理想，心儿就像晨阳里风铃在吟唱，幸福的潮水渐渐地将我们包围。我们相依相偎，手紧紧地握在一起眺望着东方，期待着幸福伴随旭日一起步入我们的小屋。

他们父子在灯下翻看着各省的重点院校，商量着报考的方向。我独自站在阳台上，迎着清风在苍茫的夜色里放飞思绪，想到终于能畅快地呼吸，终于可以卸去肩膀上的担子，终于有了自己的时间，做自己想做的事，终于可以出一口长气，我感到一种从来没有的舒爽。

甜蜜的烦恼

连夜就不断有朋友打来询问和祝福的电话，都认为孩子上一本没有问题，可是这个甜蜜的梦刚拉开序幕，就被省考试院的一个朋友的电话敲醒。（河北省 2009 年理工类本科一批分数线：569 分；本科二批分数线：524 分。）

拿着电话我木然了，不知如何告诉孩子这个残酷的分数，孩子低于一本录取线 7 分，最终与重点院校失之交臂。泪水一次次地溢满眼眶，又一次次被我强行咽下。我犹豫半天才强打精神吞吞吐吐地告诉了他们父子，我不敢看他们的眼睛，又忍不住不看，我看到了他们父子眼里闪动的泪光。我和爱人不约而同地抚摸着孩子的手："儿子，我们相信你，你尽力了，你是最棒的！"

儿子怅然若失地坐在沙发上，闭着眼睛久久地沉默。孩子的失落让我心疼，虽然在同事、朋友的孩子们中他考得最好，虽然我得到了许多的夸赞与羡慕，我的心依然很痛。朋友告诉我："阳阳的这个分数，如果在天津绝对能进重点大学，孩子设计、制造汽车的理想就会实现。"可是，人生没有如果，我也不喜欢那些虚拟的如果。

这几日我一直在反思自己的失职。不该揠苗助长让孩子过早上学，孩子从小偏科，不喜欢语文，小学没有学过英语，别人却是从学前班就在学习英语，我没有重视这个问题，孩子没有和别人在一个起跑线上。他的数理化在班里一直名列前茅，英语却是倒数，虽然他知道了长短腿的利害关系，把大部分精力花在英语上，可是收效甚微。培养孩子就像种地，来不得半点马虎，功夫下不到，肥施不到就别想丰收。人无远虑，必有近忧啊！如果在孩子上小学的时候，我紧抓他的英语，怎么会有今天的遗憾？孩子，请原谅妈妈的失误。

考试结束了，本以为能轻松一下，谁知道大的烦恼在后面呢。如何报志愿可真令人伤脑筋，每天我们三人都在研究商量，患得患失，就像做期货生意的商人一样斤斤计较。父子在理想与就业的现实面前出现分歧。父母考虑的是严峻的就业现实，想让他报气象、金融、医科、师范等专业，这些行业可以找人，好就业。我们还担心他不能考取好的二本院校，选的专业不好就业，最后做了蓝领工。可是，儿子自小就喜欢汽车、船舶、武器的设计制造，并且看好的都是遥远的外地院校。父子各不相让，每次都争得脸红脖子粗。我夹在中间很是为难，咨询了好几个有经验的朋友，也是各执一词，年轻的主张放手让孩子自己飞，上岁数的更看重就业的现实。

后来儿子给我们讲了一个记者采访山里放羊娃的故事。记者问那个娃娃为什么放羊？娃娃回答，为了卖钱娶媳妇，然后生娃，再然后娃放羊卖钱娶媳妇，生娃，就是这样周而复始地为了生活奔命。"如果单纯地为了就业，我和山区那些放羊娃有什么不同？我要是听了你们的安排，为了就业选了不喜欢的专业，即使有了安稳的工作，也是新一代的城市放羊娃。"

儿子的一番话在我们的心中引起不小的震动。再一次打量着眼前的孩子，不得不承认他的成熟，他目光里的坚毅让我欣慰。儿子说能从事自己喜欢的工作才是幸福，就是做技术工人，哪怕是拧一个螺丝，他也会比别人拧得出色。最终父亲向儿子的理想妥协，报了4个和汽车设计制造有关的理工大学。

儿子的眉头终于舒展，脸上溢满阳光般的笑容，这是久违的笑容，自从上了高三，他很少这样舒心地微笑。儿子乐呵呵地联系了三个学习班，考驾照，学一门乐器，学习新概念英语，为将来的考研做准备。

幸福的孩子

我的儿子总是乐呵呵的，似乎没有什么烦恼，是上天宠爱他，给予他的快乐比别人多吗？身边的亲人朋友有这个想法的人还真不少呢，我也有点赞同。

高考结束的那天，我和爱人去接他。那天下着暴雨，我和许多的家长一起拥挤在门口焦急地等待孩子。孩子刚出来，他的班主任和物理老师就赶紧冒着雨走过来和我们打招呼，询问孩子的答题情况，班主任告诉我考试前一天下午放学，阳阳恭恭敬敬地给每一位任课老师鞠躬，乐呵呵地送他们走出校门，还说要沾沾老师们的才气备战明天的大考。

看着老师眼里的期待，我想起了守望在麦田边的农民眼中那压抑不住的喜悦，我的心底涌起一种感动，收获的季节，我们一起守望幸福吧！

牵着儿子的手，我感觉到一种青春的力量。那双柔嫩的小手已经变得强健有力，不知不觉孩子长成了白杨树一般挺拔的汉子。怎不让人欣喜呢？我先和儿子去宿舍收拾行李。儿子告诉我，紧张复习的日子，宿管老师每夜都去宿舍看他，孩子自己住一间宿舍，受到比别的同学更多的关照。尤其是高考的这三个夜晚，有两个老师不时地给孩子送来罐头、开水，给孩子加油鼓劲。第一夜 12 点以后，他来到孩子的宿舍外，看到孩子亮着灯睡着，就悄悄进屋把灯熄灭了。第二个午夜，看到孩子还在看书，敲敲门进来，像父亲一样坐在床边，随意地交谈，催促孩子什么都别想快去睡觉。儿子的心理素质不是很好，几乎每次大考都会失眠，但高考的那几天，孩子却睡得很安稳。那几个宿管老师与孩子非亲非故，却给予孩子亲人般的关爱。老师们，你们辛苦了。感谢你们对孩子的关爱，你们尽了家长应尽的义务！

儿子在高考前两个月不小心扭伤了右脚。教室和宿舍在不同的五楼，每天的生活起居都靠同学的帮助，我能想象出他一米八三的大块头每天被同学背上挽下的艰难。从老师到同学每个人都向他伸出了热情的双手，是集体的温暖让儿子留住了自信的微笑，每次听到孩子如数家珍地诉说大家庭的温暖，我的心里都有小溪的欢歌。

爱自己的孩子是天性，爱他人的孩子才是高尚。在此，我还要替孩子感谢一个温柔的微笑。考第一科的时候，孩子由于过于紧张竟然把考号写错，手忙脚乱地涂改，却把试卷擦破，心慌得直冒冷汗。监考的是一个中年女教师，她微笑着走到阳阳的身边温柔地说："孩子，没有关系。别紧张，慢慢写。来做个深呼吸！"老师的话像一阵凉风拂去了孩子紧张急躁的情绪，孩子终于进入状态安稳地答题了。当孩子告诉我那个母亲般温柔的眼神，我的眼睛突然潮湿了。

感谢您，真的好感谢您给孩子的安慰，也许您这样一个不起眼的善举就会改变孩子的命运啊！感谢您，可敬的不知名的老师，美丽的母亲，孩子成长的路上有您相伴，怎么能不幸福？

我随着孩子来到教室收拾书本，看到每张桌子上都堆积着小山般的书籍和试卷，真是心疼与无奈啊！十七八岁正是活泼好动爱做梦的青春岁月，却没有时间去欣赏窗外的花开花落，孩子们累，更累的是那些默默工作的老师们，他们每天行走在试卷上，青春和健康悄然从笔尖溜走。一年又一年，一届又一届，无怨无悔地化作孩子们翼下的清风。

为了专心复习，儿子的手机有一年停用了。他的一些在外地上学的同学费尽周折打听到阳阳，纷纷发来鼓励祝福的短信。虽然我没有看到那些短信，但我知道那些短信一定像花儿一样芬芳，像雨水一般纯净，像冬阳一般温暖。在孩子的书桌里，我看到了一些卡片，每个卡片上都有一段励志的话语，还有一些精致的香纸巾、小零食，那些都是同学们送给孩子的，每份礼物都是一颗纯真美好的心灵。亲爱的同学，感谢你们给阳阳带来的那缕亮丽的阳光。

就要离开教室了，儿子恋恋不舍地关上窗户，给窗台上的花儿浇水。看着那些初绽的花蕾，喜悦情不自禁地溢上我的心头。美丽的花儿，幸福的儿子啊。

有儿要远行

最近一段时间忙于孩子的高考报名，我的心累得几乎要掉下来，于是放暑假的次日，我就选择去威海度假。得知孩子高考录取消息的那个傍晚，我正在威海的海边散步，那一刻，我愣住了，心里就像打翻了五味瓶，五味杂陈齐涌心头，半是欣喜，半是酸涩，久久地伫立在浪花里，忘记了自己，忘记了周围的一切，心潮随着海潮涌动。

孩子从初中开始就在外面上寄宿学校。从他走出家门的那一天，我就知道他有了自由翱翔的空间，再也不是那个娇娇弱弱、毫无主见的小少年，尤其是他顺利考取省重点高中以后，思想、视野早已把他带到了一个令我无法企及的境界，也就是从那时开始，他变得温顺随和、善解人意。我只看到了他表面上的随和，却没有觉察这是他的成长，思想的成熟让他外圆内方。自从孩子进入青春期，母子的窃窃私语多了，争执少了，更多的是商量，更多是他的事自己做主。这不，在报志愿这个问题上，他就自作主张偷着耍了花招。

报志愿的那些日子，我们三人多日寝食难安。先是父子选定的专业不统一，再是学校难确定，经过一番斗争，终于前四个志愿听从了孩子的心愿，报了和汽车有关的外地学校，最后的一个志愿听从父亲的安排选择本省院校。我和他父亲亲自监督他在电脑上报好志愿，终于长吁一口气，暂时可以轻松几日。

谁知儿子竟然背着我们做了小动作。他把第三志愿重庆理工大学和第四志愿福建工程学院颠倒了顺序，最终以高出录取线24分的成绩被福建工程学院的机电及自动化工程系录取。这个孩子怎么就这样执着呢？我知道他最向往的是哈工大和厦门大学，分数让他与梦想擦肩而过，也许是福建的金门汽车制造厂从他小时候就不断地吸引着他，让他无怨无悔地选择了福建的院校。

姐姐的女儿去年考取广州的星海音乐学院，姐姐告诫，那里潮湿闷热台风多，最好不要考虑沿海的学校。可是，这个孩子还是选择了南方，他真不听话啊。

转念想到多年的奋斗终于有了结果，一种甜蜜的感觉还是悄然弥漫。多少个长夜的苦读，多少个风雨里的摔打，才有了今天的金榜题名，我想那张红色的录取通知书一定有着大海一样的咸涩味道，凝聚了孩子、老师和家长的多少汗水啊。如果能够收集每个学子昨日流下的汗珠与泪水，把它穿成一条美丽的珠链送予母亲，让它时刻柔柔地贴在母亲的心口，那一定是世上最美的首饰。

望着辽阔的海面上那自在翱翔的海鸥，我的心也随它飞向了远方。我想此刻远方的孩子也在遥望苍穹，憧憬着那个美丽的象牙塔，放飞着梦想。孩子的翅膀终于长硬，就要飞出我们的天空，开创自己的空间。想到这里，有一些欣慰，有一些不舍，有一些酸涩。

报志愿的时候并没有想到福建有多远，现在我却无论如何也难以接受这个三千里之外的学校。想到我的儿子就要去天边独自拼搏，半年才能见一次面，我的心揪着痛。如果时光可以倒回，绝对不让他报这么遥远的院校。朋友，此刻你看到这里一定会笑我，小女人逻辑，头发长见识短。

请原谅我的自私与狭隘，儿行千里母担忧啊！孩子飞再远，也飞不出母亲的视线，那丝线一直紧紧地拴在母亲的心上。在网络上查找关于福建和这个院校的相关知识成了我每日的必修课，目光一次次地在北京和福州之间的地图上丈量，恨不得蹚过每一条河流，爬过每一座山，告诉我的孩子，哪里的河深，哪里的山险，哪里的路太崎岖，哪里的人心最险恶。一次次地上街采买，买了手机，又买旅行箱包，买了春秋装，又备冬夏衣，如果母亲的心可以剥离，捻成丝线织成毛背心时刻贴在孩子的身上，我想所有母亲都会毫不犹豫地去做。

那些日子心出奇地脆弱，常常吃着饭，想到孩子在外面的孤独无依，泪水就夺眶而出。每次孩子看到这个情形都难过地说："妈妈，你是不是也想让我陪着你一起哭，才心甘？四年一晃就过去了，如果你实在受不了，我就去复读，明年考离家近的学校。"看到孩子眼睛里的泪光，我悄悄擦去了腮边的泪珠，让孩子安心去求学吧，孩子长成雄鹰，就应该放手让他去搏击长空，这样才会有出息，我不能成为孩子的牵挂啊。

孩子，让我们举杯高歌，为你的明天祝福吧！

爱如棉线，越抻越长，越缠越紧。爱如潮水，人也如潮水，每个阶段都有着不同的潮汐，潮起潮落不断地淘洗着记忆，收藏着珠贝。静坐岩石上，看着脚下的浪花不断地扑来，轻轻地与沙滩来个拥抱就又欢笑着向远处奔去。

顽皮的浪花多像我那可爱的孩子，昨天还咿咿呀呀牵着我的手跟跄学步。今天他却像潮汐一般，回眸一笑就永不疲倦地向前奔腾，把无数的叮咛与牵挂丢在身后，把母亲的眼睛带到了天涯海角，从此母亲的心挂在浪花上日夜将你追随……

天若有情

他是宝剑，是火花。生如闪电之耀亮，愿死如彗星之迅忽。

——题记

"月色在征尘中暗淡，马蹄下迸裂着火星。越河溪水，被踏碎的月影闪着银光，电火送着马蹄，消失在稀微的灯光中。"每次读到关向应的《征途》中的诗句，我脑海里总是浮现出一个高大的身影，他是当代的勇士，一个儒雅的书生，一个大写的人。

胡春秋，我的二哥，廊坊四院脑外科主治医生，2012 年 9 月 12 日因营救溺水的同事而牺牲。幼年的他是那么柔弱，不敢与人动拳头，受了委屈只会打落牙齿往肚里咽；少年的他又是那么刚强，硬是把成绩由班里的老末拼到稳夺全年级前几名；青年时那么胆小怕事的人，竟然做了脑外科主治医师，年纪轻轻就有了"胡一刀"的美名；中年时，他用自己宝贵的生命为"救死扶伤"做了最完美的诠释。

跌宕的童年

童年时，提起二哥，我总是撇嘴，真心不服气，总觉得他太弱，无论是长相，还是气势，对我构不成像大哥那样的压倒性优势。二哥先天有点弱，白净的皮肤似乎是透明的，大头、大眼睛、小细脖，瘦弱得就像豆芽菜，走起路来晃晃悠悠，好像一阵风就能把他吹跑。

大哥比我大六岁，长得英俊又威猛，我三岁才第一次在奶奶家见到他，那时他九岁，已懂得让着我这个小屁孩。二哥比我大四岁，正是淘气的年纪，总和我抢玩具和零食，所以幼年时，我对他没有多少好感。童年时，我与二哥就像在玩捉迷藏，他在甘肃的父母身边时我还没出生，我出生后父母为了更好地照顾我，便托姑姑把两个哥哥接回河北奶奶家抚养。我两个月的时候，爸爸含冤入狱，妈妈一个人既要上班，还得照顾两个女儿，实在忙不过来，就决定送走一个女儿。

那年的隆冬，妈妈送我们回老家并参加舅舅的婚礼。那年我三岁已记事了，记得妈妈带着我们四个排着队从天津坐火车，妈妈独自照顾我们四个小顽童。我们兄妹分别相差两岁，一会儿争抢，一会儿哭闹，一会儿又和好，翻巧手、看小人书、捉迷藏，他们三个玩得不亦乐乎。我在窗前乖乖坐着吃零食、看风景，不时被他们的游戏吸引，但他们根本不带我玩。

舅舅早早去火车站接我们，外婆看到这一队小外孙，甚是欢喜，抱抱这个，亲亲那个，不住声感叹妈妈带孩子的不容易。舅舅第二天就要结婚了，家里来了很多人。大人们都在外面忙碌，妈妈把我们四个安顿在火炕上，她就和外婆忙碌去了。

舅舅给我们拿出一本小人书，他们几个头朝里趴在炕上看小人书。大哥在中间捧着书大声朗读，二哥和姐姐在两旁。我太小，当时扎着一个冲天炮，还不识字，也挤不进去，就安静地坐在他们前面自己翻画册。七岁的二哥已上学识字，只见他揪着一半小人书随着大哥小声念着，五岁的姐姐已识了一些字，只见她伸着脖子往前凑，还是看不清楚，她朝两个哥哥吼了几句表示愤懑，但两个哥哥正看得入迷，根本无人理睬她。

他们的轻视彻底惹恼了姐姐，只见她立马翻身下炕，以迅雷不及掩耳之势扒下二哥脚上的一只棉鞋，三步并作两步跑到外屋，把棉鞋丢进火膛里。外屋大锅里蒸着馒头，空气里立马飘起棉布燃烧的气味。我坐在炕上看呆了，疑惑地看着眼前的一切。突然，二哥就像被针扎了一样尖声号叫起来。烧布的气味和二哥的哭声惊动了外婆和妈妈，她们箭一般地冲进屋子，外婆看到火膛里的棉鞋，急得直打转儿，舅舅赶紧用烧火棍把棉鞋拨弄出来，棉鞋已烧了一半，真是惨不忍睹。

妈妈问清缘由，又气又急，拉过姐姐一顿狠揍。外婆赶紧拉住妈妈，妈妈坐在炕沿一边抹泪，一边诉说着生活的艰难。姐姐也直着嗓子哭号，看到妈妈、哥哥和姐姐都哭了，不知所措的我也跟着哭了起来。后来，外婆一手领着我，一手领着姐姐，带我们去运河大桥旁的小摊给我们买糖葫芦，给二哥买了棉鞋。外婆一直嘟嘟囔囔地训斥着姐姐："燕子，你说你，小小年纪，咋就那么大胆啊？真不让人省心。唉，咋长的，知道你妈妈有多难吗？你家都快吃不上饭了，你们知道吗？"

长大后，我才知道，那时爸爸的工资停发了，为了参加舅舅的婚礼，妈妈用一年的时间，从牙缝里省钱，给我们四个孩子每人添置了一套新衣新鞋，却没舍得给自己添置。妈妈说："孩子就是我的脸面，我穿多破无所谓，让别人笑话去吧，只要我的孩子们穿戴整齐，就不丢人。"

本来，妈妈想让外婆和奶奶从我和姐姐中挑一个寄养在老家。经此一事，毫无悬念，外婆和奶奶都选了健壮又乖巧的我，于是，我和姐姐有了不一样的童年，她一直承欢妈妈膝下，而我却过得颠沛流离。妈妈带着姐姐回甘肃工作，把大哥、二哥和我丢给了奶奶，于是，我和两个哥哥守在奶奶身边，淘气又自在地生活着。

在奶奶的翅膀下

那天姐姐把二哥的棉鞋丢到火膛里，二哥不知反击只会哭，那么柔弱，那么无助，就像一个女孩子，我这个比他小四岁的妹妹都觉得他太弱了。所以，后来的日子，我对大哥毕恭毕敬，不敢有丝毫的冒犯，对二哥我就敢小小地反抗。

二哥支我拿东西，我不予理睬，二哥的小泥模我就敢拿着送人，二哥的小人书，我也敢随意翻看。有时，二哥急眼了，对着我挥着拳头大喊："小妮子，又动我东西，我打飞了你！"他的拳头还没落在我身上，我已用哭叫拉响警报。奶奶一听我的哭声，迈着三寸金莲颠到院子里，一手点着二哥的头，一手划拉着胸口。

"二秋，你咋又逗妹妹了，怎么就不知道让着她啊，才三岁就离开爹娘，唉，你们都是没娘疼的孩儿，要把奶奶气死啊！"

"奶奶，我，我，我没有惹妹妹啊！"

二哥虽然气量小，爱逗我，但从未打过我一指头。每次，奶奶一着急，他马上让着我，赶紧一边给奶奶认错，一边帮奶奶划拉心口。奶奶有心脏病，一着急就心口痛。

把奶奶哄好了，二哥一下又一下瞪我，有时，趁奶奶不注意偷偷拧我胳膊一把，没想到这一幕恰好被刚放学的大哥看到，他三步并作两步冲进院子，照着二哥的屁股就是一脚。

"二秋，有你这样当哥的吗？在外面树叶掉下来，你都怕砸脚面，回到家就敢和妹妹耍横。你属老鼠的吗？就会窝里横！"

大哥揪着二哥的耳朵叫骂着。刚刚平息的战斗又开始了，不过，这次哭叫的是二哥。奶奶急得一边拉大哥，一边气得责骂："小混蛋，刚把他们安抚好，你怎么又惹事，你们存心要把奶奶气死啊！"

这时，老姑下班回来了，看到院子里乱成一团，抱起大扫帚就扑大哥。大哥终于放开手，三下两下爬上院子里的杏树，摇着树枝，吹着口哨，似乎在说："嘿嘿，够不着，你们就是够不着，看你们能奈我何？我孙猴子天不怕，地不怕。"老姑抱着大扫帚气狠狠地望着树杈上的大哥，又扑了两次，还是够不着。

"大秋，你要造反吗？还不下来，等我扒你们的皮吗？"

只听一声断喝，大哥顿时成了泄气的皮球，蔫了吧唧地从树上出溜下来。不用猜，那是在大队当支书的大姑回来了。大姑是十里八乡有名的铁姑娘，见多识广，有智慧，有谋略，有干劲，有魄力，以德服人。别说料理一个家，她把整个村子的男女老少都管理得服服帖帖，什么二流子、光棍汉、村霸、泼妇，在她手里都不敢炸刺。大姑就像观世音，她一现身，我们这三个顽童顿时都规规矩矩。

"都给我滚过来，天天鸡飞狗跳，就没有一天消停。你说，要你们三个干吗？要不是你奶奶拦着，早给你们赶回大西北了。明天就给你们的后背一人贴一张邮票，邮回大西北找你们爹妈喝西北风去！"

"小东西们，还敢反了天？说，平时我怎么教育你们的？"

"我是哥哥，不但要让着弟弟妹妹，更要保护他们。"

"我们是手足，要团结，我要尊敬哥哥，让着妹妹。"

两个哥哥并排站着，听两个姑姑训话，一本正经地做着自我检讨。

"芳芳，你也过来站着，一块儿受教育。"

于是，我也磨磨蹭蹭来到二哥的旁边，二哥瞪我一眼，往旁边躲了一下，似乎在抱怨："小妮子，都怪你。"于是，大姑、老姑、奶奶，她们轮番轰炸，这个批了那个训，我似懂非懂地听着。渐渐地，两个哥哥都听疲了，大打很少，但小规模的摩擦，还是三天两头上演。

长兄亦如父

大哥给我和二哥立了不少规矩，一不对心思就瞪眼，再厉害了就吼叫，我和二哥都很怕他。村里的小痞子看我们没有父母的呵护，尤其觉得二哥软弱好欺，常常抢二哥的东西，故意欺负他，二哥的脸上常常青一块，紫一块，他总说是自己不小心摔的。二哥怕大哥知道了和他们打架，也从来不敢告诉奶奶和姑姑。

有一天，我看到二哥胳膊上又有伤了，于是偷偷告诉了大哥。大哥一听，眼睛瞪得像铜铃，拉过二哥逼问。二哥躲闪着大哥那冒火的眼睛，怯生生地说着挨打的经过。

“啥，乌龟王八蛋，竟然敢欺负我弟弟，不想活了吗？走，砸他家锅去！”

大哥一手拉着二哥，一手提着木棍，冲到村头的一家。大哥进院二话没说就砸他家窗户，如果不是他妈拼命拦着，他家的锅就被大哥砸了。后来，村民赶紧从大队部请来大姑，才算平息了这场战斗。临走，大哥叉着腰，指着围观的村民嚷道：“叔叔大爷，你们评评理，我们兄妹仨都是没爹娘的可怜孩子，你们忍心放任自己的孩子欺负我们吗？从今往后，谁要再欺负我弟弟妹妹，我砸你家锅，拆你家房。不信就走着看！”

大哥一手拉着二哥，一手领着我，我们昂首挺胸地穿过人群回家了。本来我还担心奶奶和姑姑又得惩罚哥哥，没想到奶奶和姑姑连连称赞：“大秋长大了，有了当大哥的样子，终于知道护着弟弟妹妹啦。我们老胡家有了顶门立户的男子汉！”

从那天起，再也没有人敢欺负二哥，谁也不敢逗我，我就是晚上自己去小卖部买糖豆，也没有人敢招惹我。大哥就是这样怪，他常常训斥二哥，但绝不允许外人捅一指头。大哥默默担负起父亲的责任，尽自己的能力呵护着我和二哥的成长。

童年时，我觉得二哥很窝囊，啥都干不漂亮。翻地、拔草，一干活就嚷累。大哥打满草的背筐，他都背不起来，他打的草连大哥的一半都没有。在外面，处处靠大哥罩着，不然就得受欺负。再有，二哥笨嘴笨舌，受了委屈也说不完整，就会噘嘴，要不然就抹泪。谁都敢和他瞪眼，谁都想训他几句。姑姑总说：“二秋是个没嘴的葫芦，那么老实，以后走向社会不得受气啊。”

与爸爸久别重逢

我四岁那年，爸爸终于昭雪恢复工作，他来老家探亲。多年没有回家，终于见到三个孩子，爸爸没有像大多数家长那样和孩子亲热，而是忙着立规矩。奶奶把我们领到爸爸面前，让我们喊爸爸。说真的，此刻的爸爸对我们来说真是陌生人。

大哥和二哥都是两岁就离开了爸爸，而我离开爸爸的时候只有两个月。我们的生活里根本就没有爸爸这个人，就连妈妈的模样，也早已模糊了。爸爸给我们拿糖、拿玩具、小人书和新衣服，都不能撬开我们的嘴，奶奶也使尽招数也不奏效。无奈之下，爸爸说："叫一声，一元钱！"我偷偷瞄了一眼两个哥哥，大哥瞪了我一眼，我把涌到嘴边的"爸爸"生生咽了回去。我又悄悄扫了一眼二哥，只见他的嘴唇翕动着，刚要脱口喊"爸爸"，衣襟就被大哥揪了一把。

"芳芳，乖女儿，你听爸爸的话，赶紧叫爸爸！"

"就不，大哥说我们仨是墙缝里蹦出来的，我们没有爸爸！"

"什么？敢不认老子，今天我就教训一下这三个墙缝里蹦出来的野孩子！"

我的回答就像一盆冷水浇灭了爸爸的满怀期待，爸爸立马横眉瞪眼，撸胳膊卷袖子，脱下鞋子抽打两个哥哥。那时，我得了百日咳，刚不咳嗽了，奶奶赶紧把我护在怀里，急得直骂爸爸。老姑使劲拉爸爸，根本拦不住这个发怒的豹子，急得老姑直哭。幸好大姑听到消息赶回家，才制止了暴跳如雷的爸爸。

那是我记事以来第一次见到爸爸，没想到竟是如此恐怖。那悲伤的一幕久久留在我幼小的心里，成了我心里的一道阴影，就像一间小黑屋，我总是小心地躲着这间小黑屋，不敢看，不敢想，不敢翻动。

那次，大哥第二天就跑到胜芳的舅爷家躲着不回家。爸爸在奶奶家住了20多天，我和二哥总是躲着爸爸，生怕再惹怒了他。爸爸临走前，与奶奶和姑姑商量带哪个孩子回甘肃。也许是因为二哥很乖，他把二哥带走了。大哥回来恨恨地说："二秋这个软骨头，要是我，打折腿也不和他走。"

多病、懦弱、嘴笨、爱哭，是童年的二哥留给我的印象。一晃，又是多年没见父母。七岁那年，爸爸妈妈带着二哥、姐姐和妹妹回老家探亲，依然上演认亲的那一幕，只是大哥早就躲了出去。我早已知道钱是好东西，一声爸妈一元钱，再说，又没有大哥监督，我就痛痛快快叫了爸妈，挣了十元钱。那年，爸妈把我和二哥做了调换，把二哥放在老家读书，带我去甘肃上学。二哥把自己的棉被、运动衣、皮箱都留给了我，我没有要二哥的棉被，抱着奶奶给我新做的蓝底白玉兰花的厚棉被，跟着父母去了遥远的甘肃。

我与二哥互换

回到甘肃又是陌生的环境，一切从头开始。对于一个七岁的小女孩而言，虽然回到了父母身边，依然感觉举目无亲。上有聪明伶俐的姐姐，下有比我小五岁的妹妹，总感觉自己是多余的，尤其我在农村生活多年，第一次走出那个小村子，没有见识，不会看父母的脸色，更没有奶奶和姑姑的袒护，我的日子就像掉进了夹缝里。

在跌跌撞撞中，在打打闹闹中，在哭哭笑笑中，我一天天长大了，终于适应了大西北的干燥与寒冷，也适应了家庭的严厉和冷漠。

我读四年级那年，妈妈把老家的两个哥哥接回甘肃读书。大哥只待了一个月，不能适应这里的学习和生活，执意回到了河北。老实听话的二哥留下了，但他早已不是我记忆里的那个懦弱爱哭的哥哥。二哥刚转来读初二，第一次月考，英语竟然考了十多分，其他科目都是班里的前十名。原来哥哥在河北读的农村中学，根本没有开英语课。于是，爸爸亲自教他读英语单词，给他录制《陈琳讲座》。二哥把所有的精力都用来自学英语，他的床头、写字台、柜子上都贴着英语单词和会话。那时，姐姐已读初一，二哥与姐姐经常用英语对话。在学校里，二哥主动向老师和同学请教。期中考试他的英语已能及格，到期末考试，二哥的英语已考入 80 分。那年暑假，二哥把初一到初三的英语整个自学了一遍。初三时，二哥的成绩稳坐班里前三名，二哥当了班长，成了老师最欣赏的学生。

初三那年夏天，哥哥的三个同学去靖乐渠游泳，他们路过气象局特意喊二哥一起去。爸爸以中考临近为由，没让二哥去。结果其中的占祥林同学溺水了，学校得知噩耗，知道我爸爸水性好，赶紧跑到气象局请爸爸帮着打捞。

甘肃的七月，虽在盛夏，但傍晚的河水刺骨寒，爸爸两次潜水抓住了落水者，却冻得无力拖拽。二哥赶紧跳入水里，帮爸爸寻找打捞，在爸爸的带动下，一向懦弱的二哥异常勇敢，他一次次潜入水底，终于和爸爸一起把溺水者打捞上岸。那次，学校、气象局的领导和围观群众纷纷给爸爸和二哥挑大拇哥，学校还给爸爸和哥哥写了感谢信，并颁发了见义勇为的证书。

少年壮志不言愁

中考时，二哥以全校前几名的成绩顺利考入靖远二中。那是多少人渴望的重点中学，二哥给爸爸妈妈挣足了面子，成了当时气象局家属院里孩子们学习的榜样。爸爸一高兴给二哥奖励了一辆自行车，自己却一直骑着除了铃铛不响哪都响的旧自行车。

那几年，二哥把车子擦得锃亮，去哪里都要骑着自行车，二哥真是得意，自行车是他的荣耀，我想摸摸都不可以，我和姐姐只有眼热的份。唉，真是乐极生悲，哥哥的自行车没得意多久就不翼而飞了。暑假里的一天，我们全家去看电影，我们步行，二哥骑着自行车"嗖"的一声从我们身边冲过去。望着二哥远去的背影，我是又眼热又气恼。散了电影，快到气象局家属院时，隐隐约约听到有人哭，我感觉像二哥。

"怎么像二哥哭啊，会不会是他把自行车搞丢了？"

"胡说八道，你哥把车子当宝贝，怎么会搞丢了？"

果然，被我不幸言中，哥哥看电影没有寄存自行车，车被贼偷走了。那可是爸爸半个月的工资啊！那是我长大后第一次看到哥哥痛哭流涕，哥哥爬到床上抽抽噎噎地哭着，肩膀一耸一耸，那神情与童年的他完全一样。原以为爸爸会大发脾气，没想到爸爸一句责怪的话都没有说。爸爸阴沉着脸，走到哥哥面前拍拍他的肩膀说："儿子，男子汉大丈夫，坚强点！"没想到爸爸的安慰令哥哥哭得更伤心了，爸爸的关心比打他还难受呢。

以前，哥哥还爱和我们说笑，让我和姐姐帮他洗臭袜子，给我们发一两角工钱，或者考我和姐姐的地理、历史、军事等常识，答对了，给我们发糖豆或水果等小奖励。自从丢自行车事件发生后，乐观的二哥变了，整天心事重重，用奶奶的话就是三脚踢不出一个屁。也许，爸爸的宽厚、体谅更令二哥内疚，他知道父母挣钱养家的不易，为自己浪费家里的钱而不安。二哥长大了，他把所有的精力都放在学习上，如饥似渴地读书，每次考试都是年级的前三名，二哥铆足劲儿要给爸妈争气，给妹妹们做榜样。

1984年元旦，父母盼望已久的调动终于如愿实现，只是，接到调令爸妈并没有多少欢喜。二哥还有半年就要高考，以他当时的成绩上重点大学没有悬念。姐姐读高二，我读初二，爸妈在孩子们的学业与落叶归根为奶奶尽孝之间难以取舍。哥哥的班主任找到家里给爸妈做工作，挽留二哥。爸妈犹豫许久，决定把二哥留在甘肃参加高考，先带我们回河北。可是，二哥实在想念奶奶和姑姑，执意和全家转回河北参加高考。

收拾行李时，妈妈无意中从二哥带锁的书柜里看到厚厚的一大摞荣誉证书，原来是哥哥来甘肃后从初中到高中的获奖证书。这些二哥从未示人，我们只知道他很优秀，却从来不知道他如此品学兼优，还那么低调。二哥的获奖证书彻底惊呆了我们，对我是莫大的刺激，我的证书连二哥的零头都赶不上，我是又眼热，又妒忌，只恨老天偏心眼。不用说，二哥的证书又被父母拿过来刺激我们，同样的家庭，为什么二哥就那么优秀呢？为此，我惭愧了好久呢。

离开甘肃的那天，天空阴沉沉的，像个黑锅底压得人喘不过气来。气象局的男女老少都赶到火车站送别我们，哥哥、姐姐和我的同学挤满了月台，二哥与同学拉着手久久不舍得放开，二哥还打开录音机把离别的话都录了下来。

火车开了，我们纷纷抹着滚落的泪珠，我看到哥哥也悄悄别过脸去。原以为哥哥不喜欢甘肃，不喜欢爸爸妈妈，以前每次爸爸去接我们，都像黄鼬拉鸡。其实，哪有孩子不依恋父母啊，又有哪个孩子不留恋生活过的地方？那是我又一次看到长大后的二哥流泪。

随父落叶归根

回到河北，我们似乎一瞬间长大了。生活变得如同旋转木马，亦步亦趋地跟着生活，考学、工作、成家，一晃，我们都成了大人，背起了生活的纤绳。

二哥当年的高考成绩达到了本科录取线，但为了照顾一个农村的同学，老师做他的工作，让他选了廊坊卫校医士专业。二哥又面临一次痛苦的抉择，他把自己锁在屋里慎重思考，直到三天后才开门，然后果断地告诉班主任服从学校安排。

从那之后，二哥更沉默了，他总是有意躲开热闹的人群，一个人默默地看书、思考。优秀的人，走到哪里都是出色的。二哥在学校表现非常出色，天津滨海新区的某个单位直接发函要聘用他，天津户口，分房子。可是，那时爸爸的身体已经垮了，大部分时间在住院治疗。奶奶和爸爸都想把他留在身边，于是，哥哥经过慎重考虑，终于听从家里安排在廊坊四院的脑外科做了医生。

心灵手巧的二哥在工作上非常出色，业务精湛，尤其是脑开颅手术做得一流。他用手术刀救治过无数的脑梗病人，亲戚、朋友、同学、邻居都曾得到过二哥的救治。20 年前，人们送他美称"胡一刀"。

我嫁到外地，忙着工作和家庭，很少回家。我与二哥也是聚少离多，就像我们的童年，总是坐跷跷板，我来到奶奶身边，他就要去甘肃生活；我回到甘肃上学，他就回到河北跟着奶奶。我在霸州上学，他去外地读书。他回到霸州工作，我却嫁到了外地生活。成家后的我们，依然话不多，也许是我们在一起成长的时间太短，共同话语很少，再加上二哥太木讷，每次见面，打个招呼，然后就无话可说。

冬天里的温暖

那年寒冬，二姨去世，我头一天先到吴桥吊唁。二哥当天有个开颅手术，第二天他才赶过来。记得那天开席了，我没有坐，一直等着二哥。我跟着表弟的车去德州接二哥，给他带了一杯茶。路上，二哥大口大口地喝着茶，一句话都没有说。

吃饭时，我默默地给二哥夹菜，倒酒。祭奠时，二哥以妈妈的名义给二姨点了好几出戏，一次又一次打赏。从吴桥回天津的高铁上，我们说了一路，说起童年姐姐烧他的鞋子、爸爸在老家打我们、丢自行车、帮爸爸打捞溺水者、给我家阳阳做疝气手术等往事，我记得的事原来二哥都记得清清楚楚。

我问他："哥，童年时，别人欺负你，为什么不反抗？"

"主要是怕大哥给我报仇，抄他们的家，让奶奶生气。再有，干吗要动手啊，那是懦夫的行为！用拳脚解决难题的，大多是莽夫。"

"当年姐姐把你的棉鞋烧了，为什么不打她？"

"我是哥哥，要让着妹妹啊，也怕妈妈生气。"

"哥，童年时，大哥打你，恨他吗？"

"不，大哥比爸爸更疼我，他处处护着我们。"

"哥，妈妈接你回甘肃读初中，你是自愿吗？"

"是，大姑结婚到了霸州，有一次，我去城里看大姑。我看到了外面的世界，终于知道马家堡是那么小，我不能一辈子在老家搂树叶。我自己转了霸州的书店和中学，终于知道农村与县城的教育资源的巨大差距。"

"哥，小时候，我总觉得你很懦弱，让人欺负了都不敢还手，没想到你是不想让家长生气，你比我们都懂事。"

那是我和二哥谈得最久的一次，看似沉默寡言的二哥，从少年时就懂得思考人生。哥哥思想的深邃、医术的高超、良好的口碑，令我刮目相看，我对他产生了更多敬意。

二哥化作了天使

日子在平静中往前走着，随着各自的孩子纷纷考上理想的大学，中年的我们终于可以松一口气。深秋的一天傍晚，老姑父突然打来电话："芳芳，你二哥出事了，他和同事去游泳失踪了。"

爱人带着我急匆匆往家赶。一路上，我木木地坐着，脑子里乱成一窝蜂，撕碎的思绪归不拢，理不顺。思维也是跳跃的，一会儿是三岁时刚看到二哥的情形，一会儿是四岁时爸爸拉着哭泣的二哥去甘肃读书，一会儿是七岁的我与二哥对换，一会儿又是 17 岁的二哥，一个个画面在我的脑海浮现，那么熟悉，那么亲切，那么生动，任我喊破喉咙，也留不住二哥那急匆匆的脚步。

我们匆匆赶到出事地点，天黑得伸手不见五指，猫头鹰发出一声声瘆人的惨叫。我抱着二哥的小棉被紧张地哭喊着，一声声泣血的呼喊，就像一把把利刃，瞬间把我的心戳得鲜血淋漓。

二哥的连襟住在这个村子，二哥向他要了一块地种菜。爸爸的勤劳遗传给了二哥，再加上他年少时在农村生活的经历，让他学会并爱上了种地。他种了各种蔬菜和玉米，一个人忙得不亦乐乎，二哥下夜班总要过来打理这块菜地，蔬菜下来了，就给身边的亲戚朋友送一些尝鲜。那天，二哥刚下夜班，他的同事听说二哥种的玉米成熟了，就约着二哥去采摘。

二哥昨晚值夜班忙着抢救车祸伤者，没怎么休息，本想回家补觉，但是二哥很要面子，不好拒绝同事，就带着他去采摘。两个人在菜园子里一通忙活，西红柿、黄瓜、小白菜、豆角、茄子、嫩玉米等各种果蔬摘得盆满钵满。连襟听到二哥带同事来了，赶紧摆下一桌子酒菜，又约了几个亲戚，大家吃吃喝喝非常开心。

酒足饭饱，二哥想要回家休息，可是他的同事感觉还未尽兴，看到菜园子旁边有个池塘，非要划船。好面子的二哥不好拒绝，正在犹豫中，热情好客的连襟赶紧找了一个小橡皮船。于是，不会游泳的同事趁着酒兴划船，二哥仗着自己水性好，也下水游泳。

二哥游得正欢，突然听到同事惊恐地连连喊着救命。二哥定睛一看，原来同事把橡皮船弄翻了，落入水里呛得死去活来。二哥没有丝毫犹豫赶紧游了过去，抓着他的衣服往岸边游。谁知，那是砖窑取土用挖土机挖的数十米深直上直下的深坑，连日来降雨已把岸边浸泡松软，一扒就塌方。二哥吃力地把同事一次次托举起来，那人一次次随着塌方又滚入水里。对于不会游泳的人而言，一旦呛水，即使是一把稻草，他也觉得能救命。那人死死抱着二哥，一次次把二哥往深水里拖。二哥咬着牙一遍又一遍抓着同事往上推举，那人又胖又壮又笨，比死猪还要沉，一次又一次消耗着二哥的体能。

时间已近中秋节，天气渐渐凉了，池塘深处水寒刺骨。二哥已冻得手脚发麻，牙齿不住地打战，二哥的腿肚子开始抽筋了。此刻，二哥如果丢开同事，他完全能够脱险；或者给淹糊涂的同事狠狠几拳，把他打蒙，也能把他带上岸。可是，二哥太善良了，他长这样大，从来没有无故殴打他人。二哥拿出所有力气，又一次把同事推到岸边，同事也拼命了，他不顾一切地往岸上爬，为了给脚找个助力点，他狠狠地向下蹬去，一脚蹬在了二哥的胸口，那要命的一脚，把二哥蹬向了无底的深渊……

那人，他终于挣脱了死神的魔爪。

二哥却被死神牢牢抓住……

水塘边，灯火通明，天地间溢满悲伤的泪……

一小时，两小时，三小时，时间无情地流逝着，分针、秒针，每走一下，都是在亲人的心上刺刀，刀刀见血，我们的心已血肉模糊……

我们守着嫂子，静静聆听二哥其他同事讲述经过。他们听那个被救的同事说，他和二哥都落水了，他爬上来了，二哥却失踪了。

我咬着嘴唇，不时地掐着自己的胳膊，告诫自己要保持清醒，我要理性分析事情的经过。那天所有在场的人，没有人比我更了解二哥的酒量和水性，他在读初中时就跟着爸爸在甘肃横渡黄河，帮着爸爸打捞溺水同学。也是受爸爸的影响，二哥的酒量有一斤，饮酒后，仍能面不改色地正常做事。

"两个人都落水了，不会游泳的同事爬上岸，浪里白条的胡大夫失踪了。"我仔细琢磨着，在心里反复推敲，在脑海里一次次播放这个画面，无论如何都说不通啊。这绝不是事件的真相！我把内心的疑惑告诉了身边的亲人。

于是，我们找了那个被救者，让他说出事情的真相。他说，回忆不上来了，也许他还未从惊恐中走出来，也许他在刻意回避着二哥救他的事实。

夜深了，二哥依然杳无踪影。从白洋淀请来的专业打捞队就要下铁钩子了，我不干了，拦在河边，再三哭着请求他们动作一定要轻轻的，千万别伤了我的二哥。他们反复给我保证，我还是不忍心让他们下钩子。姑姑家的两个表弟已多次下水，把池塘几乎摸遍了，已冻得说不了话，不敢让他们再下水。姑父说："芳芳，听话，我盯着他们，绝不让他们伤了二秋。"

我被表妹拉走了，我把被子紧紧贴在自己的胸口暖着，一会儿找到二哥，他肯定冷啊。我跪在地上声嘶力竭地喊着："哥啊，哥，你在哪里啊，在哪里，在哪里，请你赶快现身，跟我们回家吧！"

"找到了，找到了，二秋找到了！！！"

听到人们的惊呼，我抱着被子跌跌撞撞奔过去，跌倒，爬起，爬起，跌倒，姑父从我手里接过被子，我疯了一般冲到水边……

二哥的面容是那么安详，就像做手术累了，躺下眯一觉，等着母亲的呼唤，他的双手依然是托举的姿势，就像天使的祷告。那一夜，我看到了天使一般的二哥，那一夜，他用生命把同事从地狱托举上来，自己却坠入时空的黑洞。

在人性的天平上

《地藏菩萨本愿经》曰：我不入地狱，谁入地狱。地藏王菩萨曾发誓："地狱不空，誓不成佛！"哥，你来到世间是背负着拯救苍生的使命吗？生前用手术刀拯救无数生命，临终，又用自己的血肉之躯把同事从地狱托举到阳世间。前世今生，你都是救苦救难的菩萨啊！

那一天，老胡家天崩地陷！

那一天，良知在人性的天平上称量！

那一天，恶与善，人与魔，在拔河！

煎熬又煎熬，等待又等待。真相与谎言，良知与自私，化成一把把筛子，一遍遍过罗，纠结又纠结，仿佛经过了一个世纪。

那一夜，哥哥的亲人瞬间老去，那一夜，我们的心攥成了麻核桃，痛如蚕食，空气里飘满悲伤的泪，每一滴泪都是一把寒刀，把哥哥的亲人割得体无完肤。

"胡大夫是救我牺牲的！"

"我是胡大夫救上来的！"

"胡大夫用胸口把我顶上岸！"

良知在烈火上炙烤，终于等来一句真话，终于知道了事情的真相，与我推理的完全一样！

良知的尽头是真相，真相大白，是那么难。人与兽，恶与善，一岸之隔，此岸到彼岸，需要灵魂来摆渡。

悲伤的尽头，是责任。我们默默担起二哥未尽的责任——为耄耋之年的母亲养老送终。如今，母亲已90岁高龄，没有一天不思念英年早逝的儿子。

悲伤的尽头，是宽容。哥哥救人牺牲，曾有不少人嘲笑我们窝囊。如若不窝囊，为何不向那人索要高额的补偿？那是二哥舍命相救的人，为难被救者，也非二哥所愿。

气象局的老胡家乃书香门第，是二哥用生命把胡家的门楣擦亮，是二哥让我们高昂着头走过人群，走过人生的四季，让我们骄傲而自尊地生活在他用鲜血、用生命暖热的故乡！

2024 年 7 月 12 日

第三辑·致禅心

原上草离离

> 芳草连天碧，我心染绿。
>
> ——题记

"离离原上草，一岁一枯荣。"说到野草，脑海里首先浮现出白居易的诗句。草，古称"柔甲"，渺小卑微，倔强又率真，充满个性。野草自古深得文人墨客的青睐，青碧油亮，柔韧清爽，舒展挺拔，入画不俗；阳光乐观，平凡又顽强，填词入诗，自带精气神。每个人对于草的看法各不相同，厌之，怜之，爱之，赞之。

与野草打交道最久的应该是农民，他们最有发言权。农民每天土里刨食，起早贪黑精耕细作，与天斗，与地斗，与虫害斗，与草斗。一粒种子丢到土里，就像唐僧取经要经过九九八十一难，终于健康长成，眼看收成在望，野草却三天两头冒出来捣乱。草大吃苗，苗大吃草。农民见到野草，举起锄头狠刨。你看他们两眼盯着野草，生怕一不小心野草长了腿脚溜之大吉，不但把草刨掉，还要斩草除根，要么带回家喂牲畜，要么抱到田埂路边暴晒，就怕野草提着一口气，猫到天黑，吸到露水再次扎根还魂。

同样的野草长在不同的地方，却有着天差地别的命运。长在农民的田地里，就像都市里流浪的猫狗，人人喊打遭嫌弃。其实，草很聪明，田地里有水有肥料，土壤疏松，非常利于生长，而田埂堤坡不是缺阳光就是贫瘠少水，别说生长绵延，就是扎根都很艰难。路边的野草每天承受着人畜的踩踏，即使被踩得腰折腿断，只要连着一丝皮肉，只要能吸到一滴水，咬碎牙也要活下去。草站不起，就弯着腰，蹲不住，就趴着，腿折胳膊断，只要根在，就能重新发芽，甚至比以前长得更粗壮。

以前的农民虽然对野草恨得咬牙切齿，但还是留了些许情面。只要不跑到地里捣乱，对于赖在田埂沟渠的野草也就默认了，都是生命，野草虽然渺小卑微，只要不妨害庄稼，就给它们一线生机。随着科技的进步，如今的农民可没有了老一辈的耐心和容忍，一罐除草剂打下去，任你再顽强的草命，转瞬一命呜呼。打过除草剂的田地终于规整，没有野草的纠缠，庄稼活得舒舒坦坦，长得郁郁葱葱。

老一辈的农民就怕地里长草被邻居笑话懒惰，只要有一点时间，就要蹲在地里拔草。那野草啊真是顽固，就像孙猴子拔汗毛吹的法术，拔了一拨，又一拨，天天拔，天天有。老子拔不动了，换了儿子，儿子老了，孙子接着与草斗，一代代，一辈辈，人成了会行走的庄稼，日日长在田地里。野草一岁一枯荣，生生死死，春风吹又生，祖祖辈辈与人缠斗，从农人口中夺食，似乎修成不灭的灵魂。

如今的田间，野草生存的空间越来越小。你看，野草刚冒出头，就看到农人背着药箱由远而近，空气中飘浮着除草剂那刺鼻的气味，草芽瑟缩着哀嚎着枯萎。田地里终于刮净，农人和庄稼都松了一口气，终于可以过上一段安稳的日子。庄稼大口大口地吮吸着养料，一节一节猛长。明知道长在田间的草命悬于一线，野草依然随风飘到田间落地生根，无论生存多么艰难，无论生命多么短暂，它们也要倔强地生根发芽，哪怕只是短暂的半季，也要完成草的使命。

草的根系非常发达，地面上一株看似柔弱的小草，却有着超过身量数倍的根系。草在风雨里跌跌撞撞，一任命运的撕扯，只要让它们喘口气，就能挺过来。草根在土壤里左突右撞，没有眼睛的草却比有眼睛的人看得更准，此处不留草，草根扭头就跑，奔着水源跑，奔着阳光跑，奔着空气跑，奔着养料跑。只要能活着，跑再远的路，草也毫无怨言。草与庄稼都是植物，都是大自然的孩子，却有着截然不同的命运。农人消灭草是为了让庄稼长得更好，草并没有杀死庄稼的野心，庄稼却因草而减产。

佛曰：众生平等。再卑微的草，也有活着的权利。虽然草活得艰难，上苍却给了草九条命。斩不尽，杀不绝，晒不死，除不完。从古至今，农人与草纠缠不休，农人依然忙忙碌碌，草依然春风吹又生。田地并没有因为草而绝产，草也没有被农人赶尽杀绝。三年困难时期，尤其是青黄不接的时候，野草救了无数人命，却从不居功自傲。农人厌弃野草，却从没想着要了它们的草命，因为农人知道，自己也是田间的一株小草，要不史书上咋称呼百姓是草民、苍生和芸芸众生呢。

草与农人的关系好似相爱相杀，草可怜巴巴的，总想从农人嘴里夺食，喂饱自己，给子孙争得一丝绵延的机会。农人看到田里的野草就上头，听不得别人风言风语讥笑他们懒惰，地里长草本是芝麻粒大的事，但在村庄里被聒噪的婆娘说成天大的事。村庄里除去家长里短，又有啥可嚼老婆舌头的事？牛蛋他娘又和媳妇吵起来了，婆媳俩一个撒泼，一个撞头，骂骂咧咧往河边跑，真以为那河有盖子，不收自己呢？吵闹声惹来一街两巷的闲人懒汉看热闹。嘿，看热闹不嫌事大，几个坏娘们再三架火，牛蛋大喊一声："娘，媳妇，地里长草了，走，干活去！"婆媳俩立马偃旗息鼓，拿起镰刀就往地里跑。从前的农村真和庄稼地一样，有的是金贵的庄稼，有的是赖皮似的野草，吵吵闹闹却又和谐相处，各自留路，相安无事。

不知从什么时候开始，农人与草终于打破了和谐，农人以压倒性的优势亮出除草剂，终于要了一地两沟的草命。除草剂真是魔幻，好似长着火眼金睛，把水稻与稗草分得清清楚楚，田地里终于没有了野草，沟渠里的野草也瞬间枯黄，除草剂恶狠狠地抽走了野草的精气，枯草就像被打回原形的白骨精，纸片般萎在地皮上，没有一丝生机。农人终于清闲，轻轻松松搞定了一眼望不到边的庄稼地，产量打着滚地往上翻，盼到收获的季节，农人数钱数到手抽筋。年年大丰收，农人乐得合不拢嘴。家里八九十岁的老人每天到地里转转，看到田埂沟渠上狗皮膏药般的枯草，却不由得叹息。老人与野草打了一辈子交道，也没能把草赶尽杀绝，没想到却被子孙们轻松灭除。老人侍弄了一辈子庄稼，不知不觉血脉里融入了大地的宽厚淳朴与善良，儿孙们宁可错杀，也不放过一草，令老农于心不忍。

草与庄稼的和谐被打破，似乎打开了一个潘多拉魔盒。各种农药、除草剂轮番上阵，科技使出各种魔力，丰收已是定局。得到各种农药、生长剂、除草剂的加持，庄稼、水果、蔬菜季季丰收，可是，人们却发现庄稼、果蔬没有了从前的香甜味道，营养价值也打了折扣。只有躲在田埂沟渠里的草最明白，那些残留的农药有多可怕，不仅能夺了草命，更能伤及人的安康。

草在庄稼地里没有了立锥之地，聪明的草远远躲开了庄稼。有的野草已随风飘到深山老林安家，逃离了惊恐不安的日子，活得更安逸。不知从何时开始，野草的身价突然翻倍，城里人越来越钟情没有农药污染的绿色食品，懂得了野菜野草的医药价值，草也从来没有想过会有这么一天，它们能堂而皇之地被摆在超市、饭店最显眼的货架上，身价却比蔬菜还要高许多。

草与庄稼从古缠斗到今，谁也没想到草也有翻身的一天，只要忍住命运的撕咬，只要自己不认输，风水就会轮流转。如今，农人依然对草毫不手软，手起草枯，但是，城里人却对草偏爱有加。"野有蔓草，零露漙兮"，上苍有好生之德，既然给了草生命，它们就有活着的权利与道理。草与庄稼的关系，人与土地的关系，人与自然的关系，相生相克，和谐共处，才有了富有生机的大自然，才有了人类的安康。

尽管从会说话时就已开始背诵《草》，我却很少仔细观察一株草，从未认真思量草与人的关系。读懂了一株草，让我对这个卑微的生命肃然起敬，那是最柔弱的生命，却有着钢铁般的骨头，无论处在何种境遇，它的心里有力量，眼里有方向，认真地完成着草的使命。

其实，我们都是草民，都是草命，只是有人躲在深山老林，远离红尘的喧嚣，修成芝兰，被人奉为仙草，那是智者；有的人远离田地，长在沟渠林间，没有污染，没有打压，自在生长，被人挖到超市捧为座上宾，那是聪明者；众多的野草依然遵从着骨子里的遗传密码，投胎到田地里，与庄稼竞争阳光雨露，被除草剂剿灭，那是大多数人的命运。

最近，不时在网上看到多地发生中青年轻生的悲剧，很是心痛，为凋谢的生命惋惜，为其家人感到悲痛。"生亦何欢，死亦何惧。"死都不怕，焉要畏生？活着，是一件艰难的事，谁的人生都不可能一帆风顺，像草一样顽强活着，活成芝兰，那是运。城里就是草儿向往的田地，如果在大都市挣不到一线生机，那就回到属于自己的地方，活成城里人稀罕的野菜，也不失为好命。

不负上苍赐予的生命，不负韶华，不负风雨，发芽生长，活着，顽强地活着，就是草的使命。草生何其卑微，活着何其艰难，只要刀没架在脖子上，只要除草剂没有灌到草的嘴里，草就要活着。热爱生命，苦亦无语，难也无语，忍辱偷生地活着，无怨无悔地活着，守住命，守住草根，守住一口气，努力修炼出山海般强大的灵魂，积极向上，阳光、乐观地活着，就是野草的生存法则。

生要尽兴，爱要尽情。生而为人，实属不易。每个人来到世上，是偶然，也是必然，都带着各自的使命，认真活，努力活，哪怕活得再卑微，也要坚持。因为你不仅为自己而活，还有责任和义务，大地所给予的，终有一天要回归大地。

人生，是一场漫长的修行。我们要勇敢地活着，像野草一样活着，即使掉进命运的夹缝里，也要朝着光亮生长，总能走出命运的低谷，开出自己的花朵。

独坐小亭茶一壶

茶与水有着不解之缘，水为茶之媒，茶是水之魂，一杯香茗，水的功劳占了一半呢。最近春雨绵绵，时强时弱，淅沥了一周，昨天突发奇想，连日阴雨早已把天空清洗干净，何不接点雨水泡茶？赶紧拿出几个大锅小盆在阳台上一字排开，于是，在这个暮春的雨夜，我家的阳台叮叮咚咚奏起了锅碗瓢盆交响曲。

枕雨入梦，聆听雨在窗外的呢喃。光线幽暗，耳朵却异常灵敏，似乎能听到自己的心声。听着雨时远时近地徘徊，感觉自己就是那骑着马儿的诗人从唐朝出发，嗒嗒嗒，走在一条诗歌铺就的石子路上，两边栽满青油油的绿茶。

春雨淅淅沥沥落了一个晚上，我也赚得钵满盆满。也许这雨水里有我太多的期待，明晃晃、清亮亮，端在手里感到雨水要比自来水轻柔，就像捧着一汪碎银子。把水盆放到窗前沉淀半晌，也算是醒水，去去雨水的寒气。

品哪个春茶呢？娇娇的明前西湖龙井，嫩嫩的安吉白茶，醇香的陕南富硒茶春芽，还是醉人的四川茉莉花茶？都是早春的新茶，哪个都想尝尝，却又不忍厚此薄彼，我啊，一会儿闻闻这款，喜欢，一会儿嗅嗅那种，心动，真有点踌躇呢。

今春的新茶尚够我品尝，但洁净的雨水只有一钵，只有选一种最可心的新茶试春雨啊！此刻，我的吝啬堪比葛朗台呢。蓦然想起陕南的安康，想起翠如碧玉的紫阳富硒茶，想起 2016 年的今天，我去紫阳深山的茶乡采访，整整三天，我住在茶民的老土坯大屋，与茶农阿婆同吃同住，感受采茶和炒茶的艰辛和乐趣，深度体验原始的茶农生活。晚上，我们围坐在火塘前，一边品着自己采的新茶，一边聆听阿公阿婆讲山里的生活。记得离开茶山时，支书骑着摩托送我出山。茶农一家恋恋不舍地送我一程又一程，我挥手再挥手。刚背过身要登车，突然听到阿婆喊我，原来阿婆背来一篓老腊肉非要给我。那些腊肉和紫阳富硒茶被我千里迢迢背回家，与亲友分享。从此，紫阳富硒茶在我家茶台上占了一席之地，安康成了我心心念念的绿洲，每当明前采茶的日子，我总是情不自禁地想起那山那水那茶和那里的人。

不知不觉紫阳富硒茶的馨香弥漫，捧着紫阳春茶，似乎捧着陕南的青山绿水，我的心蓦地有碧玉般的汉江流过。安康是我文学的娘家，我的文学在这里开枝散叶。我曾经在《安康都市报》做了三年的美文专栏，安康的名胜古迹几乎走遍了。真正饮茶、懂茶、恋茶就是从紫阳的富硒茶开始，每次品茶，我都不由得想起安康，想起紫阳茶。

选哪套茶具呢？拿起宜兴紫砂壶，掂掂汝窑小茶杯，又摸摸在眉山东坡书院买的青花瓷盖碗，我像皇上选妃子一般慎重。嘿，有点矫情，品茶本就是诗意的矫情，尤其今日用雨水泡茶，更是难得，戏要做全套啊，既然是享受浪漫，更要用心哟，稍作纠结，最终我选用了透明的青花瓷盖碗。

我把茶台搬到小亭子里，把沉淀好的雨水轻轻注入电壶，洗好茶杯。打开紫阳茶罐，清香扑鼻，用茶针把茶芽轻轻拨入茶荷，端起轻嗅，眼前似乎映现出紫阳那碧绿的茶园，层层梯田就像碧玉雕成的天梯，直入云霄。把沸水倒入公道杯凉到七成热，再沏入盖碗里冲洗茶叶，茶的清香瞬间溢出，一枚枚茶芽随着水波上下翻滚，就像在职场身不由己打拼的人儿。

洗茶也是醒茶，茶叶被水揽入怀里，瞬间有了精神。此时立马倒出洗茶的水，把温热的雨水再次沏入茶碗，扣上盖子，静观茶与水的热恋。紫阳富硒茶碧绿秀巧，有一种独特的清香。茶芽多为一大一小两个芽，随着水波起起伏伏，如枪似戈亦如旗，一番浮动，水安静了，茶芽也安稳下来，一枚枚芽尖头朝上在水中直立着，杯里就像栽下了一根根碧玉针，又像仙子遗落凡间的相思。

轻轻端起水碗，水波轻摇，叶芽随之晃动，就像二月的柳枝被春风吹斜又扶起，杯中的芽叶随波起舞，柔婉又曼妙，心儿亦随之波动。轻轻呷了一口茶，哇！那口感真是不一般，雨水乃无根之水，从天宇落下，自带仙气，轻柔丝滑，嘴里就像含着一团棉花，又像噙着一口酥油。雨水无色无味，好像不存在，却把紫阳富硒茶的馨香全部激发。雨水与新茶可说是绝配，似有似无，把新芽拢在怀里，给它暖给它爱，让茶自由绽放，却丝毫不显示自己。相比雨水，矿泉水甜而生硬，自来水充斥着消毒剂的味道，如果用它们泡茶，简直是暴殄天物。山泉泡茶，当然最是美妙，只是山不过来，我也没时间过去。

遥想茶圣陆羽当年写《茶经》，他用山泉水泡茶，用江河水泡茶，此外用得最多的也许就是雨水泡茶。雨，乃天地间的精灵，给了他灵感，给了他智慧，让他茅塞顿开。一个人要想做成一件大事，他的生活肯定是简单的，哪有精力天天往返山涧取山泉水？就地取材似乎更便利。陆羽在上饶生活比较久，江南雨水勤，取之方便。古时，没有工业，没有污染，天空湛蓝如洗，空气清新，雨水生在云端，静静落在空寂的大地，洁净空灵，深得文人墨客的青睐。其实，陆羽用何水泡茶，只是我个人猜想，真相如何，并不重要，读《茶经》，自有分晓。

上次用雨水泡茶，是多久的事？应该是童年时，奶奶接雨水煮茶，我跟着凑热闹，不记得茶有多香，只记得那时的乡民喝井水，奶奶说井水虽然甜，但是太阴，喝着胃口有点沉。那时的我才五六岁，哪里懂水的软与硬，只是觉得奶奶在院子里放了大桶小盆接雨水，我趴在窗前听雨叮叮咚咚，真是惬意。

我独自坐在小亭子里品茶，一杯又一杯。檀香袅袅，春雨淅沥，与幽幽的琴声唱和着，一盆初开的兰花静静陪伴着。我在往事里回味着，无边的静弥漫着，醉人的兰香与茶香交织着拥我入怀。雨水茶，需要一颗安静的心来品，仔细聆听雨与茶前世的相思，今生的相恋。无言倾诉，又好似万语千言。茶的痴，雨最懂，雨的忧伤，茶最怜惜。

壶中的雨水茶越来越少，雨水茶入心入肺，涤走了内心淤积的块垒，身心亦越来越轻，似乎两翼生风呢，唇齿间茶香悠悠。雨有味道吗？我觉得它是有灵魂的，遇香则香，遇到什么人，它就变成什么品性，它在我的胃里，在我的血脉里，在我情感的深处，静默着。

茶在雨的怀里，雨在茶的生命里，茶在我的灵魂里。在一壶雨水茶里，我邂逅了曾经的自己，青春的枝头再次爆出一串串青芽。

2024 年 5 月 3 日

叩响春天的大门

春天，每一朵花都是一扇大门，我的手叩出了一只迷路的花鹿。由着春风做主吧，轻轻的脚步，踏着花鹿的脚印走进打开的门。

春在南国的碧海蓝天里。春天像顽皮的小姑娘徜徉在南国的椰子林，它停歇在鸥鸟的翼尖，与鱼儿对唱情歌，唤醒海与天沉睡的春心，浪花卷走海岸的孤寂。我静坐礁石上，聆听着浪花与海滩的情话，回想着 365 天为生活奔波的疲惫，深深感叹人心的贪婪与无知。上苍赐予我们美好的生命，我们却给它附加了层层枷锁。问问自己，给予世间多少爱，留给自己多少情。来来来，褪去多余的装饰，还原生命的本来色彩。让我们回到生命的初始，鱼儿般畅游在蓝天碧海间。

春在云贵高原的花海里。也许是上天独爱贵州，它把最美的油菜花赐给了这片多情的土地。新春伊始，高原上已是铺天盖地的鹅黄。灿灿的花海是春天的信使，那炫目的色彩映亮我的眼睛，心头淤积一冬的阴霾瞬间消散。从正月的大西南一路燃烧到八月的呼伦贝尔草原，那是黄金镶嵌的丰稔之路，那是黄金镀就的希望之路。爱春天绽放的油菜花，就像爱着一幅金黄原野的油画，花海卷起旋涡烧伤视觉，而我甘愿失明。当我和你像醉酒的孩子，跌跌撞撞闯进花海，漫山遍野就是一张花床，将我们的青春和激情收藏。爱春天盛开的油菜花，满目的金，满目的黄，在花海中央，把你我一同种下。也许是黄果树瀑布给了油菜花绚烂的神韵，也许是都柳江给了油菜花灵动的笑颜。水流潺潺与一泻千里的豪迈，和着清婉缠绵的花香，为高原带来一场春天视觉的盛宴。

春在汉江两岸的梅园里。春风吻醒酣睡的梅花，蜡梅张开惺忪的眼睛，看看天上渐渐多起来的飞鸟与风筝，咧开小嘴甜甜地笑。此刻，春天就歇在蜡梅那毛茸茸的睫毛上，在柔风里一眨一眨。娇娇的蜡梅啊，是谁把月光聚拢起来，捏出了你的模样？为了握住那冷冷的香，我不敢也不会放手，怕你像月光一样散去，怕我不能把你的容颜收集。俏丽的蜡梅啊，你孤立寒夜，是否寂寞？春风会与你相随，春雨会与你相依，还有树下破土而出伸开翠叶的小草会与你相伴，你不再孤独。

春在北国的琼楼玉宇里。此时南国已满是令人艳羡不已的花香鸟语，北国千里冰封，似乎唯有雪花。如果你没有置身于粉妆玉砌的童话世界，你就没有见识过真正的北国的春天。这里的春天就像北方人一样爱得热烈、恨得彻骨。哈尔滨的早春就像戏曲里的变脸，室外哈气为雾、滴水成冰，屋内暖意融融，仿佛人间四月天。原野就像孩子们的蜡笔画，线条简洁，色彩明快。洁白松软的雪地，散发着松香味的黄色小木屋。湛蓝的天空，已被仙子擦洗过。凝视着那片深邃的蔚蓝，感觉多么熟悉，那是前世我们灵魂畅游的海洋，那是我们最初的眼睛啊。行走在厚毯子般的雪地上，疲惫的身心在这一刻变得轻盈，身上那些灰色的羽毛悄然抖去。春阳随着呼吸进驻我的心房，前路上依然会有风雨凄凄，但我不会再长久地忧伤。

悄悄走进晶莹精致的童话世界，北国最大的冰雕城，那个被施了咒语的宫殿。变化莫测的彩光瞬间穿透了每个角落，静谧的宫殿里我不忍呼吸，潮湿的呼吸会唤醒沉睡的小公主吗？你看它嘴角的那丝微笑多甜，也许我的热吻就能让它苏醒。如果爱让它孤苦，不如就这样静静地聆听它的心跳。爱温暖爱，心抚慰心，欣赏，祝福，或许是最美的爱。这是春意的花园，这是人间奇葩，冰雕玉琢的花鸟树木，玲珑剔透的才子佳人，是谁的巧手给了它们不老的青春？春化作热泪滑落在我的心上，我的心里绿意融融，生活里多了一抹姹紫嫣红。

春天花枝招展，仿佛一场大美的盛宴。为了找到来路，我把脸贴向草根，让大地的脉络带我突围。

我和春天有个约定

盼望着，盼望着，春天终于来了。沉寂一冬的院子热闹起来，海棠羞答答，碧桃笑盈盈，开得格外喜人。

柔美的花朵就像落在地上的云朵，看一眼花开，身心都变得通透。怒放的生命，让我敬畏，我在悄声问自己，你怒放过吗？你是否悟到了生命的意义？一年转眼又逝去了四分之一，每天行走在这个大院，匆匆忙忙，却在重复着相同的日子。时光不待人，我却只能看着它从我的指缝溜走，想要做的事一直在心上，焦急却又无奈。

花比我有勇气，时刻记得自己的使命，春来花自青，无论风吹雨打，无论是否有人喝彩，它知道大地在欣赏着自己。

春天里，一切都是新的，看看花，亲亲草，再给心田种下一个希望，种下快乐，种下祝福，与春花一起生长。一花一世界，一笑一尘缘。生命里的每一段时光都是前缘，像花儿一样美丽，像花儿一样热烈，勇敢地走过春天。

与春天在一起，与花儿在一起，听风听雨听花落，梅妻鹤子忘烦忧。

与竹相约

朋友从江南快递来一兜春笋，憨憨萌萌，煞是可人。春笋胖乎乎的，宛如襁褓中的小宝宝，深黄的胞衣层层包裹，一层细细的小茸毛，真像乳臭未干的小娃娃，胞衣上挂着亮莹莹的小露珠，仿佛走了千里路累出的汗珠子。

我把胞衣一层一层剥下，仿佛剥去了冬天的沉闷。竹的清香一点一点散发出来，终于看到了那象牙般的笋芽，皎洁莹润，宛若月光。拿刀的手有些微颤，真不忍心切割，但春笋的鲜美，诱惑着我把它做成了一碟美味的炒竹笋……

笋片在我的唇齿间融化，似乎听到身体里有竹笋在拔节，在歌唱，感到一种力量在我脉管里生长。竹生长在我的灵魂里，从此，我是世间会行走的竹，它是我挺起的脊梁啊！

与春笋对视，与春天低语，我把春天种在心里，从此，我的心上有一片茵茵绿洲，从此，世俗的烦嚣离我越来越远……

与春同行

带上眼睛和耳朵，走向原野。

每朵花，都是春天的门，每片叶，都是打开春天的钥匙。

每个纯净的心灵，都是春鸟栖居的鸟巢。

回归原野，走在时光的脉搏里，做真实的自己，哭也好，笑也罢，无须面具的遮掩。

在湖水里，洗手洗脸，洗净灵魂。

在蓝天里，在白云上，放牧内心深处圈养的羔羊。

与花为邻

玉兰，一世芳华，在寂寞中盛开，在惊叹中离去。

短暂而又美丽的行走中，有着怎样的故事？真想寻一条蹊径，走入它的心里，写下它那含泪的微笑与微笑中的凋零。

花如女人，如果有一双温柔的手来呵护，也不枉此生的轮回。

春去春又来，可是我们的青春，我们的花颜，我们的梦想，都去了哪里？

岁月有脚，它一步一步地朝前走，就像那爬山虎的脚，稳稳地、坚定地行走着，不管我们是否愿意。

岁月有形啊，玉兰就是它的秀颜，在料峭的春风里，它眨着毛茸茸的眼眸，眺望着万家烟火，几番春雨，它绽开了笑容，在枝头优雅着。

树如人有情，人却没有修出树的灵魂。

智慧、忠贞、善良、质朴，树深深地爱着同类，一树为木，二木为林，三木为森。

人与树相近，一个为人，两个是从，三个为众。一撇一捺站住了是个人，两个人却人云亦云，三个人，法不责众，肆无忌惮。

树也许在暗笑着人类，实在愚蠢，短短的生命，却在钩心斗角，同室操戈……

玉兰花开了，一扫早春的阴霾与沙尘。世间污浊，我情愿与花为邻，与阳光做伴，在一朵花里完成前世的约定。

与花相约

江南的油菜花开了，那炫目的金黄，灼伤了我的心，夜夜都在思念着那片绚丽，时时想着醉卧花海。

心念一动，与江南的白鹇姐姐说了心愿，没想到马上得到姐姐的盛情邀请。花已盛开，正是当时，我在江南等你！

没想到姐姐如此真诚地邀请，我的心顿时翻腾起浪花，马不停蹄地构思着采风方案，呼朋唤友，准备着赶花之行。

连夜与妹妹联系，相约提前去老家扫墓。筹划出行，我和几个会长忙到深夜，那晚我一共睡了不到四小时。天刚蒙蒙亮，妹妹带着外甥与我会合去老家，看到她那憔悴的面容，我很是惊讶。询问得知，最近她的婆婆和妯娌大嫂得了重病，婆婆住院一周，刚回到家里，大嫂还在天津肿瘤医院术后昏迷着，他们夫妇衣不解带地在天津伺候，家里无人，暂时还不能接母亲去她家。

听了妹妹的话，我看到母亲的眼睛红了，眼里闪过一丝的失落。我赶紧告诉母亲，江南的油菜花再美，也没有陪伴母亲重要，我不去江南了，您就安心在我家住着吧。自从二哥七年前因为救人去世以后，母亲冬天在我家，暖和了就去妹妹家。白发人送黑发人，那撕心裂肺的痛，那无尽的伤，我懂啊，我怎么忍心让 80 多岁的老母亲居不安心呢？

美丽的油菜花年年岁岁都在那里，今年赶不上，明年、后年依然金灿灿，依然为我盛情怒放，而耄耋之年的老母亲还有多少个春天与我相守？花可等，孝心不能等啊！放弃了江南的油菜花，我的心里有太多的不舍、太多的内疚、太多的自责。我让朋友失望了，食言，对于我这样恪守承诺的人来说很少发生，我做人一直是一诺似千金，可这次，我不能不失信。只求朋友多多体谅，我不是言而无信信口开河的小人。

恰好，采风团队亦因为诸多原因不能成行，计划顺延至秋天。我不知道其中是否有我的原因，但心里却像打翻了五味瓶，让江南的朋友失望了，让身边的朋友失望了，也让自己那颗爱花的心纠结。

江南的油菜花为我铺出了一条黄金大道，牵着母亲的手，在文字的导引下，我们仿佛来到了江南，那个童话般的江南。我看到母亲眼里的笑容，化成一株株有温度的油菜花，随风摇曳，遍布婺源的青山间，秀水畔，在那一幢幢白墙灰瓦的徽派小屋前，纵情怒放。

我的眼里、心里、血脉里，有情，有爱，有恋，有诗，有着生生不息的爱的潮汐，日夜奔流，奔入婺源的山山水水，落地为花，升腾为云。

迎春花开

昨夜，春雨淅淅沥沥下了许久，宛若李白骑着马儿，嗒嗒嗒，从诗卷里走来。枕着春雨入梦，梦里春花烂漫……

清晨，绕过每天上班路过的那片闹市，轻快地走在寂静的小公园的花墙边。一片金灿灿的迎春花次第绽放，前几天还是星星点点，经过一夜春雨的滋润，竟然海潮般涌来。

春天，真的来了！娇俏的迎春花仰着笑脸，擎着春阳，甜甜地微笑着，那笑容仿佛一盏盏美酒，看一眼就醉到心里。

北方的天气与花朵就像北方的人，爽朗、明快，不下雨就出太阳，不开花就沉睡。南方的早春二月，那春雨阴郁绵长仿佛有牙齿的小兽，一口又一口，撕咬得骨头痛不可言。北方的春阳，和暖柔润，犹如母亲的怀抱，再大的疲惫与委屈，被春阳抚慰着，转眼又是朝气蓬勃的花季。

又是一年春花开，去年赏花犹如昨天。时间跑得飞快，它从来就不会等待懒惰的人。一年之计在于春，春天，必须对自己新的一年做个盘算，不然，瞬间又是雪花飘飘的隆冬。

2019 年已流逝了一季，有些焦虑，今年需要完成的任务一大把，必须快马加鞭追着时间奔跑！

今夜在雨珠里静坐

秋雨淅淅沥沥下着，天地间一片迷蒙，呼吸着湿润的空气，身心亦变得舒爽。

天气一天天变凉，尤其是落雨的日子。湿冷，惆怅，几欲闭窗，却难舍雨滴的曼妙，窗敞了一整天，雨淅沥了一整天，心情亦舒畅了一整天。

独爱落雨的午夜，点点滴滴化成丝丝缕缕的情愫，与自然对话，与自己对谈，打开心窗，舒缓潮湿的心绪。

夜深了，雨还在不知疲倦地呢喃。卧室的窗依然舍不得关闭，一任湿凉的气息与我相拥。雨似乎懂我的欢喜，默默地陪伴，谁在陪谁呢？或许，心在读雨，它在读我……

不知不觉，已是深秋，岁月无声地奔跑，转眼又将是一年的尾声，可我，似乎还沉醉在花枝烂漫的春天……

窗外的雨依然不知疲倦地呢喃，大地在沉睡，雨在与我私语吗？气温越来越低，依然舍不得把雨关在窗外，似乎有雨陪着，内心多了几分踏实与温暖。

无眠的雨夜，听雨，想着或近或远的心事，无忧亦无欢。此刻，我静如雨滴，在天地间呼吸着，倒空内心的沉重，轻如羽毛，泊在夜里……

把耳朵叫醒，努力伸过钢筋水泥的丛林，来到江南的竹林里，聆听雨滴与竹叶的低语。

落雨的午夜，令人孤寂，仿佛有一束光，照亮自己的灵魂。读雨，亦是阅读自己的心灵。快乐抑或忧伤，真实地倾泻，凝成有质感的文字。一粒粒，一行行，敲打无眠。

今夜，在一粒雨珠里静坐……

听 秋

立秋了，天似乎一下子高了起来，仿佛一个佝偻着腰的汉子站了起来，天的爽朗把心也映衬得敞亮了许多。

立秋之后，风似乎也多了几分爽快，少了湿热黏糊，仿佛孩子的小手轻轻抚摸着，麻木的肌肤有了些许快意。晨起后，从卧室晃荡到客厅的沙发上，周末，不必惦记着上班，人仿佛剔了骨头，瘫软在沙发上，脑壳被晨风反复冲洗，沟沟沿沿，边边角角，淤积的心绪一并带走，终于空了，心里的海滩空了，脑壳空了，似乎在对应着佛经里的空无。

立秋了，窗外的蝉鸣也变得放肆。它们似乎也知道属于自己的时日不多，依然在声嘶力竭地叫着，没有了往日的节奏和美感，似乎在宣泄一生的爱恨。其实，除去知了，没有谁在意它们的悲欢，它们在自己的世界里挣扎着，都想多竞争一缕阳光，一滴甘露，都想踩着别人的肩膀往上爬，只是它们忘记了，再长的夏天，终要过去，属于知了的盛夏很短，短得来不及说再见。知了在窗外嘶鸣，没有人愿意去听它们的絮叨，这个世界很忙，大家都在忙着自己的事，没有人在意别人的喜忧。

其实，知了的一生多像人，半生在黑暗里潜隐，一朝走向高光，刚放开喉咙鸣唱，寒冬却逼近了。先知先觉的知了不再鸣叫，在枝头徘徊，回想着在黑暗里沉睡的日子，那些安稳的日子已随风而去，只能在颤悠悠的枝头腾挪。唉，人啊，谁不是知了，谁又能躲开秋蝉的命运？

周末了，不必为工作忙碌，一个人懒洋洋地躺在客厅的沙发上听秋，听着秋蝉那抑扬顿挫的鸣叫，好似在努力拼凑着平平仄仄仄仄平平的节奏。秋风在我的身上游走，就像一个淘气的孩子，不断逗引着我的玩心。

思绪飘到了千里之外的草原，青山苍郁，溪流潺潺，野花丛丛撒满原野，真想和心爱的人在草原上徜徉，行走，坐禅，打滚儿，把脚丫染成绿色。

红尘多喧嚣，总有那么一块净土，属于自己。在云端，在梦里，在心上，芳草连天碧，我心染绿啊。

年少时，很喜欢坐在窗前听秋。那时，我家住在气象局家属院的小平房里，窗前有两棵巨大的泡桐树，木窗户从入夏开始就一直敞着，尤其是秋日的午后，微风摇着两扇窗户有节奏地吱咯吱咯，节奏明快而单调，却奏出了秋的况味。咯吱咯吱，好似两个爱侣在对情话，诉说着平淡日子的温馨与祥和。记得幼年时，我在奶奶身边生活，奶奶的老宅安的也是木头窗户，用一个小木棍支着窗扇，偶尔风起，窗扇吱呀吱呀地响着，奶奶轻轻拍着我入睡，吱哟声就像一首动听的催眠曲，我随着节拍哼着童谣。

转眼间，童年走远了，慈祥的奶奶也杳无踪影，只有往事依然摇着记忆的窗扇"吱呀吱呀"。

梧桐树偶尔落下一两片黄叶子，蝴蝶般栖在我的书桌上，思绪凝成诗行，在落叶上书写着少女的心事。

栀子花般的小女孩，哪来的人生感慨和愁绪？那时不懂愁滋味，为赋新词强说愁，唉，而今识尽愁滋味，却道天凉好个秋啊！

立秋了，转眼就是冬天。岁月奔跑得太快了，疫情之下似乎被贼偷走了春天，今年的节气和记忆有些支离破碎，难怪窗外的知了叫得那么凄凉，莫名地丢了时光，谁能不悲愁呢？

沏一杯春茶，听一曲春谣，吟一首春词，想象着在绿茵茵的春光里，洗去秋的苍凉。

月 光 下

夜里记得把门锁好，把灵魂看好，别让野猫叼走。

看好心，别被小情牵走，一旦走失，你就是比干第二。

如果有月光照进来，就舒展开来，美美地睡吧，那是我的目光在照看你……

把骨头安抚一下，跟着你，太辛苦，把肉卸下来，安放在床铺上，让骨头轻松一个晚上。

把耳朵洗洗，白天听了那么多噪声，它已累得一塌糊涂，委屈得要哭呢，该听的，不该听的，都钻了进去。安抚一下，让它美美地睡吧……

把眼睛揉揉，让泪水尽情流淌吧，看了那么多花开花落，笑容背后的悲伤，黑白的中间地带，真真假假，想看的，不想看的，一概入眼，眼睛累了，让泪水来抚慰吧……

记得漱口刷牙，说了那么多言不由衷的话，牙齿会腐蚀，坚硬的牙齿有时候不如柔软的舌头，舌头没有骨头，却能咬碎时光，它比枪剑锋利。

记得按摩一下心口，跟着你东跑西颠，很是辛苦。世间的真善美统统收入心中，人间种种悲伤也一概装在心里。它有些不堪重负。它更像一个天平，称出灵魂的重量，丈量出天地人的距离。它很大，装得下天地万物，却又很窄小，只能安放一个名字。

夜里，轻轻呼唤，眼前的灯渐渐亮起来，窗外的月圆起来，心中的诗慢慢溢出来……

在月光下，晾晒潮湿的心。

心

世界上最大的是心，容得下宇宙，容得下苍生，容得下美与丑。

世界上最小的也是心，放不下一滴水，容不下一粒沙，哪怕是一个名字都让心累得龇牙咧嘴。

世界上最柔软的是心，见不得一滴泪、一丝风，有点风吹草动，心就化成了一汪水，温温柔柔将一切融化。

世界上最坚硬的也是心，仿佛铁石打造，雨淋不透，风吹不动，再悲情的泪，也流不到心里。

世界上最纯净的是心，通透明亮，水晶般映照着灵魂，收纳阳光雨露，化作生命的源泉。

世界上最肮脏的也是心，一切罪恶皆由心生，藏污纳垢的心，臭不可闻。

世界上最无私的是心，总想掏出所有回报世界，乐此不疲地做着，富人一般地奉献着。

世界上最贪婪的也是心，大到宇宙，小到一块糖，总想无节制地占有，思而不得，愤愤不已。失衡的心，挤不出一丝快乐。

世界上最暖的是心，心壳里包着融化一切的岩浆，一滴，春暖花开，两滴，温暖世界。

世界上最冷酷的也是心，躲在阴冷的角落里，把心磨成利刃，舔舐上面的血。

昨夜无眠

昨晚莫名其妙失眠了，辗转反侧就是无法入睡。聆听着客厅里的落地钟一次次敲响，默数着自己的心跳，深深地叹息着，不忧国不忧民，温饱无虑的小女人，凭什么静享午夜的孤寂。

　　渴望着闲云野鹤的安闲日子，一杯茶，一本书，一缕古琴曲，就是半日、半年、半生，散淡地行走着，是梦，是愿，亦是幻。

　　人生充满辛劳，从落地的那刻起，就在努力地呼吸，吸尽天地的精华，吐出一个锦绣世界。活着抑或生活，细细玩味这两个词，相关相连却有着天壤之别，选择哪一个词，在天在运，更在自己。

　　夜凉如水，一遍遍地淘洗着记忆，往事如同撕碎的纸屑，飞起又落下。有些人有些事，浮渣般搅扰着心绪，撇去，轻装行走，走过人生的四季。如果我是花，春来自青，开出那份嫣然，春尽时，飘出那份悠然。

　　夜半，骤然有细雨敲窗，仿佛佳人迈着细碎的步子款款而来。泊在窗前，沉浸在雨营造的氛围里，不愿走出，亦无法走出。默默聆听着天籁之音，调试着心上的琴弦，随着雨的节拍，弹拨着。雨，一滴一滴飘进心的原野，我已如睡莲一般，宛在夜中央……

　　随意敲打几行心语，似乎和心绪一般散乱。思绪被轻悠悠的高山流水的古琴梳理着，一曲曲，一缕缕，弹起又跌落，轻轻缓缓，顷刻之间，轻轻柔柔，丰盈饱满。

2016 年 9 月 18 日午夜

天空有翅膀的痕迹

喜欢凝望天空，尤其当有云霞，有飞鸟，有风筝飞过。即使它空空荡荡，我也喜欢得紧，目光带着心儿散步，融化在那片苍茫里，再多的心事也会变得空无。虽然天空给不了什么暗示，但它容纳了我，给了我片刻的静谧，脱下尘世的铠甲，让我还原自己，足够了。

闲暇时，我总是把目光投向远方，一寸一寸地丈量我与幸福的距离，慢慢地，靠近它。原来，幸福就在我的身后，就在太阳居住的地方，幸福，我在呼唤你，谢谢你与我日夜相伴，请你，请你也带上我的亲友，让他们都走在通向幸福的路上。

天边有凤，让我的目光多情。我不知道它是否也如此深情地望着我，是否因我而美丽，我却因它而温柔，在这个安静的冬日，有凤来仪，我的世界有了一抹亮丽、一丝温暖。

有阳光的日子，是温暖的，它能化去心上的冰霜，流水潺潺地淌过心苑，叮叮咚咚，不消几日，又是芳草茵茵，鸟语花香。

霾兮叹兮

外面昏天黑地，雾霾沉沉，不敢开门，也不知开门后会邂逅什么。是雾霾一般的人与事，还是秋菊一般的亮丽心情？

睡到自然醒，夫君早早去单位值班，我懒散地浏览网页，听着刀郎野性又伤感的歌曲，慢节奏地梳洗，做一些可口的早餐，独自慢品。

再烹一碗小茶，浅斟细酌，品到孤寂中那缕馨香，寂寞的日子，与茶相拥，茶暖着我，我恋着茶，两种孤寂，一种闲愁，别样的味道。

古琴曲静幽幽地弹拨着心弦，沉沉，淡淡，跃起，又落下。花开花谢，缘起缘灭，似乎有着无法参透的玄妙，又似乎什么都没有，只是安静地抚慰着疲惫的身心。

在一丝琴曲里，思念，在一缕茶香里，遗忘，似有似无地开始，若风若雨地飘走……

正午，太阳极力挣脱雾霾的束缚，终于从云层里透出几缕阳光。多日不见的晴好再现，眼睛竟然有些不适应，眯着眼睛静静注视着这缕阳光，眼角有了些许的潮湿。雾霾笼罩的日子，一切都是灰色，你我，都无法逃脱霾的侵蚀……

太阳出来，雾霾逐渐散去。今天的太阳冲出雾霾，明天、后天，乃至这个长长久久的冬天，如何度过？想到这些，心情陡然又坠入暗无天日的阴霾里……

来世，如果我还在北方，那就把我变成候鸟吧，岁岁迁徙南方，我的南方，南方……

2016 年 11 月 5 日

立冬絮语

今年的深秋美得有点不寻常，比往年更多绚丽，花草树木在秋阳的抚慰下，活得尽情，美得炫目，似乎是大地压抑了三年的情绪，在这个深秋喷薄而出。秋日的阳光，柔暖、明亮，似乎比夏阳更有穿透力，一下子就射到心里，每个角落，每寸肌肤，都变得豁达、透亮。人如此，花木也是如此。

今天立冬，阳光依然明媚，却没有了温度，让人感到一种寂寥，一种失落。去霸州办事，走过气象局，走过自己曾经的娘家，经过五年的拆迁，已完全看不到从前的模样，预示着一个时代的结束，我的心里已泛不起波澜，终于放下昨天，一切的悲欢。

中午，与好友吃饭。以茶代酒，暖暖的很是贴心。立冬，在这个熟悉又陌生的小城，有点孤寂，有点失落，却不再伤感。恰逢立冬，本该酒喝干，再斟满，一杯浊酒尽余欢。但酒易伤怀，好友下午要工作，而我太过感怀，不饮也罢，清清淡淡，更能体会人生况味。立冬了，我却从一杯茶里感受到温暖，一杯又一杯，冰冷的心渐渐释怀。

昨夜，看到一队大雁排成人字向南飞，似乎触手可及。当雁阵飞过我的头顶，那么清晰，那么真切，似乎能听到雁儿轻拍羽翅，听到它那匀称的呼吸。大雁们静悄悄地飞着，偶尔发出"嘎，嘎，嘎"的鸣叫，没有哀叹，没有幽怨，头雁认准方向率领队伍顽强地飞着。从北方到南国，千里迢迢，无数贪婪邪恶的眼睛，虎视眈眈地盯着它们，猎枪、弓箭、毒言秽语，却不能阻挡大雁的前进。

有翅膀的，无翅膀的，有眼睛的，无眼睛的，有心的，无心的，形形色色的魑魅魍魉，都想把云中雁扑倒在泥潭里。可是，云朵之上，是星空，是蔚蓝，是无边的辽阔。大雁啊，长了翅膀的心，无惧风雨！

夜色昏暗，看不清雁的容貌，只能看到雁阵整齐划一地扇翅，我周围的空气都被它们扇动，似乎要把我托起，随它们高飞。虽然雁阵离我很远，我却能听到它们那强健的心跳。童年时在甘肃，经常在白天看到北雁南飞，如今，大雁已学聪明，改到夜里飞行，巧妙地躲开许多潜在的危险。是啊，石头大了绕着走，何必和烂人死磕呢？

我的目光久久地盯着头雁，我在心里描画着它的模样。我猜它一定有一双坚韧的眼睛，有一个智慧的大脑，有一颗强大的心脏，更有一个宽厚的胸怀，一双铁打的臂膀，稳健的双腿。后面的雁可以借助前雁的力，而头雁却只能迎风冒雨，勇敢向前。不是每个翅膀都会飞翔，不是会飞翔的翅膀都能长途迁徙，不是每个雁都能做领头雁。有的人生来就是领头雁，他的心里没有自己，使命感与慈悲心，让他忘记了人间的苦痛，这是领头雁的宿命，是他不可推卸的社会责任。总有一些雁要从芸芸众生里脱颖而出，总有一些人要挑起重担，一头装着历史的悲欢，一头装着未来的期许，不惧风雨，负重远行。

天空辽阔无垠，包容万物。无论是鹰还是雁，无论是燕雀还是乌鸦，都可以在天空中尽情飞翔。大雁飞在云层之上，它们的心里装着日月星辰，装着山川万物，它们不会眷恋人类的屋檐，不会巧言令色取悦他人。雁飞得高，看得远，看过世界的它们，心里只有比远方更远的地方。

天空那么大，自在飞翔吧。人是落在地上的鸟儿，被世俗夺走了羽翅。做雁、做燕雀、做喜鹊，还是做乌鸦，都是自己的选择。做什么鸟开心，就做什么，唱自己爱听的歌，或者言说自己的鸟语，都好。何必为了取悦他人，非要长成自己也讨厌的样子？"燕雀安知鸿鹄之志哉"，鹰有鹰的故乡，雁有雁的天空，喜鹊有喜鹊的忧伤，乌鸦有乌鸦的欢喜，在各自的世界里相安无事，岂不美哉？

前年，我去湖南衡阳采风，听毛泽东文学院的同学讲，衡阳古称雁城，北方的大雁飞到衡阳不再南飞。衡阳是大雁的故乡，春去秋来，鸿雁把北方的希冀带到衡阳，来年又把衡阳的春光用翅膀驮回来。雁啊雁，今秋，你可否为我捎一份书信，告诉雁城的师长和学友，北方有虔诚的祝福，有真诚的等待。盼你们来北方，红泥小火炉，烹茶煮酒，我在等雪，亦等你！

一天天，一日日，日子马不停蹄地飞奔，转眼 2023 年已是尾声。有点不舍，有点伤感，有点欣慰，终于活成自己喜欢的样子，大把时间随自己支配，做快乐的人，写美好的文字。

窗外，寒风旋起，落叶飘飞如蝶。落叶的季节，心却像大地一样舒展静寂。不喜欢熙熙攘攘，不再喜欢扎堆，安静读书，写文，在自己的世界里寂静欢喜。

文人，要对得起这个名号。写出立得住的文字，以文章行走人世间，活得有尊严，做真正的文人，写良心文字，为百姓立言，写正能量的文章，写英雄的故事。自己是什么样的人，自己说了算，自己文章什么样，也是自己说了算！

天上的大雁啊，飞在云层之上。大雁啊，请你等等我，我也是一只展翅的大雁，飞在生命之上，秋风，助我高飞，云朵陪我远行。

飞过高山，飞过沼泽，飞过森林，飞过心灵的沟沟坎坎……

来，让我们一起飞过世俗的界河！

2023 年 11 月 8 日

曾为沧海一滴水

如果把人比作水，母亲就是那泉眼，火山爆发后，诞下溪流，源源不断地滋养着溪流成长，溪流绵延着父母的血脉，奔向远方。

人，生下来是一条小溪，在山涧，在石缝，在草原，吹着口哨，唱着歌谣，时而奔跑，时而踱步，时而静默。

有的人，生性豪迈，风风火火地走着。他时而跳到山鹰的翅膀上，遨游一番，视野愈加开阔，心胸愈加敞亮，他不断包容溪流的汇聚，在融会贯通里成长，最终长成长江或黄河。

世上的男子多长成长江，有着夸父追日般的执着，从青藏高原一路奔腾，走过唐古拉山，走过三峡，最终奔到崇明岛。他带着原始的执念、野性的豪迈，一路播撒着文明和生命，他走到哪里，哪里就生机勃勃。好男儿当如长江，浩浩荡荡，一泻千里。人啊，活这一世，就该活出一股劲儿，有江河的胸襟，有湖的清廉，有江的豪放。

如果把世上的男人比作长江，那世上的女子定是那汹涌澎湃的黄河。那是一条母亲河，从青藏高原出发时，还是一个清秀可人的溪流，碧绿的溪水纯净得就像孩子的眼眸。走过黄土高原，汇入大量的河流，也混进了大量的泥沙，黄河却敞开母亲的怀抱，拥抱着每一条河。黄河的中段走得艰难，她拖儿带女缓缓走着，一边走，一边沉淀，却不改初心，坚定地朝前走。她从青海玉树的三江源出发，走过格尔木，走过兰州，走过陕西的壶口，走到河南的花园口，一直奔到山东东营才停下，呼一口长气，奔腾入海。中年的女子就是那黄河，把生活的重压悄悄扛起，多难，多累，多委屈，也不叫苦喊累，咬紧牙关，托起生活的船往前走。

有的人，或许是从《诗经》里溜出来的，踩着舞步，走着，唱着，舞着。在一望无际的草原上自在翩跹，慢慢地，他流淌成草原上的季节河，半季苍凉，半季丰硕，半世相思，半世甜蜜。草原上的季节河，就像草原上的呼麦，悠扬婉转却带着丝丝缕缕的忧伤。季节河深恋着草原，把心事淌成一条明如丝带的河，在风风雨雨的草原上流淌，千年万年，心曲依旧，只是那调子愈加苍凉，直刺心扉。

有的人，生来就是一条河。祖辈创下雄厚的家业，他只需按部就班地顺着河道奔流。这样的人生似乎一眼就能看到尾，是大众所希望，也是人生最顺当的通途，平淡乏味却稳妥。可是有的河生性倔强，总想冲破堤坝，随性潇洒地流淌。

有的人，尤其是成年后的女人，就像是湖。成年的女子更多恬静，内心已是繁华阅尽，波澜不惊。她终于沉静下来，与世界讲和，与自己讲和，能清楚地看懂世界和自己，懂得得与失，明白世间种种美好终必成空。不再执拗，不再好奇外面的世界，不再奔跑，守着自己的湖水，随着湖的微澜轻诵佛号。

《红楼梦》里宝玉说女人是水做的。细想真是如此，生命诞于水中，肌体大部分也由水分子构成。不光女人是水做的，男人也是水做的，只是男人的水里掺和了更多泥沙，让他们长成钢铁般的臂膀，带着女人勇敢地朝前走。虽然我们长不成江河，但我们可以修炼出长江的心胸和黄河的肺活量，唱出小水滴的喜忧。

百川东到海，何时复西归。用泉眼、溪流、江河湖形容了形形色色的人，唯有海，没有诠释。百川到海，是另一种生命的开始。人生归海，是生命的终结和开始。汇入大海，大浪淘沙，一些化作海上的泡沫，淘去浮渣，一些沉入海底，一些钻入蚌贝，于是生命的纪元重新开始。

2022 年 7 月 21 日

一岁一礼一欢喜

秋风吹走暑气，也携来了我那被桂香浸染的生日，转眼又是一年，时光流逝得太快，仿佛脱缰野马，任你千呼万唤，也拉不回逝去的时光。自从过了不惑之年，对于生日愈加厌烦，总想刻意遗忘这个日子，却总是不由自主想起，情不自禁叩开记忆的大门，细数人生之旅的花开花落。

山有根，水有源，寻根觅源乃人之本真。从何处来，到何处去。这个问题困扰着众生，我也曾绞尽脑汁思考，却总也不得答案。生是偶然，走是必然。人生就像花的开落，须臾之间，有的人却演绎出荡气回肠的爱恨，有的人把人世间搅得地动山摇，而更多的人却是默默无闻，就像一粒尘埃，轻轻飘起，又轻轻落下，他的走就像他的来，悄无声息，没有给这个世界留下一粒沙，也没有带走一片云。

一年365天，唯有生日这一天完全属于自己。这一天呱呱坠地，世界向我打开了一扇门，把我交给母亲来呵护，是她在用心陪着我爬上一层又一层的台阶，风里雨里不离不弃，虽然父亲和母亲还有别的孩子，但他们是我的唯一，是我走向世间的天梯。

每年的这一天，我都要静静地怀念天国里的父亲，用心陪伴年迈的老母亲。树高千丈，叶落归根。虽然我已长成茂盛的大树，荫蔽着苍老的母亲，但我依然喜欢还原成小鸟，依偎在母亲的身旁，牵着母亲的手，陪她度过每个阳光灿烂的日子，与她在蒙蒙细雨里漫步。

我常想，前世我是母亲的妈妈，今生她做了我的母亲来报答。如今母亲已是耄耋之年，就像我与她的身份互换，我像宠爱自己的孩子一样去呵护她，今生能完成的心愿，何必等来世。

　　这世界变化真是快，尤其是生育问题。新中国成立后国家提倡多生育，人多力量大，到80年代提倡一胎，严控生育，更新了人们的生育观念，工薪阶层大多数是独生子女家庭，从而衍生出诸多弊端。现如今，国家一次又一次放宽生育政策，从两个到三个，响应者却寥寥无几。细思量，就像一出人生悲喜剧，看似是女人肚子的小问题，实际上是天大的事，那是国家未来发展的大问题。

　　感谢父母给予我众多的手足，相伴成长。童年时，我们兄妹五人少不更事，整天为一点鸡毛蒜皮的事吵闹。那时，我非常羡慕子女孤单的家庭，可以肆无忌惮地享有父母的疼爱、零食和玩具，可以任性闹脾气，可以撒泼打滚抗议，直到达成心愿。那时的我要敬着哥哥姐姐，要听他们的话；要让着妹妹，要容忍她的无理，那时的我总感委屈。可是，长大后，再回忆与手足环绕父母膝下的日子，是那么快乐，那么美好，那些共享的时光如同金子一般珍贵。

　　童年时兄弟姐妹就像蒲公英，簇拥在一起陪伴成长。长大了，被风吹到四面八方，再也回不到从前亲密无间的日子，每个人都投入生活的洪流里，努力打拼属于自己的人生。

　　忙碌之余，总是忍不住想起年少时与哥哥姐姐们相处的单纯岁月。大家欢聚在一起那么亲，因为我们身上流淌着相同的血脉，即使久不相聚，依然那么暖。无须说，无须讲，没有牵肠挂肚的惦记，没有真情告白，却在大事上不含糊，尽心尽力倾囊相助，因为我们是兄弟，是姐妹。是灰就比土热，打折骨头连着筋，同荣辱，共甘甜，你流泪，我心痛，你欢笑，我展颜，因为我们今生是手足。

　　每个女人都做过白马王子的美梦，渴望有一段轰轰烈烈的爱情，有一个知冷知热的真心爱人。我也曾左顾右盼地祈祷神助，赐我一段好姻缘。上苍把一个像父亲的男人送到我的身边，他没有英俊的外表，不是高官，亦无厚禄，一个非常平凡的人，站在人群里根本找寻不到。可是这个人踏实朴实能干，默默地陪着我走过有风有雨的日子，我们已携手走过32个春秋。我们踏实工作，用心培养孩子，尽心照顾双方的父母，我们的精力大多给了事业、孩子和老人。我们的世界里没有自己，少了花前月下，缺了卿卿我我，却在精心呵护着大家庭和小家庭，大家庭安稳，小家庭安心，才有了我们的安然度日。

我们生于平凡，却超越了平庸，我们努力做最好的自己。我在文学上取得的成绩，有他的一半啊，是他给了我行走世界的力量和资本，是他让我依然拥有清纯和天真。人们只知道我的文笔好，却不知恋爱时打动我的是他的文采，他写给我的两本厚厚的情诗，是他的执着与痴情，让我义无反顾地追随他嫁到这个小镇上。一梦三十年，相牵的手依然热热的，紧紧攥着，前路遥遥，我们没有走丢，真是幸运。

儿子啊，你是我们生命里非常重要的人，写到家人，我无法绕过你啊。你出现在我的生命里，是偶然，也是必然。你的身上倾注了我和你父亲的毕生心血，你是家族的期望，更是父母的荣耀。从小到大，你一直很乖，很努力，用心学习，顽强拼搏，从初中到研究生毕业，你一直很勤奋，一个孩子该有的良好品质，在你身上完美体现。孩子，做你的母亲，我很欣慰。你靠自己的努力，找到理想的工作，留在大都市生活，让父母省心。

人不能孤独于世，必然会有知己，有情投意合的朋友。感谢您，我的朋友，默默陪伴了许多年，我们依然肝胆相照。人生就像一把筛子，每天都被命运之河淘洗着，撇去浮渣，留下真金。我对待朋友一直真诚，不会花言巧语，鄙视虚伪算计。从黄土高原到华北平原，从年少至今，交往的朋友不少，真正入心入肺的并不多。忙工作，忙家庭，忙文学，我的时间被瓜分，多忙，我也要挤出时间与朋友聊天喝茶，远方的朋友多年才有缘相聚，却依然心无间隙。懂我的人无须多言，不懂的人，说再多也是废话。

朋友，谢谢你包容我的任性和口无遮拦，和你们在一起，我依然是个顽皮的孩子，开心地释放着自己的天性。其实，朋友间的理解与包容并不是没有底线，尊重和关心是基础。我是个简单的人，如果把我想得复杂，简直是浪费时间。我们给彼此带来了快乐，发自内心的欢笑，多么难得啊。

　　我的心里装得满满当当，亲人是我心尖上的人儿，朋友是长在肝上的宝，我把自己嫁给了文学，她深情地住在我的肺叶上，与我共呼吸。我总在问母亲，生日抓周时，我是不是把书抢到怀里，手里还紧紧抓着笔。母亲总是笑而不语，唉，那时家里除去父亲的书和笔，还能摆什么呢？幸好没给我放碗粥，不然我得迷糊得找不到回家的路呢。年少时的我每天捧着书如痴如醉地读着，其实那些文字大多夹生，被我半生不熟地吞咽了，堆积在记忆库里，积存了30多年。孤寂时，搜肠刮肚地翻出来，一遍遍咀嚼，回味着酸甜苦辣，惹得热泪盈盈。

　　我笔言我心，这是我生命里无法割舍的珍宝。我小心看护着，不让强盗靠近，我要把寒冬挡在身后，让温暖的阳光抚慰我的亲人，让细雨滋润每寸多情的土地。真想长出天空一样的翅膀，拥有大地那样的胸怀，呵护我的每一个善良的朋友。

　　上苍啊，今天是我的生日，我虔诚地许下一个心愿：请赐予我爱的人吉祥，请护佑爱我的人幸福！

　　文学人爱做文学事，每年的生日，我都会邀请朋友为我写诗祝福，这个活动已坚持了十多年，多希望今年依然收到许多精美的小诗。朋友，请您用心，用情，用爱，写出最美的诗，让我们沉醉在美好的诗海，一醉千年。

　　亲，遇到您，是我的缘，与你相遇，今生无悔，让时光老去，让我们永远年轻！

写于 2021 年 8 月 25 日生日之际

芙蓉温婉在中洲

清晨，独自一人信步荷塘边上，在晨曦里静静地看着水中的荷花，我那颗多愁善感的心一下子便被触动了。

情不自禁一瞥，那荷叶紧蹙，似在等待千年之前偶遇的清凉。目光如温柔的手，轻抚着荷叶，轻抚着荷花，轻抚着池塘里恬静的水纹。

一直以为荷塘里的世界是沉默不语的，实则不然。其实在荷塘的深处聆听花语别有洞天，雨中的清晨尤其如此。细雨被晨雾拉成长长的丝，沙沙沙，轻触荷叶，仿佛久别的恋人在呢喃私语。串串晶莹的雨珠在伞盖上滚动，像是天上人间的心事在此纠结缱绻。于是所有的心事被凝成一枚枚珠子，随之落入池塘，天籁之音似乎在敲打着宿命与轮回。

每一支绽开的荷叶都捧着硕大的心珠，那不能承载的生命之重压弯了荷叶的腰肢，将前世今生的忧郁倾倒在曾经映月的池塘，似乎一切如故。

仔细回想，我们有时也恰似这曼妙的荷叶，折腰于万千红尘，终于找到一个宣泄口，再多的心事也就无足轻重。

水面像一张温柔的床，莲的梦就绽放在水的中央。天色渐渐苍白，那印象中的荷塘开始呈现出红白相间，融为一场粉艳的春梦，在水的柔波里假寐着。池水悠悠如平铺在画案上的一张硕大的宣纸，此时的莲蓬、鱼虾、蝴蝶、蜻蜓、青蛙，还有俏皮的雨滴便开始在水面作画。初夏的池塘是一幅写意画，饱胀的花蕾蘸足水墨，勾画晕染；尖尖叶芽，题写诗句；刚露尖角的红荷，是画家扣上的闲章。小巧的圆叶和俏皮的鱼虾，一定是从白石老人的画卷里溜出来，被时光定格在这里。初夏，莲叶荷田田，鱼戏莲叶间，如此精美灵动的国画，引得李清照也沉醉不知归路。盛夏，雨水丰沛，接天莲叶无穷碧，不几日，荷塘就成了烟火人间最动人的画卷，秀荷婷婷，占据一池风情，不逊那国色天香的娇媚与端庄。

满池青碧，独有一朵白莲在对我微笑。足够了，任你弱水三千，我只取一瓢饮。万丈红尘，有你为我展颜，为我倾倒。你的雪颜，你的傲然，你的温婉，仿佛一首无韵的诗。众荷喧哗，而你与我心有灵犀，是那最静、最温婉的一朵。真想此刻能以荷的样子与你相伴于碧波，青碧丰盈时我们与蛙鱼嬉戏。或者让我做你身边凝视的水草，默默地用目光呵护你。

如果你愿意，我会在梦里为你编织绿色的花边。秋深时，我依然守护在你的身边，哪怕只剩半片枯荷，也要陪你聆听雨声讲述世间的炎凉。

小巧的青荷随着周敦颐老先生的笔触走入时光的深处，静静绽放，喜亦无语，忧亦无语。你的一生在水上如梦如戏，我愿化作一滴晨露，一生随你缠绵不休。

听懂荷的心语，才真正懂得了爱。在这个微风细雨的清晨，有一支青荷住进了我的心里，在我梦的荷塘摇曳生姿。

岁岁年年人不同

今天是 2013 年的最后一天，天气出奇晴好，不时炸响的爆竹勾起心底的欲望，与阳光约会吧。匆忙跑下楼，阳光暖洋洋，风轻柔柔。春天真的来了，扬起笑脸迎接春阳的亲吻，内心的寒气也悄然散去。

大街上人们接踵摩肩、熙熙攘攘，煞是热闹。徜徉在花海里，看看春兰，嗅嗅杜鹃，再摸摸百合，哪个都喜欢，哪个都想买，掂量半刻，选了一对风信子、一盆水仙、一捧银柳、四对窗花，又给母亲和婆婆还有自己买了三朵精美的绢花，喜滋滋地抱着这些花儿回家啦。

走到菜市看到鲜活的黑鱼，忍不住选了一条，给宝贝儿子做水煮鱼。当我问卖鱼的大姨如何熬制鱼头汤，大姨担心一个鱼头不够用，非要白送我五个。捧着花，拎着鱼，脑子里浮现了三个字"犇骉鱻"。生活里能有多少诗情画意，又有多少顺心如意，自找开心，快乐就会赶来陪伴你。

今年春节有了返璞归真的味道，朋友送了三副手写春联，嗅着散发着淡淡墨香的春联，欣赏着优雅的诗句，已有三分醉意。近 25 年没有贴过这样质朴又充满雅趣的春联了。取春联时，朋友说，这样雅致的春联只有你配，心里漾起几分欣喜。努力诗意地活着，不染俗尘，尽好义务，做好自己。

年夜饭和母亲一起吃，久违了，时隔 25 年，我又可以陪母亲守岁。愿今后每个春节都可以与母亲快乐相伴。珍惜除夕夜与你共进年夜饭的人，那一定是你生命中最重要，也是最爱你的人。

夜幕降临，打开所有的灯，心里也变得亮堂堂。帮母亲换上漂亮的红毛衣，再为她插上俏丽的绢花，在母亲的鼓励下，我也翻出遗忘多年的锦缎华服。当母亲为我插上绢花，我有了短暂的恍惚，记得未嫁时，爸爸早早就给我们买好小红花，除夕夜，总是奶奶和妈妈张罗着我们戴花守岁。年年岁岁花相似，岁岁年年人不同。奶奶、爸爸、哥哥，曾经幸福地陪我共度无数个除夕夜的亲人们，如今你们又去了何处？

2013 年在悄然远去，无论快乐还是忧伤都将成为过去。怀着感恩的心迎接 2014 年的到来。愿爱我的人吉祥，愿我爱的人如意！让时间老去，让我们永远年轻！

2013 年 12 月 31 日

雪 夜

初雪在今夜如期而至，走到楼道口，身前身后已成了两个季节。身后的温热让人不忍舍离，身前的湿冷漆黑有着未知的神秘，突然脸上就像被绣花针拨弄了一下，有些湿凉还有一丝轻痒，那种感觉更像儿子小时候柔软潮湿的亲吻。

雪花在路灯深情的目光里飞舞，雪的轻盈、灯光的温柔让今夜多了几分诗意的优雅。心欲飞又何须双翼，披上雪的衣袂，舞一曲唐宫的霓裳羽衣曲。

仿佛是雪花吹响了熄灯的号角，喧闹的街道终于安静。沉思中的路灯、疾驰的车辆，还有路旁昏昏欲睡的白杨树让这个冬夜变得冷漠寂静，可是枝头仍能看到几片倔强的叶子在路灯的清辉里瑟瑟发抖，就像在寒风里抖翅的鸟雀，寒冬夺去了叶的青碧，却夺不走树内心的热望。

独自走在午夜的街头，久违的落寞再一次随着雪花升腾，心底潜藏的忧伤似乎被流星划开。很久没有沉浸在漆黑的冬夜里，每日被阳光覆盖，使我忘记了白昼之后还有黑夜，春夏过后秋冬会紧随。童年时很是讨厌冬的寒冷与萧瑟，总是幻想也能像青蛙一样冬眠，或者如大雁迁徙，却又难舍与冰雪的嬉戏。成年后对冬多了几分喜爱，是冬让人们的距离拉近，一间生着炉火的小屋，几个知己围炉品茶，在袅袅的茶香里把心灵打开，世界在那一刻浓缩成一杯清茶，如果你愿意，我情愿化为杯中的蝶衣，让自己沸腾，让夜沉醉……

一滴滑落的泪带走了幻想和心底的那丝温热。今晚不该孤寂，乖巧的雪花在夜的怀里轻舞飞扬，寒风在枝头与叶耳语，车轮与道路紧拥，还好有影子与我亲密相随。

耳畔隐约传出萨克斯曲，那落寞的旋律仿佛弓弦在伤口上切割。午夜的萨克斯一定是哪位魔女酿造并施了魔法的陈年老酒，是谁不小心打翻酒坛，让酒醉的雪在沸腾的血液里燃烧，或许只有我看到今夜的雪是红色的，红色是雪的语言。夜未央，酒已冷，泊在音乐的长河里的我如一粒珠贝，除去怀里空空的夜风，再无一物。

夜色吞噬了来时的路。总以为甜言蜜语是永不褪色的书签，曾幻想用它阻隔昨日的忧伤，迎接明天的阳光，却忘记那是写在水面的文字。我是一个笨女人，儿时总是分不清左右，妈妈总是把左写在我的掌心，于是掌心里住下了一只快乐鸟。那天爸爸把我的右手郑重地交给那个温热有力的大手，以为从此有了永远的依靠，可是多年以后我牵不住爸爸远去的大手，那个臂弯也被岁月腐朽得不堪一击。或许燃烧的激情令雪疲惫，还没能给大地编织一件冬衣，雪已收住旋舞的翼翅依着夜入梦了。

寒风终于摇落那几片枯叶，落叶在地面滚动发出金属般的脆响，仿佛不屈的灵魂在雪夜里抗争呐喊。人生又何尝不是折子戏，于意气风发中登台，秋风瑟瑟中落幕，就在观众欢喜或者伤感地揉眼时大幕再一次拉开。

那雪，那叶，那风，或许就是前世的你、我、他。

2011 年 12 月 1 日午夜

蓦然回首

坐亦禅，行亦禅。一花一世界，一叶一如来。春来花自青，秋至叶飘零。"无穷般若心自在，语默动静体自然"。

尘世有轮回，就像日月有更替，对于伤感的往事无法释怀，就是不能饶恕自己的妄痴。

曾经沧海难为水，失去那片海，就不再聆听溪流潺潺，对自己实属严苛。我想和自己讲和，和往事挥手，却发现那是扎入心头的刺，不去拨弄，它是沉默的，哪怕是落寞的午夜，它也不会主动攻击，只是偶尔触景伤情，悲伤就会被激活，释放灰色的毒，身心在那一刻痛欲焚灭。虽然总是在小心地躲避这个雷区，可大脑却异常清醒，那是潜在的病毒，无法屏蔽，无法释放，无法剜去。

我知道，悲伤的泪滴落在爱我的人的心上，我没有哭泣的权利，可是，我还是求上苍给我一个空间，给悲伤一个出口，让泪肆意流淌。

我们都是红尘里的过客，启程的那一刻，身后的天门就已关闭。人生只给了我们单程票，收拾行装轻快地踏上征途。这一路，注定要遇到一些人，在正确的时间遇到正确的人是人生之幸事，但是世间的事没有绝对的好与坏，遇到的、错过的都是缘。

"留人间多少爱，迎浮世千重变，和有情人，做快乐事，别问是劫是缘。"佛是前世的人，人是未来佛。人是自己的佛，打开灵魂的大门，踩一根轻苇渡河。佛静坐于莲花，水动，莲动，心如止水。想要学佛修一颗淡定的心，尚未沉静的心却再一次被涟漪摇皱。

"万法皆生，皆系缘分，偶然的相遇，蓦然的回首，注定彼此的一生，只为眼光交汇的刹那。缘起即灭，缘生已空。"或许前世我是佛前的那朵睡莲，遗世独立，在晨钟暮鼓里参禅，于木鱼声声中悟道，愚钝中开启半分睿智，冷眼看浮世变迁，擎半缕晨光，怒放、凋谢，皆随缘。

且听风吟

"莫听穿林打叶声，何妨吟啸且徐行。竹杖芒鞋轻胜马，谁怕？一蓑烟雨任平生。"人生的风雨谁能躲得过？我没有挑风雨的铁肩，却想修一颗不惧风雨的禅心。有了被雨露润泽的心灵，才会拥有一片蔚蓝，一方绿洲。

七月流火的夜里，无眠。无意中听到《山谷里的居民》这个恬淡的音乐，漠然的心瞬间被它撞击，内心深处流淌出的那一丝感伤不可抑制地悄然蔓延。静默在迷幻般的灯光里，听着如风吟唱的音乐，再沏一杯铁观音，空气中瞬间氤氲着春芽的芬芳。闭上眼睛，仿佛置身于郁郁葱葱的森林里。

雨后的丛林苍翠欲滴，露珠在油亮的叶片上轻轻滚动，如同天使的泪滴。清风吹着欢快的口哨，那婉转的曲调就像挥舞着丝带在林间萦绕，蜜蜂和蝴蝶追逐着花草的芬芳迷舞。

折支柳笛，伴随着清风的步履，把心事倾诉。站在释放心灵的大舞台上，远离挑剔的嘴脸，躲开异样的目光，大地是我最忠实的观众，只有支着耳朵的小蘑菇在安静地聆听我的心曲。

欢唱的小溪一路蹦蹦跳跳地跑来，加入了我们的歌唱。坐在小溪边，掬起一捧清流，就捧起了蓝天、白云、绿树和花草，饮下那捧甘泉，梦里有了一片茵茵绿地，心上是一片赤色净土。

躺在繁花似锦的草地上，摘片向日葵的花瓣盖在眼睛上，聆听小溪从心上缓缓流过。喑哑的心弦被它拨动，不成调子的琴声落寞地弹奏着，没有了潮涨潮落的喜忧，也无花开花落的幽怨，坐看云卷云舒，让心辽远明澈。

鸟儿是天空的文字，小溪是大地的语言。溪流在丛林间奔跑着，欢歌着，传递着大地的心声，它流过哪里，哪里就会开出诗意的花朵。

溪流，流过我心，那里将有鱼儿畅游，鱼儿是我写在心湖的文字。写在湖面的文字逃离尘世的喧嚣，没有了荡气回肠的爱恨，落寞中激荡着几痕柔波。

挣脱春花秋月的闲愁，放缓奔跑的节奏，静卧于青草间，聆听心灵与草根的对话。这一刻是宁静的，它只属于心灵；这一刻却又是喧闹的，只属于你我。

心在低语，草在作诗，溪流在吟唱，潜藏在草丛下的暗河奏响了钟磬般的乐曲，那一声声充满禅意的经声佛号，不断地敲打在我的心上。

这是心灵的回归，是思绪的一种沉淀。

取下向日葵的花瓣，我的眼睛亦如溪流般清澈。微笑着凝视雨后的彩虹，抚慰每一缕落在脸上的阳光，让笑脸如花骨朵绽放。

做一株向日葵，一生奔走在追随太阳的旅途中，走过荆棘，走过崎岖，在艰难的跋涉中快乐着，在快乐中沉思着。

如水的音乐渐渐远去，丛林、小溪、彩虹也随之消失。只有那杯绿茶还在手中沉默着，饮下它，森罗万象便住进了我的心里。

回首来处，萧瑟悠悠，归去，风轻雨柔，我们携手同行。

飞舞的叶子

两片叶子，在枝头上终日默默地凝望，却无法相拥，清风传递着它们的欢喜，月光细数着它们的相思。

在一个落雨的午后，这两片叶子为了瞬间的相依，告别枝头，如蝶追逐，缠绵着，坐在清风的背上，在雨滴做成的风铃里穿梭，抖落尘世的烦忧，相握的手温暖着，绚丽着生命的色彩。

飞越生命的界河，终于靠近安详。

风远去，雨停歇，这两片叶子终于牵手落在湖的心波，它们在夕阳里静默着，羞涩着，聆听时光从水面缓缓远去，相视一笑，看到对方脸颊上的丹红在渐渐消退，却没有一丝的哀伤。或许微风拂过湖面荡起的微波让它们恍然忆起前世灿烂的日子。

原来生命可以如此安静，没有花的芬芳，没有溪流的欢歌，没有云朵的洒脱，却如风如烟如尘，有形却又无形，丰盈却又空无。

阳关三叠

送君至阳关，客舍青青柳依依。一杯薄酒尽余欢，欲语，泪两行，万语千言，融酒中，饮下，丝丝柔点点暖，伴君走天涯。

君远行，无以为赠，一管长箫，轻轻叹，叹出长短句三两行。莫忧，莫泣，今宵别过，更待秋月圆，层云荡雁阵，吾携薄酒迎君归。

长亭送过又短亭，青山依依，流水呜咽，相思一年年。人生聚少离多，悲欢离合，总关情，一壶浊酒，半缕箫，皆空！

妆台秋思

雁阵驮着思念渐渐远去，天空再一次寂静。鸟儿的翅膀，聚散的云朵，彼此默默地打着旗语，仿佛飘到天上的唐诗宋词，一点一点，被箫曲裁成标点符号……

秋风轻摇梧桐，一枚黄叶飘至妆台，对镜凝望，眼角的泪光再一次泄露了心事。故园越走越远，渐渐凝成心头的一粒朱砂痣，总在月夜隐隐作痛，也许是离开的那一刻，被故乡撞痛。

凭窗远眺，远在茫茫天涯的故乡，依然有潮湿的呼唤，不住地追到耳畔。前方，云朵起落的地方，除了金戈弯弓，是否有琴声悠悠，安放半缕娇柔？

跻身金碧辉煌的宫殿，寂寞如影相随，不曾招惹春风，总有蜂蝶妒，如履薄冰地行走，一管箫，半张琴，陪伴漫漫长夜。有月的夜里，晾晒着潮湿的心……

　　放手，转身，走在出塞的路上，马背上的行李除了云朵、长箫、诗卷，还有满怀的乡愁。

　　　　　　　　　　2016 年 12 月 13 日聆听大朵老师的箫曲所感

给心似莲花的女人

冰心先生有句名言：这个世界因为有了女人才有了五分真，六分善，七分美。女人，为人妻，为人母，如果没有女人，何来这个多彩的世界？

感谢母亲给了我们美好的生命，感谢姐妹与我做伴，给了我阳光快乐的日子和回忆，有女人的地方就有阳光与欢笑。虽然做女人累，做女人难，我依然希望来生做美丽的小女人，用自己柔弱的身体为家人营造一个温馨的港湾。

好女人首先要学会爱，爱自己，爱家人，珍爱生命，爱世界上每一个美好的事物。女人最好的化妆品是快乐的心情，每天对着镜子给自己一个甜甜的微笑，给自己来点欣赏与喝彩。每天多忙都要抽出一点时间听听音乐，看看书。美妙的音乐如水一般柔美，也如水一般强大，可以穿透世间最冷漠的心墙。每当音乐响起，总让我感到那是渐渐走近的春天。沉醉在音乐的潮水里，让心灵如鱼儿般畅游，如雪花般飞扬，那时，醒也醉，梦也甜，无情的时光被音乐阻挡，女人怎么会老去呢？

幼年时期的女孩子就像山间自由奔跑的溪流，更像一粒可爱的棋子。每天被父母呵护在手中，随着他们的安排学习生活。她们在父母的目光里长大，是父母的喜忧与牵挂，走错一步都要令父母懊悔惋惜，拼力拯救。那时的女孩子走如蝶，站如鹤，是一首无韵的诗，一幅移动的画。

少女时期女孩子就像一把琵琶。修长的身材，吹弹欲破的皮肤，饱满的热情，每个琴弦上都能飞出悠扬的歌，坐在晨阳里静静等待琴手的到来。如果你是那琴手，请你轻轻地把她拥在怀里，用你的真诚柔柔地拨动她生命的弦。此时风也缠缠，雨也绵绵。你听，她在唱，那是春的序曲，那是夏的潮汐，那是美妙的天籁之音，让她欢快地歌唱吧，唱出生命的欢喜，唱出青春的火热。

那时的姑娘歌也欢喜，舞也奔放。

中年的女子就像一片湖。少了年轻气盛的浮躁，渐渐沉静下来，幽幽心事藏在湖底，无论是否有人读懂，都不再哀叹。偶尔湖面落下点点秋叶搅动湖的波心，也只是荡起几圈涟漪，就像女子短暂的凝眸微笑，刹那间又是水平如镜。看到湖让我想到女人的眼睛，那深邃的目光总让我有走近的欲望，如果你是鱼儿，一定能读懂湖的心事，但你不是鱼儿，怎么会触摸到湖的泪呢。湖依旧在深深地注视着天空，找寻着青鸟飞过的痕迹。

老年的女子像一本书，像深秋的那片山林，更像一壶老酒。此时的女人已是宠辱不惊，看庭前花开花落；去留无意，望天上云卷云舒。历经沧桑渐渐地修炼成海边的波痕石，生活无情地在女人眼角、额头和脸颊留下烙印，那是岁月赠予女人的睿智之花，当孩子们还在为一个问题苦思不解的时候，老祖母轻描淡写的几句话就解开了谜团，此时生活早已被女人藏到心里。

老年的女子依然美丽，慈祥的微笑，优雅的谈吐，温和的眼神，宽容的心态就像那燃烧的枫林，在寂静的山谷默默地托起明天的太阳。此时风含情，水含笑。天也朗朗，心也朗朗。

我们不能左右天气，但我们可以改变自己的心情，我们不能决定生命的长度，但我们可以拓展生命的广度和深度。给心灵找一个停歇的园林，回归自然，像孩子一样舒展折叠的身心，为生命保鲜。做一个知性的女子，优雅生活，悠然老去。

心头的那片海

自从五岁时读了童话《海的女儿》，尤其是上二年级时学了儿歌《大海，大海，你等着》，神秘的大海就走入了我的心间，如同一枚闪亮的贝壳嵌入我的梦里。

成年后每年我都要去看海，赤足走在沙滩上，看着海浪如孩子般顽皮地奔来，挠挠我的脚心又掉头跑开，身心顿时如海燕一般轻盈。与海相守的日子，一向多愁善感的我竟然一反常态地如顽童般开心，总在同行的朋友里做最活跃的一个。

也许，我原本就是海里那尾贪玩的鱼儿，每日看人间风花雪月、离愁别绪，目光一次次停留在诗人忧伤而美丽的诗句里浮想联翩，最终被海市蜃楼迷惑，为追逐诗歌里营造的奇异与梦幻，走过用文字铺就的石子路，搁浅在沙滩。虽然美丽的鱼尾、婉转的歌喉永远失去，但灵魂里的高贵与忧郁依旧。

离开大海，从此如飞絮般在人世间飘荡。每天在熙熙攘攘的人群里徜徉，追寻着缪斯吹响的缥缈笛音，等待心弦的拨动。走了太远的路，鱼鳍化为双腿的疼痛无人知无人怜。不敢回头，我知道每一步都会开出一朵红雪莲，我怕自己跌倒在雪莲花里，失去了追逐的勇气；不敢回头，我怕亲人的叮咛拂下委屈的泪珠；不敢回头，我怕往事的呼唤追上我的耳畔。

可夜里海的呼唤总能穿破夜的门窗，不断地叩击着我的心房。窗外月光如水，多像记忆里的那片沙滩。裁一片月光披在身上，踩着那支若隐若现的箫曲，我又在回家的路上。回家，家又在何处？天尽头那巨浪翻滚的地方是我久违的家吗？梦里我们戏水时遗留在沙滩上的那行浅浅的脚印是否还在？还有那群追逐我们的鱼儿是否已长大？是否还在为我们守护着这片蔚蓝？海啊，请你为我吹响那弯小螺号，远方的他听到那幸福的号角，一定会奔跑在回家路上，一定会等在我回家的路口，为我点亮那盏渔火。

走在回家的路上，沉重的行囊压得我无法呼吸。停下匆忙的脚步，翻看背篓里一路捡拾的东西，名缰利锁如石头般压在了肩头，勒出深痕，却舍不得丢弃。一路小心地看守，匆匆赶路，却错过了许多的风景。太久没有品读月的圆缺，淡忘了柳枝筛月的美妙，聆听风吟与花语似乎都是很久远的事了。拣出生命里多余的负累，在手里掂量掂量，把它们全部抛下。轻装上阵，走在路上，且听风吟，且看心舞；走在路上，摇落漫天的桂花雨，触摸桂花挂在鸟翼上的希望；走在路上，折支柳笛把心愿轻轻诉说给云听。

海在前方招手，过海还得自己来。踩一根芦苇，倚一片白云，渡过了这个海，海还是海。我却不是彼岸的我。

第四辑 · 致远方

天涯孤旅

人在旅途

步入中年，更多任性。白天与朋友说起自己的第二故乡——大西北，心里再也无法平静，童年往事一幕幕在脑海里涌现。与其纠结，不如背起行囊，来一场说走就走的旅行。雨，瓢泼一般整整闹了一夜，清晨，还在淅沥。在这样薄凉的清晨出发，自在又惬意。

儿子开车回京城，正好搭他的便车，少了倒车的麻烦，娘俩随意地聊天，说起他的童年，还有我那远去的青春，一晃时间从指缝间溜走了 20 多年，不知不觉曾经的小顽童已近为人父母的岁数，青春真是一匹脱缰野马。

黄昏时分，列车从北京西客站缓缓启动，熟悉的景色飞速地朝后方奔去。北京西站再熟悉不过了，从我记事起，就随父母奔走在北京至兰州的铁路线上，从绿皮火车、红色快车、直达车、动车到高铁，列车见证了我的成长，我见证了铁路的发展。这些年，我们的生活日新月异，科技进步，生活品质不断提高。记得在 20 世纪 70 年代，那绿皮火车慢悠悠地咔嗒着，见站就停，拉着长笛，喘着粗气。那时很少能买到卧铺，有硬座就美得像个大老爷。车厢的过道、厕所、车厢连接处等地，到处站满了人，买饭、喝水、上厕所、上下车，难如登天。如果赶到暑期，那浓浓的人肉味简直令人作呕，即使如此，孩子们总能找到自己的快乐，一本小人书就让我和姐姐安静半天，说话、唱歌、讲故事，累了，就趴到窗户前看风景。

窗外的风景不断更新，火车在青山绿水间穿行，快乐的心儿也蝴蝶般翻飞着……列车疾驰，车窗外的色彩不断变换，碧绿、昏黄，渐渐地又变成光秃一片，火车穿山越岭，车厢里的光线忽明忽暗，有着魔幻般的神奇。妈妈说，我们兄妹五个都是从小婴儿时就开始坐火车，摇摇晃晃中就长大了。大人们大多厌烦长途旅行，但是对于小孩子来说却有着无尽的快乐。

我对火车的记忆应该是七岁时开始的，那一年爸妈从河北老家接我去甘肃读书。从三岁到七岁，我和两个哥哥在老家跟着奶奶和两个姑姑生活，巴掌大的小村子，我整整生活了五年，别看那时我年纪小，但已记事，在日复一日的寂寞、期盼和等待中，终于盼来了陌生的父母、姐姐和妹妹。五年对年幼的孩子来说着实漫长，有哭泣，有呐喊，有幽怨，但更多的是失望，深深的失望，当我终于接受了命运的安排，完全融入乡村孩子的游戏中，不再苦巴苦望地想念爸爸妈妈的时候，他们终于来到我的眼前，要带我离开熟悉的生活。留下还是离开，其实根本由不得我，于是，我又一次在撕心裂肺的哭闹中体会离别的苦痛。也许，有的人根本不能理解，一个小屁孩怎么会懂得伤别离。家长的世界很大，忧思的都是大事，小孩子心里的伤痛，他们认为可以忽略不计，但他们不懂人格的形成是从幼儿期开始的。于是，看似大大咧咧的我，性格里过早地有了忧伤，还好，甘肃的山山水水治愈了我。我生在渭河边，喝着黄河水长大，黄河的气势与博大融入了我的血脉，我终于变得豁达，变得阳光，不再惧怕别离的伤感。

八岁那年春天，爸爸带着我和妹妹去河北看望奶奶，回程中，一路颠簸了三天。爸爸说，马上就要到家了。甘肃，这个远在天边的地方，有我们温暖的小家，回华北看姥姥和奶奶一个月，离开小伙伴真的想念呢。那时虽然不明白为什么我们要在贫穷荒凉的大西北生活，但是我们真的喜欢那里的家，也许因为童年和青年时光都在那里度过，我已习惯了那里的一切。

今天，我又一次走在回归大西北的路上，却已物是人非。列车沉沉地奔驰着，我与大西北越来越近，车厢里浓郁的西部口音让我觉得亲切舒服，静静地听着，默默地猜想着将临的风景。这条路走了40多年，每次出发都令我欣喜，令我柔肠百转。走过春夏秋冬，曾经的魂牵梦绕，曾经的刻骨铭心，渐渐淡去，凝成朱砂痣留在心里。终于不再涕泪如珠地思念一个人，放下、释怀，善待自己，就是对青春、对初恋最好的缅怀。

夜越来越深，周围都已暗淡，聆听夜的呼吸，似乎品到一种难言的孤寂。当周围都安静下来，心门悄然洞开，心里淤积的沉渣被夜的浪花淘洗着，渐渐恢复往日的轻盈。在这样的时刻，无忧无喜，睡莲般泊在梦的中央，一切成空，空得没有了自己。

也许很小的时候就习惯了这样的旅行，孤寂却又惬意。红尘熙熙攘攘，有这样一段独处的时光，享受那无言的孤寂，有时真是奢侈。如果感觉疲惫，说服自己，来一场说走就走的旅行吧，在孤独的旅途中，你会遇到另一个自己。

烟雨银川

银川，我来了，携一蓑烟雨，我来到你的身旁，熟悉的味道让我血流加快。童年时，我站在靖远的乌兰山上，多少次把你眺望，曾经的遥不可及，终于变为现实，最远的距离不是时空的阻隔，是从梦想到现实的距离。置身于银川烟雨蒙蒙的街道，我如鱼儿般畅快……

银川是宁夏的省会，历史悠久的塞上古城，西夏王朝的首都，民间传说中又称凤凰城，古称兴庆府、宁夏城，素有"塞上江南""鱼米之乡""塞上明珠"的美誉，城西有驰名中外的西夏王陵。

银川的清晨，我被淅沥的小雨唤醒，惬意地伸个懒腰，一翻身又入梦了。好久没有这样的深度睡眠，云朵般卧在雨中，满心欢喜，静如画卷，与天地同呼吸，深深地，静静地，释放灵魂深处的语言……

秋雨一直淅淅沥沥地落着，午饭后，朋友驱车带我们去看银川的黄河沙坡头。在细雨中穿行腾格里沙漠，真是有趣。一路上都是昏黄无边的大戈壁荒滩，终于找到可以泊车的小沙坡。当我踏着酥软的黄沙手舞足蹈，内心深处的快乐再一次被激发，感觉自己从来就没有离开过这片土地，轻轻地呼吸着清新的空气，惬意充盈着每个细胞。沙柳、沙枣丛、骆驼刺，还有那郁郁葱葱的沙葱，这一切是那么熟悉。一直以为西部的沙漠寸草不生，没想到沙坡上却生长着大片大片的沙葱，仿佛有人栽种。沙葱一丛丛地生长着，墨绿中敷着一种白粉霜，我好奇地用手抚摩却蹭不下一丝粉面，也许这是为了减少水分的蒸发。沙葱是实心的，里面充满了黏稠的汁液。

沙坡头在腾格里沙漠的边缘，这里的夏天偶尔降雨，沙葱吸足雨水，把雨水存储在葱叶里。这些沙葱猛看没有什么特色，蹲下细观，你的心里会有一丝触动。沙葱的每个叶片都像利剑直挺挺地戳向天空，似乎在向苍天控诉命运的不公，又像战士在举戈迎战风沙。沙葱从根到叶透着一股倔强，一股傲气，一股昂扬斗志，给人一种力量。沙葱生在苦寒之地，它们没有悲叹，没有哭泣，更没有听随命运的摆布，而是在砂砾里扎根，在沙壤深处寻找水源，努力壮大自己的根系，虽是弱者，却活出了强者的魄力。人，有时真不如一根沙葱，长不出生命的韧度，经不得风吹雨打。也许，你能拔起一根沙葱，却无法战败一丛沙葱，只要有一口气，只要噙住了一口水，只要守住了一寸根，只要盼来一阵雨，它们又能郁郁葱葱。当地的百姓非常喜欢沙葱，在沙漠里邂逅沙葱，他们总要欢欢喜喜地去收割，并小心地把根留下。沙葱顶着似火骄阳在砂砾里苦熬着，把根往深处猛扎，实在熬不住了，就向命运交出叶片，叶片枯萎了，只要根还提着气，就能等来命运的甘露。

我哼着小曲拿着剪刀割着沙葱，就像黄土高原的婆姨在收割自己的幸福。夕阳亲吻着沙丘，给我们绣上金边，如同一张精致的剪纸作品。注视着这幅画，我有瞬间的恍惚，多么熟悉的画面啊，童年时，爸爸妈妈带着我们在乌兰山上春游，割沙葱、捡发菜的情形历历在目。如果时光倒流，如果逝去的亲人再生，那将是怎样的幸福？

真想做这里的牧民，过简单的日子，在时光的深处静泊，游牧于无垠的沙海……

在银川停留两日，一直细雨霏霏，潮湿阴冷，我如秋叶般瑟瑟着，无心再去景区游览。吃饭，逛街，迎着牛毛细雨独自在大街小巷里慢慢行走着，细细感知着这座小城的风土人情。

这里的人生活节奏很慢，悠闲自在，无论是走路还是购物，都比我们内地慢了两拍。西部人简单明快，喜欢色彩艳丽的服饰，大红、大绿、明黄等自然色是他们的最爱，这是最接近地气的色彩，与自然相融，人们自然地生活着，这样的生活令我艳羡。他们的饮食以牛羊肉为主，口味比较重，每一种小吃都有着鲜明的地域特色，让你的味蕾得到最大的满足。生活在这里的人幸福指数很高呢，奇怪的是，街道上行走的人，大多是面无表情，漠然的眼神，冷冷木木，一副拒人千里之外的样子，可是，当你向他们问路，他们会热心地反复指点，甚至要主动给你带路呢。冬天里的冰柿子，我想这个比喻给这里的人蛮恰当的，外面被冰壳包裹着，里面却有着火热的心，吃下去暖心暖肺，一直能甜到梦里呢。

天下黄河富宁夏，一个城市里有水，就有了灵性，生活在这里的人悠然自得，沉静富足，相比内地生活的快节奏，这里的生活才是我们渴望回归的慢生活。

酒香的阿拉善左旗

由于银川细雨绵绵，原来定好的与当地文联的朋友参观景区的计划只好放弃。阿拉善左旗的朋友开车来银川接我去做客。

阿拉善左旗位于内蒙古西部，因贺兰山而得名，蒙古语意为"金黄色的马"，蒙古语称东为左。早在新石器时代这里就有人类活动的足迹，如今这里居住着汉族、蒙古族、回族、满族、朝鲜族、达斡尔族、俄罗斯族、白族、黎族、锡伯族、维吾尔族、壮族、鄂温克族、鄂伦春族等民族。贺兰山脉、腾格里沙漠、乌兰布和沙漠、腾格里沙漠天鹅湖、通湖草原、南寺、北寺等都是这里的著名景点。

从宁夏到阿拉善左旗，一路穿行腾格里沙漠和巴丹吉林沙漠，玉带似的柏油路蜿蜒在沙海里，窗外的景色就像西部大片，如梦似幻。

如果不是气温突降到冰点，我定要在大漠里野马驹般奔跑撒欢。默默注视着大漠里悠然行走的骆驼、牛马和珍珠般的羊群，再也忍不住了，终于磨着朋友停车。我迫不及待地冲到沙漠里，还没有张开手臂飞翔，已被狂风吹得东倒西歪，差点滚下沙丘，朋友把我揪回车厢里，已是手脚冰凉。脸被大漠的狂风来回一顿猛抽，脸颊被寒风抽得火辣辣生疼，终于领教了沙漠的脾气，真是六亲不认呢。

越野车在沙海中飞驰，我扒着车窗安静地欣赏着远处的贺兰山，聆听着朋友讲述贺兰山岩画的奇美，思绪早已奔至贺兰山下。贺兰山岩画，哦，远古人类生活的密码，真想去触摸那些古老的岩画，解读它们的奥秘啊！哪怕带走贺兰山岩画的一个线条，也是扶我走近远古文化的拐杖啊！

傍晚时分，我们抵达阿拉善左旗。阳光明澈得像水晶的光芒，空气清润洁净，似乎有醉氧的感觉呢。阳光明媚，空气却冰冷得让人有些招架不住，牙齿忍不住打起架来。原来昨天贺兰山下雪了，左旗也是气温突降，雪花飘飘。在左旗受到朋友们的热情款待，好客的蒙古族朋友，每个人都向我敬了三杯蒙古王高度白酒，主人和几个好朋友又连着唱酒歌，歌不停，酒不断，一轮下来，脚跟像踩着棉花呢。

难挡蒙古族朋友的热情，又喝高了，晕乎乎的。回到宾馆，跟跟跄跄地把自己扔到床上，席梦思颤颤悠悠，摇篮般晃着迷迷糊糊的我。来到西部又一次触景生情，忍不住痛哭流涕。这里离靖远非常近，又一次想到了自己的第二故乡。还是无法忘记，溪敏，如果有你，如果你在世……溪敏，溪敏，白银、阿拉善左旗，我离你这样近，却看不见你，心又一次碎了……

时间尚在10月初，北京正是红枫似火、银杏金灿的最美季节，这里却冷似寒冬。前日阿拉善左旗下雪了，天气冷得让人心悸。今早太阳出来了，依然冻得人秋叶一般颤抖。也许是由于离沙漠太近的缘故，空气异常干燥，皮肤紧绷绷的要裂开，反复擦护肤品，还是干得要爆裂。不喜欢这样的干冷，冷得我对阿拉善没有了好感，所有的衣服都穿上了，还是难受，也许更需要温暖的怀抱。抱紧自己，迈开脚步，朝着武威奔跑，那是爸妈曾经工作的地方，重走父母的青春之路，孤寂又充实。

再见了，阿拉善，情深意重的阿拉善，谢谢众多的好朋友，你们的关怀，让我的文字饱含柔情与温暖！

穿行腾格里沙漠

在阿拉善左旗稍作停留，又朝着张掖奔去。汽车在茫茫的腾格里沙漠行走了两个多小时，依然没有走出它的怀抱。稀稀落落的骆驼刺牢牢地钉在沙漠上，仿佛前世苦恋人儿的山盟海誓，一丛丛，一句句，等待岁月验证它们的忠贞。

第一次在腾格里沙漠看雨，感觉很是奇妙。雨中的柏油路变得如墨玉般油亮，两边是无垠的沙漠，被秋雨清洗得金黄莹润。灰蒙蒙的天空笼罩着昏黄的沙漠，一条墨色的柏油路让这个巨幅油画有了流畅的线条，稀稀落落的越野车，犹如快乐的音符，画面顿时灵动起来。在沙漠行车久了，容易精神疲惫，我也想近距离观察雨中的腾格里，于是，朋友把车泊在一处小沙坡上。

打开车门，湿润的空气扑面而来，紧绷的皮肤有了一丝舒爽。下了一天的小雨，沙漠依然干渴，汇不出一个小水池。也许，雨和沙漠从远古就陌生，我蹲在沙坡上看雨，看到雨如水银落地无踪，连个泡泡都没有冒，雨的一生就画上了句号，感觉很是神奇。我抓起一把沙子用力攥了一下，能感觉潮湿，却攥不出一滴水。沙漠就像一个贪婪的巨兽，长着血盆大口吸食着雨珠。唉，都说活人难，其实，万物有灵，活着都不容易，沙漠渴望雨水，渴望小河，简直要渴疯了。

中午时分，雨停了。雨水把天空清洗得如同蓝宝石，阳光金灿明亮，照得人睁不开眼睛。西部的天气就是这样明快，就像西部的人心直口快。我还没有从昨夜的醉酒中清醒过来，懒洋洋地靠着车窗，注视着疾驰而过的骆驼刺和羊群，想着或近或远的心事发呆。

窗外暖暖的阳光，是我的亲密爱人，轻轻拥我入怀，一直跟随我走天涯，旅途的孤寂少了许多……

没有地图，旅行走得稀里糊涂，昨天才来过中卫，现在又看到了通湖草原。也好，反反复复让我把戈壁滩、腾格里和巴丹吉林的大沙漠看个够，粗犷、荒凉、孤寂，置身其间感觉自己微若沙粒。

靠近中卫看到了黄河，黄河在这里拐了一个大弯，仿佛被驯服，静静地、缓缓地流淌，又如孕育孩儿的慈母，耐心细致地呵护着两岸的儿女。西部盛行民歌，尤其是花儿，更是当地的文化名片。新疆花儿、洮岷花儿、宁夏花儿等，同是民歌，格调却大不相同，洮岷花儿多悲苦，而宁夏花儿却充满欢快喜气。我想，定是黄河给宁夏带来了富足，让他们的花儿都充满了欢喜。

汽车轻快地行走在中卫，满目青碧，那清幽幽的绿啊，从眼里一直绿到心上。走出青碧的黄河岸，走出荒凉的戈壁滩，又冲入群山的环抱，景色单一，却不乏味。

怅望贺兰山

午后，车窗外的风景变为贺兰山，积雪覆盖的贺兰山就像仙子披着婚纱，有妙不可言的美，让我既看不够又看不倦，无限神往。多希望我是她的白马王子，拥她入怀，为她抚去旷古的孤寂。

贺兰山脉，在宁夏与内蒙古的交界处，北起巴彦敖包山，南至毛土坑敖包及青铜峡。贺兰山山势雄伟，若群马奔腾，蒙古语称骏马为"贺兰"，故名贺兰山，古代的鲜卑贺兰氏人曾居住于此。它是中国河流内外流域的分水岭，也是季风气候的分界线。这里有震惊中外的贺兰山岩画，构图奇特，形象怪诞，分布在宁夏的三市九县（区），共27个地点。神秘古朴的贺兰山岩画很令我向往，真想走近，亲手揭开她那神秘的面纱……

刚进入10月，贺兰山已是大雪纷飞，没能靠近神秘的岩画，甚是遗憾。岩画在山上沉睡千年，据说他们非常向往人间烟火，在月圆之夜，他们会飘下来，去树下谈情说爱，去河边享鱼水之欢，去崖头对情歌……贺兰山岩画记录着这方土地上先祖们的生活，简单、快乐。真想靠近，又怕我的脚印走成小路，把贪婪的眼睛带到这里，打乱了他们平静的生活。如果我潮湿的呼吸会凝成他们眼角的泪珠，我情愿远远地看着他们，在想象里完成与他们的会晤。

阳光下的贺兰山妩媚又沉静，有浓郁的西部女人味，粗犷野性又大气，总在不经意间就拨动了我的心弦。到西部已四天，每天都有一群好客的朋友陪着看景、聊天、喝酒，似乎已习惯了这样的热闹，日子突然安静下来，竟然有些不适应呢。也许还没有从昨晚的酒醉里醒来，我陷入无言的惆怅里，莫名地有泪滑过脸庞。大漠的阳光格外明亮，一会儿就晒得脸颊有些刺疼，可我还是忍不住向远方眺望，目光化作多情的诗行，平平仄仄的词句铺成一条长长的石子路，一头连着贺兰山，一头是我，灵魂走在朝圣的路上。

连续穿越巴丹吉林沙漠和腾格里沙漠，却没有走出贺兰山深情的目光。满目荒凉，更觉孤寂。我的心在茫茫的沙漠游走着，渴望着邂逅逝去的时光。骆驼和牛羊仨一群、俩一伙，悠闲自在地散步，时而低头吃几口草，时而抬头看看远方，牧民们开着越野车，哼着蒙古长调，悠然自得，真羡杀人啊！也许正因为贺兰山母亲般的护佑，才有了戈壁滩的宁静祥和与生机。

贺兰山下，一朵叫叶紫的马兰花在盛开，花开千年，花落千年，长长的岁月里，总有一段光阴留给我们相遇，你是否已启程……

武威依旧似当年

清早，从阿拉善左旗出发，坐了八小时的大巴，日落时分，终于颠到武威，匆匆一瞥，又踏上了去张掖的大巴。

武威，因汉武帝为彰显大汉帝国军队的"武功军威"而得名，位于甘肃省中部，是河西走廊之门户，古称凉州、雍州，地处汉、羌边界，民风剽悍，悍不畏死。自古陇右精骑便横行天下，史称"凉州大马，横行天下"。武威也是"丝绸之路"的要冲与重镇，河西富邑。

说起武威也许知道的人并不多，但是中国旅游的标志"马踏飞燕"却是人尽皆知，1969 年它出土于武威市雷台汉墓，如此巧夺天工的艺术品实在给武威长脸，只此一件宝贝足以令武威傲视群雄。

武威闻名于世的还有齐家文化的黄娘娘台遗址、曾家堡庙（延寿寺）、白塔寺，以及令我心动已久的天梯山石窟，石窟开凿于北凉时期，保存有精美的壁画和彩绘雕像，后经过历代雕琢完善，规模宏大，建筑雄伟，被专家称为"中国石窟的鼻祖"。石窟里还有北魏、隋唐时期的汉藏写经、初唐绢画等珍贵文物，如此众多的国宝级文物，真想酣畅淋漓地逐一研究。

步履匆匆啊，这次是无缘欣赏，遗憾啊，遗憾。也罢，留点期盼给下次出行一个理由，我的武威，再一次与你擦肩而过，还是缘分未到啊。继续修行、修缘、修笔，等待缘起的那一天，用我美丽的文字描绘你的秀颜。

武威在一点点地远离，纵有再多的不舍，也只有挥挥手，张掖一步步地靠近，期待着将临的风景，以及风景中的韵味。

夜幕下的山丹城

武威到张掖的路上，山谷里稀稀落落散布了很多大风车，慢悠悠地旋转着，把光阴一圈一圈地缠起，又变为光明还给人们，只是逝去的光阴不能倒带重来……

行至山丹县，这里曾经有个驰名全国的山丹军马场，让我向往。小时候，靖远气象局的吴姨曾在军马场的气象哨工作，童年时多次听小军讲起他们家在山丹的生活，一处处军马场，一匹匹威武的骏马，悠闲地在碧绿的草原上散步、奔驰，空气里飘荡着青草的芳香、骏马的嗒嗒声、牧民嘹亮的蒙古长调，如哈达般在青草间缭绕。那时我很是羡慕他，感觉他像野马驹般在草原上打着响鼻尥着蹶子。

山丹原名删丹，删丹古城在焉支山谷地近钟山寺处，"以晓日出映，丹碧相间如'删'字，又名删丹山，而县以此得名"。北魏时改为山丹县。山丹在秦时为月氏地，汉初属匈奴，后由骠骑将军霍去病收复，为张掖郡所辖。当地流传一首《匈奴歌》："失我焉支山，令我妇女无颜色。失我祁连山，使我六畜不蕃息。"山丹乃古丝绸之路的咽喉要道，自西汉以来，历代都在这里屯兵养马，此地以古今军事要冲见诸史册。汉代与明代长城在县境内绵延近百公里，被专家誉为"露天长城博物馆"，不同历史时期修筑且并行的长城在国内绝无仅有。这里还有建于明嘉靖年间（约1550年）的古驿站——新河驿、保存完好的北魏年间的大佛寺等名胜古迹。

仅仅山丹这个美丽的名字就让我心动了，更何况军马场里高大健美的骏马，曾让我小小的心儿痒痒多年。可惜，我们在甘肃生活的时候，我还太小，没有人身和经济的自由，只能在父母的视线里生活。童年时，我很喜欢登高望远，尤其在夏日的黄昏，登上乌兰山的高坡凝视着被夕阳染红的天边，想象着军马场上的万马奔腾。所有关于山丹县的美，都是在我的想象里绘就的。我在心里一遍又一遍描绘着这个地方，在我的心里如诗如画。

我把自己想到的画面讲给姐姐听，讲给小伙伴们听，他们听得如痴如醉，童年的我也把自己的幻想当成了现实，写在日记本上，写在作文里，画在纸上，用蜡笔染得五颜六色，但主色总是墨绿色。老师和小伙伴都以为我来过这里，因为我在作文中写了自己骑着骏马在一望无际的草原上奔驰，那感觉非常真实细腻。老师的夸奖、同学的羡慕让我有些飘飘然，只有家人和我自己知道，我有十年的时间没有走出过靖远，幼年时，我骑过小毛驴，但我把骑驴的感受嫁接到骑马上。所以，我一定要来一次山丹，最起码要在军马场骑骑军马，补上童年的遗憾。

夜幕降临，安静的小城昏昏欲睡，看不到山丹县城的模样，我默默地用目光抚摸着万家灯火，心底涌起丝丝暖意。多年前，我的爸爸妈妈也从这里走过，忙碌的爸爸肯定在山丹的气象站检查过工作，踩着爸爸的足迹，我会走得更远。

山丹，对不起，下一次再来拜访你，用我的文字与你对话，让那些逝去的时光变成奔腾的骏马，威武雄壮地踏过人生的沙场……

秋风吹梦到张掖

张掖的朋友计划自驾去西宁的门源采风，同行的都是专业搞户外摄影的，我很想抓住这个难得的深度采风的机会。启程！跟随摄影的朋友穿林海、踏雪原，向着青海湖的方向挺进，信马由缰，体验一下探险者精彩又寂寞的人生！

清晨从阿拉善左旗出发，穿越巴丹吉林沙漠和腾格里沙漠，连续奔波12个小时，终于在日落时分到达张掖。

注视着车窗外的张掖市，心里涌起几丝愁绪。酝酿了无数次的张掖之旅，竟然在今夜突降，冥冥之中似乎有谁在操纵着相遇与别离。

张掖市位于河西走廊中段，甘肃省西北部，古称"甘州"，即甘肃省名"甘"字由来地。这里自古就有"塞上江南"和"金张掖"之美誉，有大佛寺、木塔寺、镇远楼、丹霞地质公园、黑水国遗址等名胜古迹。

长时间的舟车劳顿，令我有些头晕目眩，走下大巴车，深深地呼吸着清润的空气，疲惫的身心有了瞬间的放松。朋友大周早早等候在车站，微笑着呼唤我，听着久违的乡音，心底涌起些许暖意。虽然四年未见，熟悉依然，细细打量着彼此。

"干练的着装，小旅行背包，不错，这次像行者。"朋友和我开着玩笑，顺手把行李放到车里。

"难道上次不像行者吗？"

"是，上次像个娇小姐。"

回忆着上次的相见，没感觉自己如何娇气，只是穿着显得太淑女，在旅途中，也许是因为有些不合适吧。从阿拉善左旗出发，一路经过中卫、武威、山丹，几个城市相比，感觉张掖最繁华，也许是因为那几个城市仅仅是路过，没有深入感受街巷的烟火气，没有触摸到当地的文化和风俗，只是一瞥的印象，淡淡的，模糊的，留不下触动心灵的印记和共鸣。但张掖就不同了，它的夜晚充满风情，热情、喧闹、松弛而有个性，一开始就令我嗅到了熟悉的城市味道。街道宽阔，灯如星，车如流，人如织。饭店、酒吧、茶座、咖啡屋鳞次栉比，别致又和谐，空气中弥漫着白酒、红酒、米酒、清茶和咖啡的香气。匆匆一瞥，还没有来得及细致打量夜幕下的街道，我们已来到饭店。朋友特意选了比较有特色的饭店，饭菜也是当地有名的牛羊肉、面鱼等风味独特的小吃。他请了自己的妹妹和闺密前来陪我。这个雅间大约40平方米，茶座、麻将桌、餐桌，优雅安静，设施齐全。

张掖人吃饭和我们内地不同，他们先在外间茶桌喝茶，嗑瓜子，聊天，菜上齐了，才落座开饭。主食和汤水都吃好，又回到茶桌干喝酒。看着他们兄妹三人激烈地划拳，我感觉好有趣，不由得想起以前在甘肃的生活。父亲热情好客，几乎每个周末都邀请朋友来家喝酒，一桌酒从早上喝到午夜，歌声、划拳声、劝酒声，气氛热烈，令人忘记今夕是何年。如果不是后来我家调回河北，也许，今天的我也做了黄土高原的婆姨，也会如此豪爽地大碗喝酒、大口吃肉呢。

朋友妹妹的朋友邀请我去她家里住，盛情难却，我只好随着去了她家。午夜的张掖比较安静，街上车辆稀疏，行走在陌生的城市，也许是酒精的作用，注视着路灯下自己的影子，鼻子莫名地酸涩了。

朋友的家人去了外地，今晚是我们三个女人的天地。我们在客厅的沙发上喝茶聊天，按说我们年龄相近，话题应该比较多，但也许是西北人不善言辞，比较拘谨，简单交流几句后就沉默了。于是，我引领着话题，问起了张掖的丹霞山、马蹄寺，她们极力给我推荐这两个地方，建议我不要错过。想到门源的白桦树林，鱼和熊掌如何兼得啊，我纠结不已。

不知不觉夜已深，该休息了。洗浴时，由于不会调节热水，我又不忍劳烦主人，便悄悄洗了冷水澡。张掖的夜晚只有 8 度，瑟缩在被窝里，心冷得揪成一团，疲惫、冰冷、纠结，难以入睡。想家了，很想一步跨到家里，舒服地撒着小性子。

凌晨 5 点半，闹铃响了，一个鲤鱼打挺，赶紧起床洗漱。等我蹑手蹑脚地从卫生间出来，小妹和朋友也起来了，给我收拾了一大兜水果，让我带在路上吃。收拾行李，昨夜我们三个的小挎包都随意地扔在沙发上，我们都是没有戒备心的小女人，彼此信任的感觉真好，心里暖暖地挥手告别两个小姐妹，默默期待着有缘再相见。

路灯下，大周的车早早地等候在那里了。上次在金昌会晤，他还那么年轻，头发乌黑茂密，皮肤白皙，才四年的工夫，已经头顶渐亮，皮肤粗糙起皱，怎么变得如此沧桑？我有些疑惑地问他，得知最近几年他加入了户外摄影团队，常年在旷野奔波，身体和心灵接地气了。哦，难怪他近几年的文字和摄影水平有了飞跃。大周比较沉闷，话总是压缩到极简，正好利用这机会再眯一会儿。

那么粗糙的人，车载音乐却是高雅浪漫的蓝调，有些不可思议。我随着优美的旋律，想着或远或近的心事，缓缓入梦。

慢悠悠的民乐

车子在夜色里轻快地奔驰，我听着音乐迷迷糊糊睡着了，醒来时，天已大亮。西部的清晨，安静得似乎能听到大地的鼾声，路边的杨树瘦高挺秀，就像西部的汉子，骨骼健壮又干练。西部的杨树大多是小叶杨，叶片小巧油亮，风一摇就哗啦哗啦地拍手，给寂寞的路途带来一丝生趣。

行至民乐县，接上何老师和他的朋友，找地方吃早点。民乐以广袤的天然牧场和险要的军事重地闻名遐迩，是古丝绸之路上一颗璀璨的明珠。

民乐是个经济欠发达的农业县，街道整齐，民居大多是低矮的砖房，街巷深处散落着一些年代久远的土坯房，满有时代感，在街巷里拍照挺上镜，在这里似乎能捕捉到时间流逝的印痕。大街上人稀车少，转了两圈，才找到一家拉面馆。捧着小洗脸盆那么大的碗，油乎乎、热腾腾，里面盛着一盘细如发丝的拉面，红面汤上漂着几片翠绿的扁葱碎、芫荽和辣椒，五颜六色，香味扑鼻，蛮有食欲。注视着这样大的一碗面，我有点眼晕了，和跑堂的要羹匙，他们的表情有些惊讶。"你是我见过的第一个用勺子吃拉面的人。"大周在一旁取笑我。我怪吗？无论在南方，还是北方，我吃的面也不算少了，一边吃面，一边用羹匙喝汤，没什么不合适啊。也许是饿了，洗脸盆那么大的一碗面我竟然一扫而光，户外活动让我回到女汉子的状态，感觉在民乐吃的拉面真不错呢，面劲道，肉香，汤浓，可以和正宗的兰州拉面媲美呢。

吃完饭已近中午，街上的人渐渐多了起来。店铺比较少，货品单一，但这里肉市比较热闹，从街头到街尾，肉铺一家挨着一家，成排的刚宰杀剥完皮的肉羊整齐地吊挂着，鲜嫩的羊肉很是诱人。

街上行走的人以中老年和小孩子居多，年轻人大部分去外面打工了。这里的老汉大多身材精瘦，线条硬朗，脸色黑红瘦长，大眼睛双眼皮，目光柔和干净又简单，只是脸上的皱纹比较深，没有什么表情，有些木然，看不出什么喜乐。这里与内地不同，鲜有大腹便便的谢顶老人，一看就是常年在地里侍弄庄稼的勤快人。

这个小城的时间仿佛被调慢了，人们吃饭、说话、行走，大多是慢悠悠的，就连南墙根晒暖的小猫小狗都是懒洋洋的，半天都不活动。那种悠然自在仿佛是与生俱来的，这也许就是现代都市人追求的松弛感。

从民乐出来，一路南行，马路两旁是成片的灰黄色的油菜田和青稞地。

天空湛蓝，远山如黛，灰黄的菜地，金灿灿的油菜，犹如印象派的油画。看到美丽的庄稼，我有些坐不住了，借着放风的机会，飞一般地冲到田地里。收割好的油菜籽整齐地捆扎好，两两相对直立着依偎在一起，远远望去，地里真像诸葛亮布的八卦阵。

青稞已枯黄，吃力地擎举着硕大的麦穗，骄傲地注视着远方，长长的麦芒犹如姑娘的眼睫毛，娟秀中透着几分桀骜不驯。看久了中原短芒、饱满、圆润的麦穗，西北的青稞更令我惊叹，它的孤傲与野性，给人一种视觉的冲击力，硬朗又流畅的线条，粗壮的麦秆，金黄的色泽，更像是从黄土里长出的禅意的诗。我采摘了一小把带枝叶的青稞，坐在车里细细品味着。

清晨的田野里到处是劳动的人，人们忙着收割、耕地，如果此刻有劳动的歌声从田野里飞出，那将多么富有诗意。翠绿的蔬菜、金黄的青稞地、灰黄的菜籽田、远山、小河、白杨，这一切都是安静的，静美得就像米勒的油画《拾穗者》中的场景。

民乐，一个西部边陲小县城，虽然没有什么特色，却令我久久无法忘怀。民乐那么小，从南跑到北十多分钟就能走遍，那么静，车少人稀，没有县城里惯有的熙熙攘攘，也听不到狗吠鸡鸣，人们的目光清亮又安然，欲望也少。如此的清心寡欲，如此的慢节奏，肯定不适合年轻人创业，但是，纵观我们一生的追求，从落地开始就在努力竞争一缕光、一滴水，总想出人头地，最终，一切都要慢下来，过了知天命之年，人生开始做减法，似乎又回到了人生的起点。

民乐，百姓安居乐业，人生的抛物线落下的地方。在这个安静的小县城悠然度日，没有职场竞争的焦虑，远离红尘的是是非非，心里安适，身体安康，也是一处避暑养老的好去处。

百里画廊门源行

青海门源油菜花全国驰名，秋天的门源简直是一幅连绵不断的精致油画，走进来，再也舍不得离开。在门源景区畅游，如同小溪对青山的缠绵，走走停停，忘记了时间的流逝。

出民乐一路南行，空气愈加清新，沁人心脾地凉爽，仿佛身心已脱离俗尘。临近门源，阳光水晶一般清透明亮，远远看见穿着裘皮的祁连山，遍地成熟的油菜籽，等待收割的青稞。草原已枯黄，牦牛、奶牛、骏马三三两两在草坡上徜徉，羊群如撒在草原上的珍珠，羊儿或走或卧，悠然自得，它们竟然像庄园主一般安逸。

门源，回族自治县，原名"亹源"，简化为门源。早在3000年前这里就有羌、戎等族的先民繁衍生息，是青海的"北大门"。门源是黄河文明发祥地之一，游牧文化和农耕文化在此融合，丝绸之路、甘青通衢在此相会，众多民族文化在此交融。这里有仙米天然林区，百里油菜花海，苏吉、皇城的大草原风光以及卡约文化、辛店文化古村落，浩门古城（宋代），旱台红山三角城（汉代），克图三角城（宋代），金巴台古城（唐代），完卓口古城（西夏），边墙（明代），岗龙岩雕（东晋），还有70余座清真寺及珠固古佛寺等众多的名胜古迹。

汽车缓缓地在盘山路上爬行，心儿也随着车轮起落。在一处海拔3680米的缓坡，我们看到高耸的玛尼堆。湛蓝的天空没有一丝的云，五彩经幡迎风招展，是风动，幡动，还是心动呢？触摸着玛尼堆石块上篆刻的经文和图画，感觉有一种神秘的力量涌入血脉，不由得心生敬畏。不知这些经文与图画是何人何时篆刻，定是一路磕着长头走来，把它供奉在此。

一双双纯净而又虔诚的眼睛在我脑海浮现，信仰是不落的太阳，即使是再闭塞的心灵的角落，有了它，也会明亮温暖。玛尼堆旁的木桩上除了整齐的五彩经幡，还拴着长短不一的丝绸锦缎，那是朝圣的藏民供奉的经幡。一片片玛尼石，一条条经幡，仿佛无数的诚心和嘴巴，在无声地诵经，默默地传递着人与天地的对话。垂首低眉，双手合十，默默地为家里的老人祈求安康，围着玛尼堆虔诚地转了一圈，丝巾、衣袂迎风飞舞，飘飘欲仙。

进入门源山谷，顿时像步入巨幅油画。山坡上牧草捆成捆，两两相依，一堆堆，一排排，井然有序。光影斜斜地坠在后面，远望如智利复活节岛上诡异的巨石像。山谷里除去呼呼的风声和不时响起的一两声鸟鸣，再无声息。山坡上的草捆向天空传递着大地的心声，让山谷的静有了别样的味道。晒干的牧草有一种独特的甜香，醇厚柔和，与青草的香气交融着，把空气都染香了，那香气令人安适，似乎有着香薰的功能，一点点抚慰着人们焦虑的心。

大山深处，依然有如此宏大的劳动场景，唤醒内心深处久远的记忆。

隐约地山谷深处传来了歌声："十五的月亮十六圆，光棍的哥哥心好酸。满山的枣子火溜溜红，妹妹缝衣孤零零。妹妹缝衣你莫要针扎了手，光棍棍的哥哥心那个疼……"

转过山梁，向阳的草坡上撒满了山羊，还有两三个牧羊人，两个老汉坐在阳坡坡上卷着旱烟聊天，不远处的中年汉子眺望着远方旁若无人地唱着民歌。从泥土里长出的原汁原味的民歌，忧而不伤，悲而不泣，直抵心灵，似乎触动了一扇心窗。召唤朋友停车，他们去高处拍摄，我独自坐在崖壁旁，静静地欣赏着难得的原生态民歌。

终于望见了人烟，谷底有四五户人家，绿树掩映着白墙红瓦，鸭鹅嘎嘎，狗儿吠叫，很是热闹。崖谷下有一个小果园，一对青年男女在采摘柿子，谷底不时飞上几句他们打情骂俏的情话，给这个寂静的山谷增添了几分情趣。

这里远离闹市，像传说中的世外桃源，没有都市里的逼仄与压力。日出而作，日落而息，简单而宁静的生活，是多少人向往却又无法接受的。在这里，身心都要做到极简极纯极静，没有了物欲，没有了名利。如果偶尔在此体验十天或者一个月，定是一种享受。如果长长的一生都在此隐姓埋名地生活，我想没有几人能做到。红尘中总有许多难以割舍的东西，亲情、友情还有各种社交圈。上苍总是公平的，给了你物质，就要拿走你的自由，得与失，有形亦无形。

汽车轻快地飞驰，窗外的景色渐渐妩媚。转过一个大弯，远远地看到一抹金黄，如同彩虹一般突现眼前。碧绿如绸的河水静静的，似乎看不到它的流动，仿佛大地佩戴的水晶项链。河岸边长满金灿灿的银杏树，山谷里这条奇异的黄金大道，引得游人们欢呼雀跃，仿佛穿越时空回到了童年。河水倒映着湛蓝的天空、洁白的云朵、金箔般的银杏树，恍如仙境。游人三三两两微笑着在这个童话长廊漫步，犹如"T"形台上的走秀。对于户外摄影人而言，这就是一场饕餮盛宴，他们或站或蹲，或跪或匍匐，咔嚓声、惊叹声，此起彼伏。

我换上飘逸的衣裙，随着秋阳在金叶里优雅着。那一刻，我如同秋天这本画集里静默的书签，轻轻地留在秋的深处；更像一首小令，雅居在诗卷里，期待着这场秋日的邂逅。我在静静地行走，云中漫步一般，走在时光的脉搏里。

"如有僧侣走过，这景就有了禅味。"仿佛有神助，朋友的话刚出口，前方驶过一辆小车，下来一个二十出头的喇嘛，穿着鲜艳的朱红袈裟款款行走。我们有些不敢相信会有如此的巧合，惊讶地瞪圆了眼睛。通过简单交流得知，十一长假，这个喇嘛思念父母回家探亲，短暂地团聚之后，妹妹开车送哥哥回寺里修行。出家人很是随和，他按着大家的意愿一遍遍地行走在这片瑰丽的长廊，他身材瘦高又挺拔，不时挥舞着宽大的衣袍，仿佛走向圣坛的仓央嘉措。"曾虑多情损梵行，入山又恐别倾城。世间安得双全法，不负如来不负卿。"我在心里默念着仓央嘉措的诗句，凝视着金黄里的那朵红云，思绪飘向了远方。

在银杏大道稍作停留，我们继续出发。行至一个叫仙米的地方，车拐下了一条羊肠小道，迎着淙淙的溪流缓行，森林逐渐茂密。车泊在一处开阔的地方，推启车门，又是一个惊喜。漫山遍野的白桦树，俏丽优雅不似凡尘的俗物，清瘦飘逸的身形，金黄的衣衫，洁白的长裙，美人痣一般的斑点，就像是它身上的点睛之笔。金灿灿的叶子把一生的热情都散发出来了，紧紧抓住了游人的眼眸。漫步在白桦林，耳畔回荡着苏联歌曲《白桦林》，内心滋生出一种异样的情绪，阳光在林间洒下斑驳的光影，仿佛我们那被切割的时光。

微风拂过，金黄的叶片扬花般落了下来，又像无数的蝴蝶在飞舞，美得令人心颤，又让人叹惋。不由得想起叶赛宁写的抒情诗《白桦林》："不惋惜，不呼唤，我也不啼哭，一切将逝去……如苹果花丛的薄雾。金黄的落叶堆满我心间，我已经再不是青春少年。心儿啊，你已开始悄悄冷却，如今再不会那样地跳跃。这白桦的图案织成的家园，再不能吸引我赤脚流连。"

在松软的落叶上舒展疲惫的身心，静静聆听秋虫的鸣唱。微风拂过，秋叶旋舞。终于听到那轻如呼吸的落叶声，仿佛秋的叹息，极轻极微，酷似午夜的雪飘。眯着眼注视着叶舞，看到了无数的秋心，无怨无悔地飘过生命的界河，安静地贴着大地的胸膛入梦。

自然的轮回谁也不可避免，积攒半生的热情，回报自然火焰般灿烂，这就是白桦，多么渴望拥有白桦的美丽与境界。无论灿如夏花，还是逝如飘絮，秋叶都是那么从容，丝毫不减灵魂里的高贵。我们都是生命之树上的叶子，看天外云卷云舒，任四季花开花落，修一世尘缘，从容地蹚过岁月之河。

细观白桦，真像挺拔俊秀的少年，眉宇间带着几分英气和淡淡的愁绪。溪流在它的脚边欢歌着，奔跑着，映照着它的倩影。行走在白桦林，内心得到一种从来没有的宁静，时光仿佛被滤过。我更像长在它身旁的灵耳，或者斜在林间的一抹阳光，在此栖息无尘的心和无忧的光阴。

夕阳如魔术师一般不断装点着溪流，溪流不时变换着色彩，金色、火红、蔚蓝、碧绿等，因为折射，才有了诸多的幻彩。溪流吹着口哨在石滩上时急时缓地欢歌着，雪白的浪花仿佛落在地面的云朵，真想摘一朵浪花别在衣襟，真想做一枚卵石与浪花相依。

大家贪婪地逐流取景，远山、白桦、草地、溪流、石滩，还有牧归的牛羊，总也拍不够，看不倦。橘红的夕阳懒洋洋地斜挂在树梢上，远处升起袅袅的炊烟，仿佛母亲的呼唤。我们在仙米的林间留恋着，忘记了时间，忘记了尘世，忘记了自己……

大山深处有我家

黄昏的阳光黯淡下来，门源县东川镇的吊桥附近，仍是树俏花娇，碧水如绸，大家沉浸在画卷里舍不得挪步。无奈天色已晚，一致决定就近找农家院驻足。

这时，一个老人赶着羊群哼着小曲走了过来，我们向他问路。"娃儿们，走，去俺家吧。"老人一脸的真诚，无须质疑他的善良和质朴，我们乐颠颠地跟着他向村子里走去。

羊儿扭着肥厚的尾巴慢悠悠地走着，圆鼓鼓的肚子在向人们炫耀着在草原的幸福。头羊高大威猛，浑身洁白，头和耳朵却是黑色的，它机敏地关注着身边的小羊，不时地发出几声"咩咩"，招呼着它的子民。看着这些可爱的羊儿，我忍不住去抚摸它们温暖卷曲的皮毛，羊儿温顺地叫着，竟然对我一见如故。

行至一处农家院，红砖门楼，黄色的对掩木门，上面的大红对联依稀可辨。房子依山坡修建，分前后两套院子，外院主要圈养牛、羊、马，还有狗。大门的右边是个小菜园，院子里马嘶狗吠，偶尔还有几声老牛低沉的哞哞声，煞是热闹。空气中夹杂着青草的甜香和牲畜的粪便味，却不令人厌恶。向阳的院墙上整齐有序地粘贴着许多牛粪饼，牛粪饼大小一致，上面的大手印印章一般，诙谐中透着几分严肃。晒干的粪饼规整地码放在墙根，留着冬天烧炕取暖。里院，窗前一片娇艳，大丽花、菊花、月季花、格桑花，五颜六色，花香扑鼻，让这个小院生动起来。肆意绽放的花儿就像这里带着乡土气息的人们，让人莫名地欢喜与感动。

"老婆子，快，咱家来客人了。"大伯的话音未落，从里院跑出了两个中年男女，还有一个十多岁的小姑娘，他们亲热地和我们打招呼，接过行李连忙把我们让进屋里。屋门口立着一位七十出头的阿妈，老人围着花头巾，红润的脸上布满沟壑般的皱纹，浑浊的眼睛里写满了慈祥与仁爱。阿妈拉着我的手，不住地嘘寒问暖。品着阿妈敬上的飘香的奶茶，内心就像被熨烫过一般安适。

安置好行李，我赶紧去厨房帮着女主人洗菜做饭。通过简短的交流得知：他们是土家族，"文革"时逃荒到此，看到这里山清水秀，土地肥沃，衣食无忧，就在此安家了。两位老人年逾古稀，身体硬朗又勤快，大伯每天种地放羊，照料着200余只羊，每天风里来雨里去，不论寒暑，很是辛苦，但也挣钱贴补家用。阿妈操持家务，喂养牲畜、做饭、照看孩子，每天忙个不停，她的眼睛几乎看不清东西，耳朵也有些聋。

老人一共生育了十个子女，大多在城里定居，每年春节都回老人这里团聚。现在家里就剩小儿媳妇和儿子老九，其余的都去外面打工了。小儿媳妇有两个孩子，一个在城里读中学，一个刚九个月，尚未断奶，无法随丈夫去打工。儿子老九看父母年岁太大，不忍心父母太操劳，没有外出打工，前年好容易说上一个媳妇，但嫌他家住得闭塞，又挣不来大钱，结婚不到半年就离去了。

白天老九和小儿媳妇去地里收割青稞，忙到天黑刚到家，还没来得及喝口水就赶紧钻进厨房里。小奶娃一天没有见妈妈，揪着妈妈的衣襟不停哭闹，小姐姐抱着她又是唱又是逗，却总也哄不好。我赶紧接过儿媳妇手里的活，让她给孩子吃口奶。

我和丫头去小菜园里拔菜。翡翠般的小白菜、清香挺拔的芹菜、水灵灵的大萝卜、墨玉般的菠菜，让人爱恋。小心地拔着菜，既想多拔几棵吃个够，又舍不得拔掉它们。

洗好青菜，儿媳妇已和好了面。看似憨厚得有些木讷的女人，干活却很利索，她轻快而有节奏地扯着面片，动作协调优美，就像江南的采茶舞。

吃着香滑劲道的羊肉面片，很是享受。终于吃到久违的西部农家饭，亲切温馨，不由得回想起童年在西北生活的点滴。

晚饭后，我们和阿妈坐在热炕上拉着手聊天。阿妈耳朵不好，小丫头做翻译，我们不时地用手势比画着，小奶娃在周围开心地爬来爬去，一家好温馨。

白天东跑西颠很是疲惫，晚上早早安歇。山村的夜晚格外寂静，似乎能听到远处哗啦啦的河水声，枕着水声缓缓入梦。

晨曦微露，准备登山拍日出。雾霭迷蒙，大山似乎还睡着，丛林、庄稼、花草，仿佛披着珍珠衫的待嫁娘，娇羞地静默着。

丛林边有一处独特的藏家庭院，朋友想用长镜头拍这家的生活片段，让我从这个大门走出走进。我的披肩是蓝色的不醒目，进院和女主人一说，她马上给我找出一条崭新的红围巾。围着红围巾，我来来回回地在门前的小路上徜徉，终于拍到满意的片子。去院子里送围巾，喊了半天没有人答复，于是我把叠好的围巾恭敬地放在客厅的桌子上。不知何时，女主人去地里干活了，竟然连院门都没有锁，对陌生人如此信任，真令我惊讶。

从山上归来，阿妈已热好奶茶，大牡丹花一样的馒头卷着姜黄和苦豆子，吃起来很是惬意。种麦、磨面、蒸做，都是自己劳作。阿妈不时地给我们添着奶茶，把我们的水壶都灌满，却没多收一分钱。

出发了，阿妈一家把我们送出村子，她不时地喊着："孩子们，回来还住阿妈家，我等你们啊。"

我们迎着大通河如小蜜蜂一般采撷着美景，日落时，住在互助县城附近的一家农家院。主家安排好房间，就躲在屋里看电视。晚上飘起了细雨，心情仿佛也被雨打湿了，我们都消沉地不愿多语。新炕潮被，湿冷得无法入睡，裹紧被子默想着深山里的阿妈，还有那热乎乎的奶茶。

次日原路返回，依然在门源景区徘徊。仙米的白桦林、水库、银杏大道、草靶阵等景观再次尽收囊中。傍晚时分，大家商议去哪里落脚。"去东川阿妈家！"几乎异口同声。想到将临的阿妈家，大家的话多了起来，分享着各自的收获，期待着热乎乎的亲情。

刚在大门口停稳，我就像离弦的箭一般冲向小院，大声地喊着："阿妈，我们回来了。"阿妈、大伯、儿子、媳妇都跑了出来，小丫头跑在最前面。我紧紧地抱住阿妈，激动地贴着她的脸颊。小奶娃在妈妈的怀里咿咿呀呀地向我张着胳膊，好可爱的小家伙，已认识我了。接过小宝贝，亲着胖嘟嘟的小脸蛋，好幸福。

阿妈端来清茶，大伯打来热水招呼大家洗手。我帮着媳妇做饭，媳妇特意多炒了几个菜。再次相聚很是难得，我准备去超市买酒，天已黑透，朋友怕我走丢，连忙喊住我，自己一溜烟地跑去了。我们喊了大叔他们一家来喝酒，阿妈和媳妇抿了一口，就带着孩子们回自己的屋子吃饭。大伯和儿子陪大家喝酒，其乐融融。西北的酒席节奏很缓慢，他们划着拳，越喝越兴奋。喝完一瓶，老伯又拿出自家的青稞酒……

山谷的星夜格外美，就像在黑天绒上坠了无数的钻石。我坐在屋门口看星星，牛郎、织女、北斗，多少年没有看到过如此清晰的星星了。目光如手，抚摸着满天星斗，似乎找回了童年的家。40年前，在奶奶的老家，我和哥哥依偎在奶奶怀里听着牛郎织女的故事，数着星星，一颗，两颗……

蓦然间有泪滑至腮边……

手机响了，朋友在银滩的海边问候。"我在门源的深山里看星星。"朋友在电话里笑了，也许她在笑我的天真。那夜的星星真的会说话，它一直在和我低语。

黎明，告别阿妈，心里酸楚。门源再见啦，阿伯、阿妈再见啦！难舍仙境般的门源，难舍亲人般的乡亲！好香好美的奶茶，好暖好舒服的农家，好真好诚的心啊！挥手，再挥手，走出很远再回首，阿妈一家还在大门口挥手，阿妈呼唤着："孩子们，慢慢走，常回家看看啊……"

落花时节又逢君

时隔一年，我再次来到兰州，这个令我朝思暮想的美丽城市。徜徉在熙熙攘攘的街头，真切又踏实的感觉，这次真的回家了，熟悉的乡音，熟悉的味道，熟悉的烟火，疲惫的心终于找到安放的地方。

"兰州"，除去"爸爸""妈妈"，几乎是我学会的第三个词语。50年代，爸爸妈妈从北京气象学院毕业，响应党的号召，支边来到甘肃。工作的第一站就是兰州，后来辗转甘肃的每个县、市、区。我出生在渭源，一岁时，爸妈常去兰州出差，每次想爸妈了，我都指着兰州的方向喊："爸爸、妈妈、兰州。"

后来爸爸被冤失去自由，我常哭闹着要爸爸，妈妈总是抱着我指着远方告诉我：爸爸去兰州出差了。那时，兰州在我小小的心里很是神秘，不知它有什么魅力，总是和我争夺爸爸妈妈。

爸爸失去自由，妈妈独自带着我和姐姐生活。妈妈是单位的业务骨干，还得既当爹又当娘地照顾两个小奶娃，整天忙得焦头烂额。在我两岁时，妈妈终于狠心把我送回河北的奶奶家寄养。

从此，幼小的我饱尝孤儿般的凄苦。刚回到河北，虽然有奶奶和姑姑的百般疼爱，还是难以抚平心上想妈妈的苦痛，常常是哭着入睡，又哭着醒来。三岁的孩子，眼中和心里的世界能有多大呢？除去妈妈的怀抱，哪里还有温暖呢？总是无法理解妈妈当年的无情，怎么舍得把粉团似的小女儿丢到一个陌生的环境。成年后，我多次想问问妈妈是否后悔当年这个轻率的决定，给女儿带来一生无法释怀的凄苦。多少次，话到嘴边，又咽了下去。我觉得这个话题太过沉重，我也不忍让自己再陷入往事的泥潭。

幼年的我因为太爱哭，患了脐疝。那时，乡亲们总逗我："芳芳，你爸妈呢？他们不要你了吗？"一瞬间，泪又滚落下来。爸妈在兰州，多年不来接我，也不来看看可怜的我。

那些年，我没有喊过爸爸妈妈，以为真的和乡民们说的一样，自己是没有人要的孩子。那时我常担心如果没有奶奶收留，我就像街头的流浪猫狗，饥一顿饱一顿，任人欺打。于是，我努力学乖，变得讨人喜欢，学会看大人脸色，努力压抑内心的想法，变得胆小懦弱，自卑无助又脆弱。

当时，在那个村里，我是穿得最漂亮的女孩，妈妈经常给我做漂亮的衣裙邮寄过来。大姑妈是支书，老姑妈是教师，两个哥哥是我的保护伞，没有人敢欺负我，可我还是那么脆弱，那么爱哭。

记得童年最难过的时候是黄昏，每天和小伙伴们在村边的大树下玩耍，炊烟袅袅时，传来大人们招呼孩子们回家吃饭的呼唤声，小伙伴们牵着妈妈的手欢天喜地回家了。虽然有奶奶或者哥哥来喊我回家，我的心里却空落落的，闷闷不乐地吃饭。奶奶还以为我嫌饭做得不好吃，不住地安慰，有时还用铁勺子给我炒一个鸡蛋，即使这样，我还是爱哭爱生病。

对于一个小孩子来说，放下心中的妈妈，乃至忘记生命里曾有过爸爸妈妈，真的很难。身边的小伙伴呼唤爸妈的声音，总是悄然提醒我，我也曾承欢父母的膝下，也曾是爸妈的掌中宝。对父母的思念不知不觉磨成了一把刀，一把被泪水锈蚀的钝刀，午夜梦回时，反复切割着弱小的心魂。

期盼、等待、失落的情绪犹如砂砾打磨着稚嫩的心。岁月真是一味治愈一切伤口的良药，终于记忆里父母的模样渐渐模糊，终于不再抱任何希望。在孤寂的日子中，我慢慢长到了七岁，已经服从命运的安排，安心过没有父母疼爱的生活。1975 年的盛夏，久违的爸爸妈妈突然出现在我的生活里，他们要接我回甘肃读书。我已经学会说不，懂得抗争，坚决不跟他们走。此刻，父母和兰州对我都没有了诱惑，我想继续在奶奶身边生活，安静地过我已有的日子。可是，年幼的我终究抗争不过大人的安排，在哭泣中告别奶奶的怀抱，再一次投入陌生的环境。

七岁的我再一次踏上兰州的土地，紧张得不知所措。在河北农村生活五年之后，再置身于大都市，我像刘姥姥带着的小板儿，傻傻的、木木的，揪着妈妈的衣角，缩在她的身后。看到大我两岁的姐姐聪明伶俐地表现着自己，目光里的自信，让我羡慕；妹妹亲热地拉着爸妈的手，哆哆地撒娇的神情，令我妒忌不已。同样是孩子，我却自闭又自卑，只有默默地坐在一旁，看着姐姐和妹妹在父母膝前打闹，我的眼里写满落寞，委屈的泪水倒流回心里。

我悄悄地跑到大门外的小桥上对着小河哭喊奶奶。小时候奶奶告诉我，世上的河水都是通着的，它能传递千里之外亲人的呼唤。儿时在河北，我常在井口边哭喊爸爸妈妈，回到甘肃，又在黄河边呼唤着远方的奶奶。我的生活总是充满离别，总是在相思中煎熬，井水、黄河，带着我的呼唤，淌过我的心灵，缓缓流向远方，给我留下绵绵的思念与期待……

在甘肃，我随着爸妈的工作调动，在渭源、定西、靖远、白银、兰州，都或长或短生活过，这些是我记事以来知道的地方，至于张掖、武威、酒泉、武都……这些地方，那时我还太小，已没有了记忆。所有的地方都是围着兰州这个中心点展开，出发与回归都是从兰州开始，因而兰州贯穿着我的整个西部记忆。

成年后，初恋也是从兰州开始。我的初中同学溪敏在兰州读大学，他的每封信都是从兰州发出，我的每段思念也是栖落在兰州。兰州，远在云端的古城，令我朝思暮想，令我感叹哭泣，兰州城里有我童年的味道，有我青春的足迹，有我心爱的人啊……

1998年，溪敏不幸因车祸去世，兰州，又成了令我心碎的地方。四次故地重游，酒与泪让我昏昏沉沉，让我痛得无法呼吸。真想冲出兰州的囚禁，却又难舍它的纠缠，慢慢地习惯了它的折磨，甚至迷恋上它的虐心。

去年深秋才来过，今年的此刻，我又沉醉在兰州的怀里。前天晚上在青海的门源，和朋友们喝了一些青稞酒，睡觉时，想起溪敏，情不自禁泪流满面，我是他最牵挂的小妹，如果溪敏在，陪我在门源的一定是他。那晚的酒真不多，我却醉了，吐酒哭泣。如果没有想念，如果没有哭泣，我不会醉酒啊。

兰州，又一次投入你的怀里，五味杂陈齐聚心头。大街小巷留下了我幼年、少年、青年的脚印，还有爸爸妈妈的青春岁月，重走父母的青春之路，我得到一种力量，推着我走向文学的深处。

童年的孤苦珠泪，已被岁月打磨成一枚晶莹的珍珠，紧紧贴在我的心上。溪敏如同山间的白桦树枯萎了，枯叶飘过我的心空，留下诗行陪我行走。挥手目送溪敏的远去，转身，我看到一片森林，西部还有众多的兄弟姐妹关爱着我，我的每一步都走在他们的心上，我该微笑着走过兰州的大街小巷，微笑着走过多情的黄土高原，微笑着走过人生的春夏秋冬。

兰州，我亲爱的兰州，在你的怀里，我孩子般天真，水滴般纯净，云朵般轻盈。此刻坐在兰州宾馆的房间里，呼吸着清润的空气，沐浴着暖暖的阳光，用手机敲打着心爱的文字，已是幸福满满，快乐的西部之行在我的指尖流淌，缓缓淌过我青春的白桦林……

山水应知我痴狂

深秋的兰州，天高云淡，秋风轻轻柔柔，就像少女的手，温柔地抚摸着身心，似乎每个细胞都透着舒爽。朋友驱车带我去游览刘家峡水电站，童年在甘肃生活的时候，常听父母提起这个水利工程，却一直无缘拜访，多年的愿望就要变为现实，我无法压抑内心的激动，不住地向远处眺望，渴望着飞至它的眼前。

终于揭开了它的面纱，碧绿如绸的黄河水让我惊讶，河水拥抱着沙石、水草、游鱼，清晰得就像玻璃隧道里的海底世界，如此清澈，美得不像黄河。清晨，打开落地窗，看到窗外静静流淌的黄河，恍如梦境，这样近距离地欣赏黄河，很是难得，朋友懂我对黄河的眷恋，让我枕河入梦，望河感怀，临河梳妆，心圆梦圆……

整天都在刘家峡水电站的游船上，悠闲自在地与碧波荡漾的黄河水深度缠绵，静谧又惬意。两岸是雄奇的黄河石林，一路同行的游人热情又真诚，午饭时非塞给我一个烧饼夹火腿肠和自己炒的虎皮辣椒，香香的、美美地吃着，久违了，人与人之间的真诚与亲密，我感动得只想手舞足蹈。

更多的时候，我在安静地看着丝绸般的河水，千言万语都倾入了这一江秋水中，依着朋友的肩膀轻轻闭上眼睛，把翻腾的思绪悄悄按压下去。

被秋阳暖暖地拥抱着，随着游船有节奏地摇晃，睡着也醉着。恍惚中，朋友脱下衣服盖在我的身上，暖暖地、沉沉地睡了……

梦里，我见到了久违的爸爸和哥哥，好像我们又回到了甘肃的家。梦里，爸爸妈妈还很年轻；我和姐姐如花蝴蝶般可爱；哥哥英俊帅气、品学兼优，是家属院里的亮点；淘气的妹妹不知又在和妈妈磨着要什么，哭闹个没完。哇哇哇，怎么妹妹还在哭？揉揉眼睛，原来是旁边的小宝贝受不了旅途中舟车劳顿的疲惫，在哭闹呢。我摸摸口袋里的米果糖，把它给了这个小宝贝，换来了短暂的安静。

看看窗外的石林，亲亲翠玉般的河水，转个身又沉沉地入睡了。梦里，冰凉的手被一双大手握着、暖着，蓦然间，泪水盈满了眼眶，紧紧地闭着，我怕泪水濡湿了那颗心……

正午时分，船终于在炳灵寺靠岸，跟随导游步履匆匆地行走在朝拜石窟大佛的路上。欣赏着这些精美绝伦的石雕艺术品，内心深处似乎开启了一扇窗，北魏、北齐、盛唐、明清，这里会聚了各朝代的石雕佛像，不时给人以震撼。

想象着丝绸之路上炳灵寺曾经的辉煌，经历千百年的战火，自然的风蚀，历经沧桑，美丽依然，神圣得让你的灵魂情不自禁地叩拜。如此巧夺天工的石窟艺术却深藏在群山与黄河的怀抱里，在时光的深处寂寞着。

迎着那尊依山雕刻的巨佛虔诚地靠近，佛悲悯地注视着山崖下的众生，那目光秋阳般温暖，秋水般沉静。此刻的我，微若尘埃，心如赤子。

拜过坐佛，再去朝拜那尊巨大的卧佛，那沉静安适的神情，如清碧的河水般漫过我的身心，红尘中的疲惫与纠结，瞬刻荡去。我静静地注视着大佛嘴角上那一丝微笑，内心仿佛被熨烫过。

人生如梦，梦很短很轻，瞬间醒来，已是沧海桑田；梦，是日间生活的再现，却不能重复红尘的生活；梦，只能是梦，累了，入梦歇息，醒了，继续赶路。

夕阳西下，船归航了。告别刘家峡的奇山秀水，我们驱车回家。沉沉的夜色里亮起点点灯火，家在何处？大山深处是否有回归童年家园的小路？瞬间伤感袭上心头，一双温暖的大手紧紧握住我冰凉的手……

白银城里有故知

行至白银，又见到了亲爱的萍——我的老同学，吃着她做的饭，轻松随意地聊天，很是惬意。30 多年的同学情，让我们情如姐妹，虽远隔千山万水，却能心心相印。

感谢命运的恩赐，给了我这样朴实的好姐妹，让我在西部有个可以栖息身心的娘家。午饭后，我们各自休息，一觉醒来已是 4 点，萍和女儿都去上班上学，坐在萍温馨舒适的小家里，我感觉非常放松。

我和萍是靖远的初中同学，那时我们是同桌。萍虽然比我小，却很干练，说话做事雷厉风行，学习踏实又用心，很得老师的赏识。周末时，我们就约着一起去爬乌兰山，到黄河边戏水，或者去对方家里写作业。

1984 年元旦前，我家要调回河北老家，就要告别甘肃，令我非常惆怅。萍知道后很难过，召集几个不错的女同学与我拍合影，又买纪念品，大家簇拥着与我说着惜别的话，萍默默地站在一旁，眼睛红红的。挥手道别，我倒着走了十多步，萍急匆匆地跑来抱住了我，眼泪顿时模糊了眼睛……

回到河北，收到的第一封信是萍寄来的。从此，我们鸿雁传书，或疏或密地交往着，写信、打电话、发短信、发邮件，无论见还是不见，我们都懂彼此，都牵挂着彼此。她带着三岁的女儿去河北看我，我四次来西北看她，虽然每次都是匆匆忙忙，但短暂的相聚总让我感动与欣喜。

这次，我事先买好了从银川回北京的车票，但后来行程改变，我便让萍帮忙改签。萍帮我退了票，又用自己的钱给我购买了从兰州回北京的软卧，以及从北京回霸州的车票。

我还在银川，萍已把车票弄好，虽然当时银川秋雨绵绵，我却感觉好温暖。"刚明白，回家的两张票都是萍给我买的，让你这样破费，真是过意不去呢。你真是我的宝贝啊，有你在我的左右，心里好踏实啊。啥时候你带着珍珍来看我呢？这几年我们见面频繁了，却更想了！""只要姐姐能来看我，就是莫大的开心呢，希望你能年年来，路费我包了啊。"

有萍的这句话，我就很幸福了。昨天，我和朋友去刘家峡水电站游玩，约好让萍晚上 7 点半去皋兰高速口接我，哪知兰州高速公路附近修路，我们迟到了，萍着急回家给女儿戴眼睛治疗仪，只好让她失望地独自开车回去了。

　　我懂萍的心意，天黑路远，如此折腾她，我好内疚啊。萍，我的好姐妹，无论在哪里，你都是我最好的姐妹。谢谢你多年来像姐姐一样呵护着我，甘肃有你，好幸福。

2015 年 10 月 8 日于西部旅途中

火洲烟雨杏花嫣

吐鲁番的春天，是被杏花唤醒的，不是吗？火洲睁开惺忪的眼睛，刚伸了一个懒腰，一朵娇俏的杏花就飞入了眼帘，火洲顿时挺直了腰身，睁大了眼睛。杏花开了，娇嫩的花瓣擎着春光，在料峭的寒风里笑啊笑，沉寂一冬的荒原终于苏醒，枝头的那一抹娇艳，犹如一粒火种，点燃了人们心底的热望。

杏花娇小柔媚，却有着神奇的力量。新疆的冬天天寒地冻，大雪纷飞，灰色的田野上是皑皑白雪，漫长又单调，人们心里充满焦虑和寂寞。于是，勇敢的杏花从寒冬的桎梏中挣扎出来，从厚厚的积雪里拱出来，立在春的枝头怒放。

吐鲁番的杏花开了，一朵朵，一丛丛，一树树，开得热烈，开得肆意，开得如痴如醉。那是它积蓄了一冬的勇气，那是它积攒了一季的力量。小小的杏花心里藏着一个小宇宙，藏着生命轮回的密码。活着，就要活出精气神，从寒冷和苦难里淬炼生命的精华，激发生命的光和热。

火洲的杏花开了，在枝头摇啊摇，你看，它的笑脸汗津津，一定走了很远的路。它们跟着左宗棠的戍守大军，从内地来到戈壁滩上扎根，一年又一年，陪伴它们的只有漫漫的黄沙；它们的子孙跟着王震将军的建设大军、十万转业老兵和无数的知识青年从祖国各地进驻新疆，一片片建设兵团，一处处农场，响起了悠扬的热瓦普的琴声，响起了劳动的歌声。杏花跟着建设大军走过千里秦川，穿越河西走廊，风尘仆仆过天山，一岁又一岁，在戈壁滩上安了家。风从嘉峪关内吹来，从故乡吹来，吹动了杏花的乡愁。树高千丈，叶落归根。杏花恋家啊，每个月圆之夜，都有羌笛从高昌古城飘来，杏花蕊中淌下滴滴热泪。于是，新疆的杏花于深秋栖在大雁的背上回归故乡，来年春天又随着大雁归来。

　　吐鲁番的杏花，有着水的清纯和灵秀，那是从坎儿井里淌出的小精灵。吐鲁番的坎儿井是潜藏地下的神龙，是沙洲的生命之河，是吐鲁番生生不息的血脉。内地无论是池塘河沟还是农田里的水渠，大多在地面上，吐鲁番的坎儿井却是修在隧道里的暗河，那是一条神秘的河，那是滋养绿洲的乳汁。河流在戈壁滩的夏天走不远，小河顶着火焰的炙烤，咬着牙在戈壁滩上奔流，哪怕脚上烫出一溜溜火泡，最终也逃不过干涸的命运。智慧的火洲人利用山的陡坡，巧妙创造了坎儿井，用地下潜流灌溉。甘甜的井水汩汩流淌，它的灵魂已化作杏花飞升到枝头，用温柔的目光抚慰着绿洲，用它那灿烂的笑容明媚了火洲的春天。

　　吐鲁番的杏花啊，是大地写给天空的情诗。憨憨的吐鲁番啊，就像那沉默的黄土，纵然心里已是飞沙走石，却依然静静凝望着天空缄默无语。吐鲁番深恋着天空，心里热得着了火，抓耳挠腮，却挤不出一首完整的诗，热瓦普弹了一曲又一曲，回旋舞跳了一遍又一遍，火洲的小伙子把鹰舞跳得连老鹰都自愧不如，骑马的姑娘追了一圈又一圈，憨憨的吐鲁番啊，却依然吐不出那炽热的三个字。杏花在吐鲁番的心头敲啊敲，火洲终于敞开心门捧起怒放的杏花，献给云朵一样美好的姑娘。

　　吐鲁番的杏花啊，是天山飘下的雪花，冰雕玉琢，不染俗尘。火焰山，那熊熊燃烧的火苗，是吐鲁番压抑心底的相思，一部难以破解的情书。吐鲁番的杏花经过火焰山的淬炼，依然保持着雪的纯洁、水的柔媚，却有了火的热烈，柔弱中透着刚强。

　　从戍边将士到拓荒的转业军人，再到一批又一批的支边青年，一代又一代、一辈又一辈中华好儿女前赴后继扎根边疆，才有了边疆的生机与安宁，才有了美丽富饶的吐鲁番。一代人走远，一代人又走来，只为一个梦想，让吐鲁番的春天有杏花，有鸟鸣，有醉人的葡萄。

　　吐鲁番的杏花开了，那是一团熊熊燃烧的生命之火啊，点燃了你我的热情之火。守住这团火，守住这抹霞光，就守住了我们根！

岷州，雕琢的时光

岷州，一个熟悉又陌生的地方。

岷州，多少次在书卷里与你相遇，在"花儿"里与你亲热，在当归的馨香里与你缠绵，在包容冰老师的诗歌里与你相知，却一直无缘走近。

油菜花开了又谢，漫山的"花儿"一次次送来请柬，终于在飘雪的季节，我踏上了这片神奇的土地。

尘封的记忆

飞机在石家庄腾空的那一刻，尘封的记忆大门随之洞开。

20世纪50年代，我的父母在北京气象学院毕业，放弃留在北京工作的机会，响应国家的号召，支边去了大西北，把大好的青春无怨无悔地献给了边远、贫瘠、闭塞、荒凉的甘肃。

从此，父母半生都是在思念和牵挂中度过的。

童年时，我们兄妹很不理解父母的选择，总在埋怨他们为什么不把我们生在大城市，让我们也享受优越的都市生活。多少次，父亲总是默默地叹息，被我们问急了，他只有那句话："如果有来生，我和你妈妈依然选择去祖国最需要的地方，做老胡的孩子就得听话。"

在我17岁那年，父母被调回河北老家，我们兄妹也随之离开了第二故乡。在甘肃时，没有感觉到它有多美，冬长夏短，沙尘暴肆虐，人和景都是土里土气。可是，当我要离开这片生我养我的土地时，内心就像被撕裂一般疼痛。记得离开甘肃前夕，我和姐姐久久地在黄河边坐着，看着波涛起伏的河面发呆。

"姐，我舍不得离开，看不到黄河，我难受。"

"芳芳，老家没有黄河，没有青山，我也不喜欢。"

……

我和姐姐在黄河边的巨石上痴痴地看着、听着，多少次泪水模糊了眼睛。

离开故乡的前夜，明晃晃的月亮把大地照得雪白，就像贝多芬创作《夜光曲》时的那袭月光。我和姐姐在气象局大门外的小桥上静默着，凝望着远处乌兰山山顶上的皓月，聆听着不远处黄河沉闷的喘息。

蓦然间，河滩方向传来柔婉的花儿，一对情侣在隔河对唱情歌。

"常没见着也见了，见了一面想颤了，活把人心想烂了。场里碌碡转圆了，你成园里的茄莲了，我们到一搭不须顾，立刻想得站不住……"

那歌声仿佛一粒粒小石子，砸得人心慌呢。姐姐牵起我的手赶紧跑回家。

也许是那晚的火炕烧得太热，我和姐姐烙饼一般翻来覆去无法入睡，外屋的座钟已敲了两下。月光透过窗帘的缝隙落在墙上，就像一道奇异的时光隧道，这是在甘肃度过的最后一夜，我恨不得扳住时钟的腿，不让它奔跑。第二天，爸妈的同事、朋友，我们的同学、伙伴都去火车站送行，握手、拥抱……列车带着我们越去越远……

"请各位乘客系好安全带……"飞机上，空姐说道。

猛地，我从梦中醒来，收起翻腾的思绪睁开了眼。飞机颠簸得厉害，快要着陆了，飞机马达的轰鸣取代了记忆中列车的咔嗒声。

走出机场，首先扑入眼帘的是无边的湛蓝，我被金灿灿的阳光暖暖地抚慰着，安适又惬意。

梦在前方

兰州的天空湛蓝如洗，有着宝石的清透与炫美，洁白的云朵仿佛跑到天上的羊群，悠然地飘着，引得心儿都随着它颤悠呢。清新的空气仿佛被滤过，我大口大口地呼吸着。那一刻，我像个贪吃的孩子。

这是离开甘肃33年后第一次在冬天回来，感到温馨又亲切，熟悉又陌生。

《岷州文学》会议组派刘文珂老师驾专车走了七个小时的山路来机场迎候大家，真诚热情的问候瞬间驱散旅途的疲惫，虽是初次相见，却让我们感受到春天般的温暖。

值得欣慰的是，老哥开车来看我，在停车场，他给我打电话，让我转身，我惊呆了，他突然出现在我的眼前，如梦似幻，呆呆地看着他，情不自禁地欢呼着去握手。

转眼又是一年多没见，一直匆匆忙忙，东颠西跑，停不住脚步，以为今年无缘相聚，哪知今天会再一次相逢。与会文友们去吃牛肉面，老哥拉着我去吃靖远手抓肉。记得上次他来机场送我，就是在这里，如今依然是这个店，依然坐在同一个位置，依然是香嫩可口的手抓肉，只是距离上次已有两年。

时间啊，流逝得好快。老哥知道我喜欢吃靖远的羊羔肉，要了一斤，他已吃了饭，陶醉地看着我大口大口地吃着，眼里满满都是幸福。

吃过饭，老哥陪我在车上聊天。我们说着，笑着，好像从来没有分别过。我们就要出发了，老哥一步三回头地走了，我趴在窗前静静地看着，太久不见，已习惯这样的静默，见了，却更想念。看来，我们真的老了，老得经不起离别……

从兰州机场到岷县有七个多小时的车程，大巴车摇摇晃晃在崇山峻岭间盘行，安静地注视着窗外光秃的山丘，心里却像打翻了五味瓶，思绪在时间的河流里游走。

看到路标上"渭源""定西"等地名，我拨通了母亲的电话："妈，我路过渭源了。"母亲激动地说话都有些发颤："真的吗？渭源是你的出生地啊，如果有时间去气象局看看，替我去问候一下你保姆的家人。"刘文珂看我对渭源这样熟悉，就和我聊起了这里的风景、小吃、民俗，尤其是说到当归和花儿，我们就像相识多年的老朋友，分享着彼此的喜悦。

夜幕降临，车到定西服务区小憩。这里的气温比兰州低了很多，风吹在脸上仿佛针刺一般，贪婪地呼吸着清润的空气，内心有着说不出的惬意。定西有父亲的爱徒黄叔叔和小明哥哥，我打电话问候，他们很是惊讶，一再挽留。真是抱歉，远方还有期待的目光，我无法停住脚步啊。

汽车静静地奔驰着，远远地看到了星星点点的灯光，闪烁的灯火渐渐地汇成银河。终于抵达我们下榻的岷县宾馆，车还没有停稳，《岷州文学》主编包容冰老师带着朋友们迎了上来，大家热情地握手，无论是否相识，都送上微笑，都感到十分温暖。无须介绍，我和包老师几乎同时喊出了彼此的名字，终于见到了尊敬的包老师，相识两年多，在书中，在电话里，在文里，熟悉、欣赏、尊敬，却一直无缘相见。

在酒店大厅里等待办理入住，王循礼和张广智老师纷纷前来问候，更神奇的是，他们一眼就认出了我，不但叫出了我的名字，还说到我刊发在《岷州文学》的小文，刹那间，漂泊多年的心终于安定，我与岷州没有了距离，这次，我真的回到了娘家。

品尝十年文学"家宴"

感谢《岷州文学》让我有机会走近这片神奇的黄土地，亲近友善正直的岷州人，触摸厚重的岷州文化，何其幸运啊！

岷县历史悠久，文化底蕴厚重，在南北朝时期，被称为岷州，早在2600多年前就设县级建制。这里古为禹贡雍州之域，秦以前为西羌所居。发源于青海的洮河经西寨镇、十里镇穿岷县县城而过，至茶埠急转向西北于永靖县注入刘家峡水库。

今天是《岷州文学》创刊十周年庆典，从全国各地来了40多位记者、编辑、作家和诗人，如今纸媒日益萎缩凋敝，《岷州文学》竟然能坚持十年，并组织如此盛大的庆典活动，真是了不起。包容冰老师以及众多的陇原文友勇挑重担，十年如一日地默默坚守着这方文学阵地，克服重重困难，竭尽全力宣传岷州，弘扬文化，让人感动。在这里我看到了执着和无私，并从中汲取了前进的力量，让我在文学之路上走得更远。

诗人邂逅岷州，是前世的缘分；岷州结识诗人，更是今生的幸运。岷山、岷江、岷归、洮砚、《岷州文学》，还有情深意重的包容冰老师等文朋诗友，牵着缘分的丝线走入诗卷。走入岷州，你会深深爱上这方山水；走入岷州，你会发现自己的文字不知不觉多了几分禅意，诗句有了骨骼，内心也多了湿润与柔软。文人，请到岷州来，让你的一腔柔情在碧绿的洮河里曼舞，在柔润的洮砚里缓缓融化……

《岷州文学》不仅仅是一本文学杂志，更是一座岷州精神的丰碑，引领着社会风气，坚守并传承文化的精髓，让人感动、感慨、感恩！

《岷州文学》虽然是县级刊物，但装帧精美，书画高雅，诗文厚重又大气，可与省级刊物相媲美。品读《岷州文学》，你就能窥见岷州悠久的历史和厚重的文化。捧起它，你就号住了岷州的文化脉搏，走进古老而又神秘的岷州文化，你会深深地恋上这方热土。

当我站在颁奖台上，捧着"岷州文学金笔奖"的奖杯，内心涌起层层涟漪。这不仅仅是奖杯，更是故乡对我殷切的期盼，我将用自己的笔去讴歌我心灵的故乡，为她歌唱，为她呐喊，我知道今生与故乡再也无法分离。

当归当归

"当归！"当我轻声默读这两个字，久居异乡的游子心里会不由自主泛起涟漪。

童年时，我家在渭源生活，气象局周边的农田里基本都是当归，每天穿梭在碧绿的当归田里，嗅着当归那独有的药香，很是惬意。摸摸青碧的叶片，就像摸着大地的耳朵，总想贴近它，听听它的心声。妈妈告诉我，不要踩踏当归，土里孕育着小宝宝呢。于是，我每天都要跑到当归田里，看看它的小宝宝是否出世，每天都要和当归说说悄悄话。

渭源的夏天很短，刚换下裙子，就穿上了薄棉衣。落叶时节，当归叶片变得枯黄，终于到了收获的季节。农人全家老小都聚到田野里忙活着，终于看到了成堆的白白胖胖的当归宝宝，一串串，一堆堆，小山一般堆在地头，农人说着笑着，干得更欢了。我和姐姐提着两个当归，围着爸爸妈妈笑啊，转啊。

有了当归，妈妈就喜欢做鱼炖肉，我和姐姐美美地吃着，像小竹笋般努力蹿高；有了当归，爸爸妈妈生活更有劲了，带我们去爬老君山，给我们打野鸡，采蘑菇；有了当归，老家的奶奶、姥姥身体安康，爸爸妈妈就多了一分安心。

多少次梦到老君山，梦到霸陵桥，梦到青青的当归田，时隔40年，那清幽的当归香依然萦怀。多少次，我问妈妈长在地里的当归的样子，还有它独特的香味，我怕时隔太久，记不起它的模样，妈妈一次次耐心地给我讲，每说一次，她的眼睛都泛起泪光。

当归啊当归，你岁岁荣枯，年年青碧，多希望我和妈妈能像你那样，循着时光隧道走回故乡。当归啊当归，想你了，我就打开岷海制药的当归丸，嗅嗅那独特的清香，我就回到了故乡。

流珠的河

洮河是岷县的母亲河，是黄河上游的一大支流。

据《洮州厅志》记载："洮水源出西倾山之北，地高流激、冬不易冻，激为冰珠。"碧绿的洮河仿佛仙子的秀发，轻柔飘逸，流淌了千万年，依托黄土高原独特的地理位置形成了与众不同的洮河风光，尤其那带有神话色彩的洮河流珠奇观更是令人神往。

一进腊月，洮河两岸的游人便接踵摩肩，他们不远千里慕名前来观看难得一见的奇观——"洮河流珠"。洮河东西两岸被厚厚的冰层覆盖，中间夹着玉带般的河水，蜿蜒跌宕，浪涛怒吼着奔涌远去。粼光闪烁的河面上，各种鸟儿自在翱翔，羽毛红艳的鸟儿仿佛天空撒向大地的相思豆。

河面布满晶莹剔透的玻璃球，碧绿晶亮，就像撒了满河的珍珠，在阳光下发出炫目的亮光。冰球翻滚着，撞击着，发出悦耳的叮咚声，仿佛仙子撒下的万斛玛瑙。如果你幸运地赶上这奇异的景观，请一定掬一捧流珠，在阳光下细细端详，珠圆玉润、光洁晶透，冰珠在掌心微微颤动，就像一个个小精灵在与你对视。如果把这捧冰珠抛洒在冰层，你会听到玉磬般此起彼伏的美妙乐音，空灵清脆的声音撞击着你的心扉，让你如痴如醉，不得不感叹造物主之神奇。

清代诗人陈钟秀写过赞美洮河流珠的诗："万斛明珠涌浪头，晶莹争赴水东流。珍珠难入俗人眼，抛向洪波不敢收。"

关于洮河流珠的形成，当地有两个说法。一个是洮河的上游地势落差大，气候极其寒冷，河水剧烈撞击堤岸掀起的朵朵浪花瞬间被冻成冰珠，冰珠随着浪花一路跌宕，奔到临洮境内，形成满河的冰珠，耀眼炫目，蔚为壮观。还有一个说法：岷州地势崎岖，河道狭窄，水深多漩涡，上游冻结的冰块一路激荡冲到这里，被漩涡冲击碰撞打磨，像河道里的鹅卵石一样，渐渐被磨成玻璃球似的冰珠。

当地有个神话传说，称冰珠是"鲛人泪"变化而成的。王维新《洮阳八景》诗云："冬日河流急，浮波珠粒粒。不劳象罔求，自有鲛人泣。"洮河流珠的形成过程，至今未能揭开神秘的面纱。

洮河流珠晶莹剔透仿若仙丹，被岷县百姓视如神物。每年腊八的黎明，家家户户的男丁争相去洮河里挑来流珠，放在院里，家里的长辈率领众小一起赏冰珠，谁家的冰珠采得又圆又大，预示着来年他家的日子圆美。腊八全家赏冰珠的习俗一直流传至今。从前岷县当地有一道用洮河流珠做成的小吃叫"珍珠汤"，人们从洮河舀起冰珠，滚上面糊在油锅里炸，面糊形成硬壳包住里面的冰珠，冰珠受热化成一汪冰水，外焦内空，就像奇异的珍珠丸子。可惜，现在这个小吃几乎失传了。

洮河流珠是仙子抛撒在人间的星星，是寒冬给洮河写的情诗，是天与地对唱的花儿，沧海变桑田，那情诗，那清纯的花儿却亘古不变。

神奇的洮河流珠，在岁月的长河里修炼了无形的翅膀和不灭的灵魂，亦像是冬眠的岷州花儿，栖息在洮河里，化作冰珠，依然在歌唱，从黄土高原出发，欢唱着走向远方。

精美的洮砚会唱歌

洮河碧绿如绸，清润甘甜，不但养活了这方土地上的生灵，还在这里滋养出无价之宝——洮砚。

砚台历史悠久，见证了中华数千年的文明传承，学习中国的古老文化，绕不开对砚台的研究。洮砚有着千年的历史，是中国四大名砚之一，从唐代至今，历代文人生活中时时闪动着洮砚的身影。

岷县的砚台从颜色上分大致有鸭头绿和鹅肝红两种。这里的山石吸取了日月的精华，得到碧绿的洮河水亿万年的浸润，有了玉的温润和水的灵秀，再经过工匠巧夺天工的雕琢，终于变成妙不可言的洮砚，一年年、一岁岁陪着苦读的才子走出岷州，走向京城，走向历史的书页，写下浓墨重彩的一笔。拂去历史的尘埃，你会看到从古至今，岷州的书画，岷州的状元，在中国的历史上有着不可小觑的分量。造物主赐给岷州丰厚的赠礼，勤劳朴实的岷州人给上苍交了一份满意的答卷。

洮砚的造型与众不同，别的砚台大多是单砚，而洮砚有盖，打开就是两个砚台。岷州气候寒冷又干燥，古时为了方便书生赶考，避免墨汁凝冻和风干，特意设计了带盖的砚台，看似一个微不足道的人性化设计，却让我们从中窥到古人的智慧和深厚的文化底蕴。岷州盛产洮砚，惠泽这里的文人，此地浓郁的文化气息又推动了洮砚的发展，洮砚与岷州文化就像灵与肉，朝夕不离。

一方方古朴莹润的石砚诉说着历史的变迁，我的目光久久地抚摸着这些精巧的灵石，不知不觉融化在那方砚池中。

洮砚是君子，讷于言，敏于行；洮砚是女娲娘娘补天剩下的那块灵石，给这方水土以智慧和传奇。

在花儿的歌海里

花儿是山歌的一种，亦叫"山曲""少年""野曲"，是田间地头劳作时演唱的小曲。它最早可追溯到 1700 多年前的西晋永嘉末年，其祖源《阿干歌》由鲜卑族慕容部创作，传至陇上今甘肃岷县一带的吐谷浑部落，被广泛传唱。花儿主要流行于甘肃、青海、宁夏等地区，按地域区分主要有河湟花儿、洮岷花儿和陇中花儿。

花儿是岷州人的另一种语言，就像呼吸一样须臾不离。岷州人比较内向羞涩，不善表达，但奇妙的是，无论男女老少都能唱几首花儿。女人寂寞就唱歌，男人唱歌更忧愁。岷县二郎山花儿的曲调叫"阿呜怜儿"，亦称"阿欧令"，曲调起音突兀上扬、高亢粗犷，好似尖刀刺人的尖叫声，也叫"扎刀令"。

二郎山五月十七花儿会源于岷县的祭神赛会，据考证其形成时间为明代，如今参与民众达 10 万余人，是国家级非物质文化遗产。此刻的二郎山成了花儿的世界、人的海洋，从山脚至山顶歌声海潮般涌动着，来自岷县各地的民间歌手五个一伙，十个一群，对歌赛花儿。置身于情歌的海洋，你会不由自主变回最初的自己，放开喉咙高歌一曲，热辣的歌声仿佛冬日的暖阳，唤醒沉睡的情感，被花儿抚慰过的心灵也变得柔软丰盈。

岷州花儿的歌词非常有趣，都是乡间俚语，尤其善用叠词和比拟，形成了岷州花儿独特的语境，把热辣、缠绵、执着的情爱推到极致，再用高亢尖锐的嗓音唱出来，即使再坚硬的心肠，也会为之颤抖。

> 阳坡出来火煞煞，那是你哄我的话。
> 杨柳叶叶倒搭呢，叫你把我要下呢！
> 远路上，斧头垛了红桦了。
> 你把好的行下了，给我就打给回话了。

"阿呜怜儿"，它以高亢激越、质朴粗犷、悲切凄厉、明朗爽快的审美特征，超级稳定的短句结构，诚挚动人的情感，在岷州传唱千年，曲调、歌名却是亘古不变，虽然不如青海和宁夏花儿曲调婉转多变，却保留了花儿的原汁原味。岷州花儿也是岷州文化的缩影，它是鲜活的民歌化石。

每次在网上听到"扎刀令"的花儿，心里难受得都想哭，却又像中了魔一样总也听不够。童年时，爸爸常常戴着回族小花帽，揪着耳朵唱花儿，有学来的歌词，也有父亲自编的，唱得气象局周边的大姑娘小媳妇都围着他转。"胡家阿达，别走啦，在俺家喝酒吧！"妈妈气得直瞪眼，但他们从不为这个打架，惹得邻居的男人们羡慕不已，老胡咋就那么有魅力。

记得有一年单位派父亲和同事下乡搞路线教育，他们去了山村，村民们纷纷掩门闭户躲避，急得同事要打退堂鼓回市里辞掉差事。父亲灵机一动，亮开嗓子，唱开了岷州花儿。歌声是最美妙的钥匙，打开了一把把被岁月锈蚀的心锁。那年父亲在乡下搞了一年路线教育，几乎跑遍定西的所有乡镇，把先进的思想和文化带到了闭塞的山乡。工作之余父亲给乡民裁剪衣服，理发，扎针治疗关节炎，教孩子们读书，却从来不要一分报酬。父亲虚心地向乡民请教民歌，时常和他们对歌，父亲自编的歌词诙谐幽默，女人们都喜欢得不得了，纷纷争着给父亲做布鞋。

是民歌让我们一家成了老乡们的亲人，是民歌陪伴着我的父母在举目无亲、贫瘠荒凉的大西北奉献了一辈子。花儿伴随了爸妈的青春岁月，带我走近父母那平凡而又博大的精神世界，多希望远去的父亲在深情的花儿中复活……

花儿随着洮河漫游，一些沉在河底化成青玉般的洮砚，写出不朽的文字；还有一些走向河岸踏着青草四处漫步，走累的花儿坐在黄土埂上歇脚，化成当归迎着阳光诗意生长，给了这方土地上的生灵智慧和力量。

那些年轻气盛的歌者坐在田埂上抽袋烟，喝口清茶，歇足了，站起来，打个口哨，吆喝一声，从岷州一路热热地唱着，一直唱到宁夏，唱到青海，唱到新疆……

流彩溢韵的陶罐

说到岷县，人们大多是从毛主席的诗句"更喜岷山千里雪"中知道的，却很少知道它还有一张享誉世界的亮丽名片——马家窑文化。

马家窑文化是黄河上游新石器时代晚期文化，距今约 5000 年。马家窑彩陶遗址在甘肃洮河西岸的马家窑村麻峪沟口，1924 年被瑞典考古学家发现并挖掘。1957 年甘肃博物馆发现马家窑类型叠压在仰韶文化庙底沟类型之上的地层关系。

马家窑彩陶分马家窑、半山、马厂三个类型，代表了不同的发展时期。彩陶器型主要有壶、罐、瓶、钵、盆等。先民们就地取材，陶器多为细泥红陶，表面打磨得光滑细润并绘以彩条、带纹、圆点纹、水波纹、旋涡纹、方格纹、人面纹、蛙纹、舞蹈纹等日常生活中的图案。图案构图严谨规整，笔法娴熟老练又洒脱，线条优雅精美又流畅，条带曲折舒展有着行云流水般的韵律之美，构成了典雅、朴拙、大器、浑厚而又神秘的艺术风格。

马家窑文化把中国的彩陶艺术推到辉煌的巅峰，吸引着世界各地的历史文化学者前来钻研考古。走近古老的彩陶，你会被它的美深深折服，从此，你的眼、你的心、你的魂，都被它缠绕着，沉醉不知归路。

文化是历史的缩影，是时代的一面镜子。马家窑文化反映了新石器晚期华夏文明的高度，折射出中华先民在远古时代的文化成就，马家窑文化不仅包含着史前时期众多神秘的社会信息、文化信息，同时也创造了中国画最早的形式。

马家窑彩陶的绘制主要以毛笔和墨做工具，以线条构图，由此奠定了中国画的发展基础。彩陶是中国文化的根，是书法绘画的源，马家窑彩陶创造了绘画的许多表现形式，形态各异的器具、神秘玄妙的图案，一个个陶罐无声地诉说着远古时期中华民族的文明进程。沉默的黄土经过先祖们的揉捏、抚摸、绘制，终于有了灵魂，走入时间的深处，傲然注视着世界。马家窑彩陶不仅仅是中国画的母体，把耳朵贴在陶器上，听到美妙的旋律，你会听到泥土悠长的呼吸，仿佛呼伦贝尔草原上的呼麦，春潮般有节奏地涌动，一缕一缕缠上心头。

我的目光久久地停留在彩陶那神秘的图案和唯美的造型上，遥想着一双双慧眼和神奇的手，只有充满诗意的心境，才能创造出如此大美的器具。古人的视野有多辽阔呢？山川、河流、星月尽收笔端，他们的眼界和心境比宇宙还要浩瀚。美来自生活，从泥土中生长出的美，才能修炼出不朽的生命力，虽历经千年，依然美得令人窒息。

遥望岷山

雄伟的岷山，不仅仅是一座常年积雪的高山，更是人们心中的丰碑。"更喜岷山千里雪，三军过后尽开颜。"说起岷山，人们脑海里首先闪现的就是毛主席的这首诗。岷山，是华夏儿女仰望的神山，它的伟岸、它的神秘，无不令人神往。

当我迎着冬阳张开双臂扑向岷山时，看到一朵朵祥云在升腾，山顶那皑皑白雪仿佛洁白的哈达，我双手向上虔诚地叩拜，接过雪山赐予的哈达。高耸入云的岷山在这里屹立了亿万年，见证了无数兴衰，风起潮涌，云卷云舒，有些人如秋叶般飘过，有些人却铭刻在岷山的灵魂里。岷州、哈达铺、腊子口，这里有诗情，有画意，更生长着红色的种子。

1937年9月，红军经过四川进入岷县，攻下天险腊子口，在这里休整了57天，因而岷县也被称为"红色加油站"。在岷县，随处可见红色遗迹，关于红军的故事这里的男女老少耳熟能详，说起敬爱的毛主席，说起亲人般的红军战士，老人们的脸上洋溢着幸福的光芒，尤其说到当年刚从岷山翻越下来的战士，虽步履蹒跚，衣衫褴褛，食不果腹，却依然纪律严明，不拿群众一针一线，令人敬重和怜爱。

被称为鬼门关的腊子口，两侧是悬崖峭壁，一夫当关、万夫莫开，却被红军一举夺下，石堡、弹洞今犹在，侧耳倾听，似乎还能听到当年鏖战的枪炮声。红军突破腊子口到达哈达铺，在这里召开了重要的哈达铺会议，毛主席做出"到陕北去"的重大决策。

在岷山，在腊子口，在哈达铺，脚步轻盈，我的灵魂走在朝圣的路上。红军在这里休整，洮河、洮砚、彩陶、岷归还有岷州花儿，一点点、一丝丝、一缕缕融入红军的血脉里，终于锤炼成一支颠不垮、砸不烂的钢铁队伍。

再见了，岷州

阔别甘肃30余年，梦里梦外都是它。

一次次踏上这片土地，一次次挥泪别离。家人朋友们一次次问我：为什么一定要去甘肃？一年年候鸟般乐此不疲地回归着。远在天边的黄土高坡留下了我的童年、少年，这里有我一生追逐的梦想。

岷州备受老天爷的钟爱，青山秀水，生长着画意，流淌着诗情，这是一个来了就舍不得离开的地方。

青山一道同风雨，明月何曾是两乡！

烟花三月下扬州

柳如烟、花似锦的时节，追随着春风，我来到了诗画般的扬州。

青青的嫩柳，轻轻的柔风，淡淡的花香，是的，这就是我期盼中的江南，轻柔婉约，如同水墨画。春风抚慰着我的脸颊，细雨亲吻着我的眼眸，幽闭的心门似乎也被春风吻开。

朋友拿出了便民卡、公园卡，还有交通、景区、购物等路线图，千叮咛，万嘱咐，生怕我这个傻乎乎的北方憨女子被人拐卖了。我无可奈何地点头，做保证，又一遍遍地重复着他的叮嘱，终于我能倒背如流了，他那揪成一团的眉毛才稍微舒展。

梳洗打扮一番，换上色彩明快的短裙，背上相机，驾上铁驴耍子去耶。喔喔喔，呔！我的老天，不怪朋友婆婆妈妈地叮嘱，我生来就不是省油灯，别看小小的自行车，我有时驾驭着还真吃力。每天上下班不是走路就是坐车，大概有十多年没有骑它了。我小心翼翼地骑着它，吭哧瘪肚地在路边蚂蚁般前行，每次身边过大车，车把就像吃了摇头丸似的直打摆子。还好，扬州人非常文明，路旁的车不是很蛮横，看我婴儿学步般费劲，人家早早就躲着我呢。

远远地看到了一个街心亭，停车拍照，走近观看，原来是四望亭。亭子建于南宋嘉定年间，为砖木结构，八面三层，攒尖式瓦顶。底层四面皆有拱门与十字街道相通，故有"过街亭"之称。二、三层八面围以古朴的窗栏隔扇。登梯而上，推窗四眺，市区附近景色可一览无余。每层亭檐有八个飞角，每个飞角都有风铃，风吹铃响，声调悠扬。太平天国攻占扬州，将领林凤翔、李开芳率军北伐，曾立昌留守扬州，把这里作为瞭望塔，遇有敌情，吹角为号，与敌作战，则在亭上擂鼓助威。

我的思绪随着悠悠的风铃声飘远。古老的四望亭目睹了多少湮灭的繁华，见证了多少刀光剑影，经历了多少血雨腥风，辉煌、骄傲、悲伤、愤恨，最终都淹没在历史的长河里，被岁月的尘埃掩盖，四望亭的风铃穿越千年的风霜，却依然唱着古老而又年轻的歌谣，春雨般佑护着这方生灵。

转过街心亭，就拐到了一个狭窄的巷子里。没有了疾驰的汽车，小巷变得幽长安静，时光在这里突然慢了下来。青石板的路面在雨水的清洗下墨玉般莹润，路边、墙缝里，长出了一片片鲜绿的青苔，就像给墨玉镶嵌了翡翠边。行走在这样的小巷，红尘里的我也多了几分仙气。

静立路边，嗅着空气中夹杂的甘洌醇厚的酒香，我有了短暂的恍惚。你看巷子里似乎走来一队穿着飘飘长衫的书生，或许是扬州八怪，摇着羽扇，端着酒杯，吟咏着诗歌，从远方飘然而来，领头的那个瘦小如竹的老者一定是郑燮，旁边的是汪士慎、高翔、金农、李鱓、黄慎、李方膺、罗聘等风流才子。小小的扬州竟然留住了如此多的才俊，实在让人羡慕不已，扬州，无须精美华章的累述，仅此一事，就值得天下的文人墨客候鸟般赶来朝圣。

一块块青石板，一阕阕诗行，一桩桩心事，在这样的季节萌芽，疯长，长成惆怅的溪流，流向遥远……

路边的店铺鳞次栉比，小吃店、酒铺、美容店、服装店、乐器店，等等。最诱惑人的还是各种扬州风味的麻辣鸭，每个摊子边都围着不少的食客，摊主一边热情地招揽生意，一边有条不紊地忙碌着。人们自觉排队，叽叽喳喳地挑选着，别看摊主说话轻柔斯文，动作却是干净利落。我的食欲被勾起，也情不自禁地排在后面。鸭头、鸭脖、鸭翅，选了一袋，刚推车要走，摊主又喊住我，给了我一双塑料手套和一叠餐巾纸，我们相视一笑。转身离去，走出四五步，我忍不住又回头，小摊前又围上了新一轮的食客，那诱人的卤香依然若有若无地飘来。

我的目光不时被路边的足疗摊子吸引着。店铺前摆着几把躺椅，几个顾客慵懒地半躺着，眯着眼睛，与修脚师傅随意地聊天，听着那柔婉的吴侬软语，我也不由自主地把语调调得轻柔。扬州三把刀，修脚刀是其中一把。不得不佩服扬州人真是会生活，足疗在我们北方比较私房，在这里却可以明目张胆，在大庭广众之下亮出双脚享受着，看看红尘男女那悠然自得的神情，就可知真是爽到骨子里了。扬州人真会享受生活，那是他们从灵魂里散发出的富有，是金钱买不到的。

江南多雨，江南语也似乎被酥雨泡软。小巷两边不时有小商贩在叫卖，那抑扬顿挫的叫卖声就像哼唱的江南小调。这里处处流露出一种优雅与精致，就连街头的小摊也有着说不出的韵味。小巷两边不时有小商贩在叫卖，无论是水果还是蔬菜，总是像首饰店里的珠宝般被收拾得整洁舒服。精致的小竹篮里，放着几把小白菜，或者青笋，摘得干干净净，码放得整整齐齐，再用一块蓝底白花的粗布盖着一半，怎么看都像精美的艺术品。这情景可以和鲁迅笔下仙台芦荟用红头绳捆扎吊着卖的情景媲美。

在桥头，甜甜的糯米酒香拦住了我的脚步。一个老妇推着自行车叫卖自己酿的醪糟。虽然刚吃过早饭，我还是忍不住买了一大碗。没有筷子和小勺，大妈给我手上套了一个食品袋，旁边卖菜的阿姨也过来帮忙，一个给我端着碗，一个帮我撸着袖子，我用手抓食着，惹得路边的行人不住地打量。好熟悉的味道，和小时候妈妈酿造的醪糟一样香甜。

我旁若无人地美美地吃着，两个陌生的大妈爱怜地看着我微笑。一大碗醪糟下肚，我已有了三分醉意，看着这两个善良朴实的大妈，我的心里有了些许的柔暖，眼前不时浮现千里之外妈妈的笑容。我默默地掏出手机，按下了妈妈的电话。

扬州人很和善，当你与迎面相遇的陌生人目光交会的时候，他总会微笑着向你点头。这是个友善的城市，月光般的面容，雨滴般的眼神，微笑是这个城市最亮丽的名片，也是最美的花朵。还没有走到花园，我已被扑面而来的春意陶醉了。我微笑着穿行在大街小巷，也在微笑中收获着快乐。无论是白发老人，还是咿呀学语的婴孩，只要你快乐地望着他，就一定能像照镜子般看到自己的笑容。

远远地看到一棵怒放的紫藤，遒劲的老藤，依着凉亭上的架子缠绕着，攀缘着。紫藤是通向天宇的梯子，真想攀上云霄，俯瞰人间的悲欢，打开前世遗留的心结。娇嫩的紫藤花，一大串一大串铺天盖地倾泻下来，仿佛把积攒一年的心事在这个春天倾倒。小小紫藤花是大地写给苍穹的诗行，紫藤有着什么样的心事，为何开得这样浓烈、这样忘我？注视着紫藤花那鸟嘴般的花穗，我忍不住把耳朵贴过去，悠悠的春风在耳边叽咕着，如果在黎明或者黄昏，一定能听到紫藤花的心语，希望我能静如雨滴，依偎在它的身旁。

古街上随处可见专卖文房四宝的店铺，精美的字画装裱店更是星罗棋布。听导游讲，这里随便走入哪个百姓家，都能找到几张名人字画，崇尚文化的风俗已流传千古。在当今的浮躁环境下，北方街市里的书店、字画店门可罗雀，扬州的文化绿洲依然焕发着生机，这不能不让人由衷地感叹，传承千古的唯有文化，那是照亮灵魂的星光。

扬州是一所有着悠久历史的城市。扬州也缘水而兴，与运河同生共长的城市。这里是鉴真大师的故乡，他为了理想，不畏艰险、百折不挠的精神在这里深受推崇。开放与包容，是扬州文化的一大特点；精美精致，是扬州人生活工作的一种方式和态度。

我骑着脚踏车，伴着春风，漫无目的地穿行在悠长的古街，在花香与酒香里徜徉，在烟雨与烟火里漫步，在优雅与诗意里栖息。这是我长久以来的梦，总以为它离我遥不可及，想不到就在这个春天一脚跌入扬州的怀里。我慢慢地行走着，细细地感悟着，暗暗地铭记着，就像卖火柴的小女孩看到那一个个美丽的幻象，惊喜、哀叹、怅惋。掐掐手指，我知道这不是梦，但最终还是会变成梦。敞开胸怀，细细品味着扬州的点点滴滴，让那花，那雨，那人，一点点镌刻在我的心上。

南国听雪

在北方待久了，似乎冬天的样子已被固化，灰蒙的天穹，孤寂又落寞，寒风瑟瑟，干瘦的枯枝直挺挺地戳向天空，似乎在无声地抗议，冬天夺走了它的葱郁和柔情。冬雨赶着冬雪轮番上阵，让沉闷的大地有了一丝生趣。

"绿蚁新醅酒，红泥小火炉。晚来天欲雪，能饮一杯无？"年少时，读了白居易的诗句，让我对北方的冬天不再厌烦，心里有了莫名的期待，期待冬天落雪，期待与好友守着红泥小炉品茗饮酒。落雪是北方的标配，在冬天苍茫晦涩的背景下，一对好友身着素裳围坐在吐着火苗的小泥炉旁，品着琥珀色的香茶，那画面真是温馨。只是，以前在北方，每天忙成陀螺，工作、家庭、采风、写作、应酬等诸多事宜，总是让我忙得心里急慌慌。东北人把过冬天称作猫冬，他们是真的悠闲，在地里忙碌大半年，地歇了，人也跟着休养生息，而我忙里偷闲坐下围炉品茗只能称作猫心。不过，能把心猫一下，把生活的节奏调慢一些，也是不错呢。

原以为南方的冬天湿冷难挨，哪知这里温暖如春，桂树、银杏、榕树、皂角等树木依然郁郁葱葱，地里的蔬菜长得水灵灵的，各色的花儿此起彼伏地开着，橘子、柑子、柠檬、小金橘挂满果实，长得真是巴适。我每天穿着单衣，进进出出丝毫感觉不到寒冷。银杏树轻摇着金灿灿的叶片，不时飞落几片金叶，似乎在提醒我时光的流逝。天气晴好的时候，我与母亲坐在阳台上品茶，不时有金叶落在身上，拾起小扇似的银杏叶细细打量，小叶子真是可人，小巧又精致，金黄的伞裙勾勒着绿色的花边，真是俏皮。一天天，银杏树下的金箔越积越厚，树上的叶子越来越稀少。冬深了，心里涌起莫名的思念，想起北方的家。

新闻预报寒潮将席卷大江南北，天气要断崖式降温。想到刚栽下的果树、翠竹和花卉，真是焦虑。于是，我连夜翻箱倒柜抱着纸箱、塑料袋等物赶紧给花草树木做防护。借着路灯那昏暗的光线，我小心地将杜鹃、倒挂金钟、雏菊、山茶、结香、小橘树等一一罩住。脑海里突现出童年时爸爸给雨中的月季花蕾套食品袋的画面，那情景和此刻一样啊。爸爸是个非常严肃的人，总是一副不苟言笑的模样，由于我幼年时不在父母身边生活，七岁时才回到父母的家，对父亲有一种发自内心的害怕，总是躲闪着父亲。但那个雨天，看到父亲给花蕾罩袋子，感觉父亲不再那么可怕，我感觉与父亲的距离近了。我小心地给花儿罩上袋子，就像给女儿穿上小雨衣，脑海里不时浮现出父亲的模样。转眼，父亲已离开我们18年了，终于不再涕泪横流地思念父亲，这个雨夜，我再一次想起父亲，心里却充满温暖。

紧锣密鼓地做好花草的防护准备，于是，我安静地等待寒流的降临。今晨，天灰蒙蒙的，天空似乎积攒了满怀的泪水，空气冷得刺骨，真有了寒流的威力。院子里又落了一层黄叶，蜡梅树下掉了一层小花蕾，有点心疼，却也无奈。不一会儿，玉屑似的雪飘了下来，不仔细看，真看不出是落雪呢。我赶紧跑到院子里，接住这些小可爱，哪知它们落到掌心就化成了水滴。嘿，南国的雪下得有点矫情，天气预报三天前就在大张旗鼓地宣传下雪的消息，似乎是百年不遇的雪景。于是我也满怀期待地等雪，收拾好小院，收拾好阳台的茶台，美滋滋地等着雪中品茗。哪知，雪来得忸忸怩怩，就像尚未出阁的黄毛丫头，抓着雪粒东撒一把，西扬一下。雪粒落在芭蕉上，沙沙沙，好似蚕儿啃食桑叶；落在蜡梅上，好似给梅朵点上一粒粒珍珠；落在茶花上，化作晶莹的泪珠。有时雪又落得急匆匆，好似在赶着赴约，有点像毛头小子，少了北方飘雪的优雅和大气。

不过，南方的雪似乎更钟爱文人，让你急不得，恼不得，静立在雪里，伸长耳朵，闭上眼睛静静感知雪落的声音。把心打开，像羽毛一样张开，像大地一样坦然，像湖面一样静谧。伸出灵感的触角，循着雪的来路，找到灵魂的故乡。人本是宇宙间的一缕气，男人以冰雹的样子砸在大地上，融化汇成河流；多情的女人以雪的样子落下，化成泪珠；有的女人以雨的样子落下，成溪入潭；多愁善感的人儿，化作迷雾萦绕在天地间；私欲太重者如霾豪横，活得令人厌弃，却也算自在地在人世间走了一遭。

在南国邂逅一场百年不遇的飘雪，虽不似北方落雪的酣畅淋漓，却也别有风味。雪羞答答地落了大半天，地面刚见湿。鹤望兰的叶片比较肥大，能擎住几粒雪，可是，眨眼的工夫，就被风抖落了。在南国赏雪，需要一颗禅心，把红尘里的纷扰屏蔽，那一刻，心无限大，容得下山川河流等万物，那一刻，心又无限小，小得只能放下一粒雪。

此刻，天地间传来一缕悠长的琴音，好似草原上的呼麦，又像原始森林里的松涛，那缕妙音忽高忽低、若有若无。我伸长耳朵，静静听着。高大的皂角已落光了叶子，枝干上缀满黑紫狭长的胖豆荚，风推着豆荚轻摇，豆粒在豆荚里碰撞，沙啦啦沙啦啦，好像顽皮的孩子在摇动沙锤。雪中的榕树和桂树愈加苍郁，叶片随着微风抖动，就像湖面荡起的水波纹，摇晃着，揉捏着，闪动着。南国的树木长得比北方高大，也许是因为数量多，都在竞争一缕阳光，追着赶着钻入云端。立在地面，听不到树木间的私语，只看到它们柔柔地摇晃着叶片，努力地亲吻着每一粒雪，饮下每一滴雨。

傍晚时分，雪停了，它悄悄地走了，就像它轻轻地来。我坐在案前写文，不时地向窗外张望。虽然没能看到雪如蝶如花如飞絮般飘落，但我已捕捉到那些小精灵，它们在我的文字里翩跹。总有一些雪先落到诗卷里，再落到地上。

蜡梅盛开的季节，我把自己倒空，在南国听雪，聆听大地的呼吸，聆听岁月的低语。

相约在冬季

星夜兼程

初冬的脚步，走得轻快。一些思绪在安睡，一些却悄然醒来。思想的触角和岁月一块蔓延着，内心滋生着渴望，轻启冬之门，走向辽远。接到《中国文学》主编的邀请，又一次奔跑在文学的路上。

黎明启程，胜芳、天津、泰安、莱芜，一路直下。在高铁上安稳了两个小时，一杯茶、一本书，优哉游哉。心满意足间，行至泰山脚下，无暇拜访岱宗，又转身登上开往莱芜的大巴。今天行进的节奏有些像拉练，马不停蹄，却无疲惫，快乐有余，像散文诗的格调。

列车静静地奔驰，窗外的景色不断地变化着。田野、丛林、远山、落日，油画般的质感，让人不由感慨。最美不过夕阳，那无言的深情，瞬间穿透了心墙。夕阳亲吻着山林，山林拥抱着夕照。人在此刻，是点缀，是画框，是酒杯。与太阳同行，支起耳朵，静听风语。簌簌飘下的，除去落花，还有心灵的落叶。夜幕降临，迷蒙的远方，还有多远？看不到灯火，但我知道，远方一定有真诚的目光，静静地注视着。

风尘仆仆，舟车劳顿，为哪般？文学，它是我的神，朝圣般地靠近它，就是拥抱自己的灵魂。也许，有些人一辈子都不会懂，我懂自己，足够了。远方不远了，无数的灯，为我点亮，点亮……

围炉品茗

到达钢城莱芜已是晚八点，晚宴上静候着诸位文友。我们亲热地握手、拥抱，虽是初见，却似曾相识。举杯相碰，文学让我们走近。

晚宴后，邀约去品茶。临行时，我在家包了四种茶叶，还特意带上了汝窑的小套杯，没想到真派上了用场。

围坐聚谈，四人竟来自三省。太原诗人王老师、济宁程老师、济南画荷圣手赵老师，还有胜芳的我。天南地北，海阔天空，谈笑间清润甜香的祁门红茶已沏好。品着茶，从文学聊起，聊到鲁迅、茅盾、冰心、孙犁等文学奖，还有莫言的诺贝尔文学奖，以及当今文坛的走向和弊端。王、程二位老师引领着这个话题。渊博的知识，独到的见解，深邃的思想，让我如同醍醐灌顶。谈完文学，自然过渡到书画。赵老师如数家珍地评论着现场创作的书画作品。在场大多看的是热闹，他却看到书画背后的功力与思想。深入浅出的书画评论，令我受益匪浅，似乎摸到一些门道。

红茶味淡，换上台湾冻顶乌龙，晶莹的琥珀色在杯中闪亮。轻抿一口，甘洌的茶香从唇齿间沁到心里。大雅之后自是大俗，话题转到对当今社会的诟病，从官场到校园，到社会的方方面面。说到那些贪得无厌锒铛入狱的官员，说到社会公德的缺失，说到上学、就业、买房、结婚、养老，说起那些不愿面对又无法回避的社会软肋，心中自然是愤懑和无奈。

乌龙茶冷去，普洱小金坨出场。那抹冷艳中的温情，抚慰了目光里的幽怨，凡俗的嘈杂在绵柔醇厚的馨香里沉淀。话题又转到宗教信仰。虔诚的程老师引领着这个话题，阐释着，儒释道，三教归一。凡人无法改变社会，但以此为镜，正己修为，自是难得。聆听、体会，一种圣洁如莲花般在心湖里盛开。道法自然，一切皆有因缘。

茶冷了又热，心热了又静。从文学艺术到政治再到禅修，彼此解读着内心的困惑。风声、雨声、叹息声，声声入耳。人们渴望友谊，渴望知音，渴望心灵的交融。现代物质生活远远超越了以往，但精神却似乎退化了，古时一支折柳送别朋友，就让人思念数日。现代人难得清静，焦虑、空虚、争斗，加上工业文明的副作用，人与人变得陌生又冷漠。

文友，消除了年龄和性别，谈笑间，在别人的故事里，悟着人生的冷暖。围炉品茗，文艺小沙龙，如今夜飘雪，那将是多么雅致的事。有感于此，王老师赋诗而出：

我们的爱登场时／一切都要退到边缘／茶，是今晚唯一的道具／你亲手泡开，温暖着骨血／很多独白，都被省略／被捂热的词语，化成长亭和短亭／灯光熄灭时，我们走下舞台／灵魂的千万灯盏已被点亮。

落墨成章

颁奖会上，我有幸站在《中国文学》杂志社评选的"十大散文家"的领奖台上。捧着证书，内心涌动无限感慨。

文学创作十年，一路走来，辛苦自知。窗外的月儿，案前的灯，看到了我的无眠。时常在夜的舞台上独舞着指尖芭蕾，没有观众，没有喝彩。在最深沉的夜里，揭开心上的伤疤，写至心痛，写至落泪。那些用心血写就的文字，每一粒都带着体温。焐热了文字，却痛了、醉了自己。

无数个周末，无数个假日，把热闹关在门外。清茶做伴，孤灯为友，让心灵牵着文字去散步。在自己的世界里，在平平仄仄的诗行里行走着。慢慢地文学成了我的全部，自己也游走在人群的边缘。常以"写文"拒绝朋友的聚会邀请。"你为什么非得写文？为了生活？有人逼迫？"这是朋友不解地询问，我只有报以微笑，文字养家，那是传说。文字是我的另一种呼吸，有了它，我就有了广阔的精神空间，有文字陪伴着，再大的孤寂也不值一提。心有了安放的地方，那种安适，唯有自己最懂。

在生活中低头，在文字里昂首。走在文学的路上，把生活的酸苦酿成文字的甘美。掌声、赞誉，只是飘落的秋叶，终将美丽着远去，唯有逐日的夸父让我敬仰。

他为诗狂

晚宴的大屏幕上打出了"明杰文学创作三十年庆典"字样，播放着他的成长经历，让人很是感慨。他是著名诗人、作家、社会活动家，已出版个人专辑15部。他出身寒门，贫苦的童年是他人生的财富。他回到故乡，如孩子般快乐，摸摸故乡的老宅，蹚蹚故乡的小河，那种喜悦，那种自豪，感染着人们。

有的人成名后，忙着掩饰曾经的贫寒，和名人高官攀亲，把曾经的苦难看成一种耻辱。在明杰的身上，你会看到阳光，读到深情。那种对故乡的眷恋，那种对大地的热爱，不知不觉拨动我思乡的心弦。

三次参加明杰组织的活动，我曾多角度地观察他。他热情奔放，安静时又像文绉绉的学者，白净儒雅的面容，睿智的眼神，幽默的谈吐，朴实的为人。听过他激情澎湃的诗歌朗诵，再读他那热情洋溢的诗歌，内心不再困惑。他在《矿工之歌》的诗句里写道："巨石中的隧道，从这头注视到那头，风干了多少遥远的召唤。秦砖汉瓦早已瞒不住，冲天的气概。唐诗宋词更禁锢不了律动的才华。仰望天轮，亘古之风耗尽了呼吸，万物的骨头，在历史的血脉里燃烧。矿工，天空高于天空，而独自深沉的，是大地上伟岸的矸石山……"

打动人的不仅仅是那荡气回肠的诗歌，最令人敬重的是他对文学的热爱。他靠社会力量无偿地组织大型文学笔会，为文友们提供学习交流的平台，他以行动感染着身边的每一个人。这就是一个用生命写作的诗人，他是一块煤，在土里修炼千年，只为在你把手放在炉火上的时候，能感觉到他的热力。

难忘今宵

晨曦微露，早饭时，明杰老师赠我亲自签名的作品集，周永老师再三叮嘱回去一定写写笔会的故事。我微笑着与柯钧先生和高老师道别。当我和王老师来到大厅时，程老师和莱钢的领导热情地抢过我们的行李，一直把我们送到站台，出租车来了，他们依然舍不得离去。

车上，我与王老师攀谈，更多的话题还是文学。他播放手机里的诗歌录音，是两首令我震撼和感动的诗，听，一个女孩子在朗读《汉字》：

这个用汉字构筑的世界 / 像陶渊明的世外桃源 / 我在里面遇到很多熟人 / 想起许多如烟的往事 / 活着，我宅在里面 / 死了，也要把骨灰撒在它的缝隙⋯⋯

那对文字的痴爱，催人泪下。听，《故乡啊，我永远是你的孩子》里的乡愁：

在城市的广场上 / 我依然是一个乡村孩子 / 站在人群里 / 我多像一株朴素的玉米 / 更多的时候 / 我像埋在地下的土豆。

轻轻地悄悄地把乡愁梳理，放下的，忘却的，齐聚心头，浪涛般拍打着心岸，拍暖了游子的目光，眺望着天边的故乡，站成无言的石头。

生活中，我们低头，文字中我们昂首。文学丰盈了我们的生命，为我们打开第三个空间。心中有爱，生活就是立体的。看历史上多少帝王都化作了尘土，功名利禄实乃身外之物，活得真实、自在多好啊。文学在某种意义上可以成全人，热爱它，没有错，如果能给后人留下一星半点儿有价值的东西，更是值得。用我们的笔丈量人生，用文字铺一条长路，让更多的人心走在这条路上。

在流逝的时间里，人类最美好的情感永远年轻。多一些了解，多一份回味，多一份美好。

感谢莱芜，感谢文学；相约莱芜，相约四季。

一路向南

明天送老妈去广州过冬，大包小包，简直是搬家。发愁啊！看着就累得难受，四个大包，一双手……一路顺风啊！

带着快乐出发，启程啦！广州，你会给我和老妈什么惊喜呢？

火车咔嗒咔嗒地响着，南方越来越近了，有些忐忑，有些欢喜。和老妈一起坐火车的日子，累并快乐着。期待还有多次带老妈出行的机会，有老妈陪着，我永远是孩子……

夜幕降临，除去车轮声，再无声息，无边的寂静，让人感到一种挣脱束缚的快意。思想的马儿自由驰骋，似乎思索着，又什么都没想。在路上，看风景，读人生，不知不觉，自己也成了风景。挺好，忙碌的身心终于静下来，只做两件事，吃饭、睡觉，剩下的时间，就是默默地思念。今夜，谁走入我的梦里，一起聆听车轮与轨道的热恋……

在路上一路向南，向南。到武昌了，细雨敲窗，掀起纱帘，夜色如墨，目光也融化在无边的寂寞里。此刻，人就像一片飘离枝头的叶子，随风旋舞，追逐着天边的那丝亮光。有亮光吗？也许那是心窗泻出的微光，照亮了自己，也照亮了暗夜。雨夜，盛产寂寞，也孕育着幽思与愁绪，不知何时，一些沉积的心事再一次泛起，只是，打几个旋涡，心波皱起几痕涟漪，随之又归于寂静。

静，依然是无边的静，车轮碾压着铁轨，除去咔嗒声、沙沙的雨声，还有我的呼吸声。众人睡去，我却失眠了，也许是不舍这种孤寂，也许是这夜，又似年少时那个离别的夜晚。远去的，必将走远，清晰的自会清晰。在异乡，在路上，枕梦听雨，听那来自大地深处的呼吸。

今晚，有雨，有梦，有深深的呼吸。呼唤，呼唤花季的自己，带着曾经的梦想，带着那本写满诗行的日记，我们归去。雨，沉沉地飘落，车，闷闷地奔驰，我的心儿却无处安放。万籁俱静，心却渴望醒来。

列车上辗转一夜，冷冷的空调、薄薄的被子、窄窄的铺，好疲惫，腰似乎要断了。几次被颠醒，又迷迷糊糊地入梦。旅途辛苦，有点厌倦，老了吗？似乎是这样。

细雨霏霏，让疲惫的心安适。广州的秋，却有着春天的韵味。绿草茵茵，鲜花似锦，空气中弥漫着青草的清香。距离上次来，转眼已四年，时间流逝得真快啊！

广州的夜静谧清香，漫步在开满鲜花的树下，身心似乎也由内而外地散发着芬芳。

走入陈氏祠堂，就像步入艺术的殿堂，雄浑、大气、唯美，木雕、砖雕、石雕、牙雕、灰塑、泥塑，美轮美奂，岭南民间的传统文化令人惊叹。

越来越舍不得离开老妈，越来越像个孩子。以前对老妈或多或少总有一些不满，细思量，还是自己的包容心不够大，如果换作我，还真不一定比老妈做得好。老妈热爱生活，乐观、亲和，总像一株向日葵，整天笑容灿烂，走到哪里，都让人喜欢。老妈坚强，一生中遇到好几桩大悲大喜的事，都能安然渡过。想想老妈的种种优点，心里纠结着万千不舍和自豪，我唯有尽全力去照顾我的老妈，让她安享晚年。老妈快乐，就是我的幸福。

南国的山山水水柔媚俊秀，南国的雨，缠缠绵绵，让人不知不觉就醉了。生活在南国，女人娇柔可人。南国的饭菜，清淡精致，把胃娇惯得像个贵族。生在南国，是幸运。

看风景，读人生，不知不觉，自己也成了一道风景。聆听着单调的咔嗒声，慢慢品读袖珍的《道德经》，别有味道。

人生是一场加减乘除，过了不惑之年，时光就于无声处无情地拿走你的珍爱，任你哭泣、抱怨，于事无补。活在当下，珍惜拥有。得之，命耶，失之，运耶。恰好你在，恰好我来，缘耶！珍之，惜之！这个初冬，行至南国，徜徉在春天般的景色里，质朴雅致的民居，有欢喜，亦有失落，但无泪相伴。很好，快乐抑或忧伤，都是美丽的。

感谢上苍的安排，诗意的漫行，孤寂却充实着。感谢异乡的友情，感谢真诚的牵手，一段旅途，一段纯净的时光，足以温暖今后日渐老去的岁月。

青海湖漫笔

青海湖，来自天上的一泓碧水，一滴即可洗净凡心。青海湖，一面是深幽的圣地，一面是纷扰的红尘，念着你的名字叛离，可知我内心波澜涌动，举步维艰，甚至不敢回望一眼，怕泪水如雨一样落下来。

置身于蓝天碧野间，时时忘记自己是谁，来自何方，去向何处。一望无际的碧波静静地流向云的故乡，贪吃的羊羔一会儿跑到河边，一会儿跑到草丛，一会儿又溜到云际。雄鹰放牧着天上的羊群，牧人吆喝着地上的云朵，天和地的界线有些模糊了。举目四望，如果不刻意地提醒自己，眼睛很容易迷路。

此刻，脑子里堆砌了无数美丽的辞藻，辽阔、壮美、绮丽，似乎都不能恰当描绘她的美和此刻我的感受。蓦然间，脑海里跳出两个词：母亲、故乡！行走在画卷般的蓝天碧野，柔美的线条，纯净亮丽的色彩，清新的空气，内心紧绷的弦顿时放松，就像依偎在母亲怀里般轻松。这里就是我们苦苦寻找的心灵的故乡，也许有些人穷尽一生也无法找到。

在这里，人单纯得就像一片叶子，或是一滴水。迎着轻风舒展双臂，渐渐化为一支白羽随风曼舞，那一刻，凡尘远了，灵魂却靠近了蓝天。

高原的阳光纯净明亮，就像高原上的人那样热情。担心被它吻出了高原红，赶紧用披肩包住脸颊，无意中看河水里映出的包裹严实的自己，忍不住脸红了，我还是没能走出世俗，爱高原却不能接受阳光赐予的小麦色。

一滴，两滴，不知飘过的哪朵云彩落雨了。大颗大颗的雨珠落在车窗上，又化作小溪滑落。晶莹、圆润，那不是雨，那是天使的泪。天依然蔚蓝，云朵洁白如雪，草地似乎更翠绿了，雨连成线串成帘，雨描画着风的样子，风牵着雨帘在天地间荡着秋千。我的眼睛随着雨帘翻舞，刚刚平静的心，又一次荡起涟漪。莫名地喜欢上高原的雨，它浇灭了内心的浮躁，把我从庸常的俗世俗人的圈子里拉了出来。

中国的河大多从西往东流，可是在青海的日月山西侧，却有一条倒淌河，一条流淌在青草丛中的小河。"天下河水皆向东，唯有此溪向西流"。倒淌河清代时称哈什汉水，藏语音译称"柔莫曲"，意为难舍的水；蒙古语称"阿劳郭勒"，"郭勒"意为河流，"阿劳"意为斑驳，取倒淌河中游植被稀疏、地表成片裸露之意。河水温柔地缓缓流淌着，那是文成公主的亘古乡愁，从春到秋，流淌千年，依然淙淙。文成公主与吐蕃赞普松赞干布联姻，正是由此向南经唐蕃古道进入西藏。文成公主路过日月山，最后一次眺望故乡长安，忍不住涕泪横流，流成一条倒淌河，载着她那无尽的乡愁，流向远在云间的故乡。

高耸入云的日月山啊，你是否记得文成公主那美丽的笑颜。请你站得再高点，让公主再回望一眼云际的故乡，此处一别，故乡就变成了一个符号，只有梦里才能听到爹娘亲人的呼唤。只需一眼，故乡就烙印在心头，从此有月亮的夜里故乡就会映照心头，心上有月亮做伴，布达拉宫的夜便不再冰凉漫长。

走进丹葛尔古城是在一个雨天，淡淡的雨雾给这座古城增添了几分神秘。看到城楼牌匾上书写的"丹葛尔"，我脱口念成"葛尔丹"，身边的游客笑了，莫不是想邂逅一个王子吗？这里是古代兵家必争之地，曾有无数的勇士在刀光剑影中倒下，争来夺去，最后都输给了岁月，再华美的装饰也被岁月啃噬得斑驳，王子也已随着古城老朽。

撑一把天堂伞，为自己营造一方晴空，雨雾隔开了嘈杂的人群，放逐思绪在前世今生里漫步。行走在墨玉般的青石街上，好像多了几分仙气。摸摸店铺里那精美的雕花门窗，内心涌动着一种别样的情怀。

迎面不时遇到穿着藏袍，一手摇着经筒，一手捻着佛珠的信徒，我被那纯净的眼神惊呆了，那是孩子独有的神色，清透得就像高原的蓝天，那是我们曾经的眼神。

逐梦泥河湾

风雕，浪刻，留下泥河湾这无声的千沟万壑，默默感知天地间的孤独。泥河湾，静默在北方的荒野，怀抱着湮灭的史前文明，等待着我的到来。

说起泥河湾，熟悉又陌生。四年前我结识了咏华大姐，通过她的泥河湾文学团队和她的文字知道了泥河湾。今年，沐着初秋的阳光，终于踏上了这片神奇的土地，当我用颤抖的手掀开它神秘的面纱，我惊呆了。它的古老、厚重、淳朴、荒凉，让每一个远道而来的游子欢欣又沉静。走到它的身边，我有种婴儿安睡在母亲怀抱里的恬静。

桑干河流域的泥河湾遗址，是国际地质界公认的第四纪标准地层和早更新世石器时代的遗址。泥河湾遗址可能是东亚人种的起源地，向非洲起源学说提出了挑战。那广袤的 9000 平方公里的原野上，逝去的时代已遥远得不可思议，史前人类在这里繁衍生息，他们高举着石斧追逐着野兽，猛犸象在吼叫，长鼻三趾马、三门马在嘶鸣，鸟儿飞翔，草木争荣，世间万物展示着生存的形态和理由。

泥河湾旅游文化节的主会场设在桑干河南岸的小长梁。清早，汽车在盘山路上奔驰着，我的心也随着它上下起伏。窗外那茫茫的山峦被大自然神奇的手雕琢成奇思妙想的沟壑，我仿佛来到了黄土高原。它的辽阔，它的荒僻，把历史无情地凝固在这里。风声呼呼，像一曲气势恢宏的交响乐，在沟沟坎坎的原野里，在星星点点的灌木中，在缓缓流淌的桑干河上激荡着，仿佛在向人们诉说着亘古的孤寂。

一路颠簸一路期盼，终于到达庆典会场，那里人头攒动、红旗招展、鼓乐齐鸣，唤起了内心沉睡的激情。远远的一个巨大的古人头部雕像耸立着，那突出的额头、深邃的眼神，瞬间穿透了每个游人的心。在他深情目光的抚慰下，我们又成为赤子，怀着一颗虔诚的心，默默地朝拜着东方人类共同的祖先。

我恭敬地戴上一条黄色的绶带，内心多了一种神圣的庄严。璀璨的烟花炸响，拉开了文化节庆典的大幕。伴着悠远空灵的古乐声，主持人深情又肃穆地朗读着祭祖的诗文。代表泥河湾子孙叩拜上香的是个白发如雪、面色凝重的耄耋老人，他是中科院的考古学家卫奇教授。两个身着汉服的少女抬出一面黄缎黑字的祭字旗，五个少年捧着五谷踩着鼓点一步一顿地迈着方步，恭恭敬敬地把五谷供奉在香炉前，那一招一式显出几分大汉遗风的气度，让人情不自禁地挺直腰杆心怀敬意。

看着眼前盛大的祭祖场面，我的内心也随之热烈地澎湃着。随着那铿锵有力的鼓点，仿佛灵魂也走在朝拜的路上，似乎看到史前的祖先们在这片沃土上艰辛走过的足迹。"同根同源，爱我中华。同祖同根，血浓于水。"我默念着。

颁奖会上，我的文章《行走大漠》获文学组二等奖。当我站在主席台上捧着证书，高举着金灿灿的奖杯欢呼时，脑海里有了短暂的空白。我在心里大声地呼唤着："泥河湾，我来了，我是你遗落他乡的女儿啊。泥河湾，我的母亲，今天我终于回归您的怀抱！"载誉而来是我曾经设想多次的画面，没想到今日竟然好梦成真。捧着奖杯，我心中多了一份神圣，我的目光多了一份坚毅，我的肩头多了一份沉重。我的情，我的爱，我的笔，都要为泥河湾这个神奇的地方倾情而歌。

如果你走上北京中华世纪坛，就能在青铜甬道的第一层台阶上看到，"泥河湾小长梁遗址"作为人类活动最北端的见证被镌刻在那里。张家口有着绮丽的坝上草原风光，有着神秘的军事要地遗迹，但了解泥河湾文化的人还寥寥无几。蓝田人、山顶洞人、元谋人，这些古人类活动遗址国人耳熟能详，可是比它们更为久远的泥河湾古人类文化遗址，国人却知之甚少。泥河湾文化，不仅仅属于张家口，民族的才是世界的，世界的才是有生命的文化。一个家族，因为血脉相连，便有了凝聚力。无论走到天涯海角，无论分开千里万里，亲人的声声呼唤，依然包含着一种势不可挡的回归情结；一个民族，同根同源，共同的文化就是那无形的血脉，把每个华夏儿女的心紧紧相连。无论你在何方，无论你在哪片蓝天下，祖国母亲一声召唤，千万条小溪就会源源不断地汇入母亲的长河。传统文化是一个民族的灵魂，有了它，我们的社会就多了一份和谐，更多了一份凝聚力，那是华夏子孙不可战胜的铮铮傲骨。

站在小长梁的崖壁上，眺望着苍茫大地，犹如穿越漫长悠远的历史空间，体味中华民族的风雨沧桑和辉煌历程，心底激荡起一种无言的感动。当集体鞠躬朝拜的时候，我的眼睛潮湿了，像一场春雨滋润在心田。为这片神奇的土地，更为守护这方文明的仁人志士。

逐梦，不去寻风的影踪，那是时光的飘忽；也不去找浪的焦点，那是岁月在波动。风起浪来皆为过客。不离不弃，站成这千军万马中的一员，以朝拜者虔诚的姿态，守望一条五千年奔流不息的大河。

金佛山觅禅

遍山青翠，枝枝叶叶擎满佛光，点缀着金箔似的银杏叶，红玛瑙般的红果和丹枫。这里是仙境般的金佛山，在重庆的南川，它是巴蜀四大名山之一，与峨眉山、青城山齐名，属大娄山脉，又名金山，古称九递山，由金佛、箐坝、柏枝三山 108 峰组成，总面积 1300 平方公里。金佛山属典型的喀斯特地貌，由于特殊的地理位置和气候条件，景区较为完整地保存了不同地质年代的自然生态。

看到金佛山这个名字，我忍不住联想到这里或许是佛教圣地，肯定是庙堂林立，香火鼎盛，信徒如织。听到朋友安排去参观这个景点，我的内心还有一些失落呢，毕竟曾经看过很多有名的寺院，我们千里迢迢而来，又不为烧香拜佛。

当我们坐上景区巴士的时候，我的疑虑彻底打消了。金佛山就像一轴神奇的画卷，不断向人们变幻着它的秀颜。远观金佛山顶就像一尊躺卧的巨佛，天气晴好的时候，巨佛的五官很是清晰，那悠然的睡姿，那微鼓的大肚，还真像乐观淡定的弥勒佛呢。金佛山上长满各类珍贵的树木，远远望去就像绿色的海洋。观景车顺着盘山道颠簸着，我的心也随着它上下起伏。巴士把我们送到半山腰，我们又换上了封闭的缆车。坐在颤悠悠的缆车里，看着车窗四周泼墨画般的美景，我的眼睛有些应接不暇了。

金秋时节的山谷就像梵高的油画，浓墨重彩，姹紫嫣红。随着缆车的攀升，脚下的景色也在不断地变化着。听了朋友讲解，我才知道刚才闪过的那几株高大的树木竟然是植物熊猫——银杉树，它是珍稀植物"活化石"，国家专门为它上了保险。这是世界上唯一幸存的大片银杉野生植株，这一发现填补了银杉树未发现原产地的空白。小学语文课本里专门介绍了这个国宝，听说了快20年的银杉树，今天才有幸见到它的真面目，虽是一面之缘，也足以慰藉。

坐在缆车里，眺望四周，目之所及都是绿的，青碧的竹海、墨绿的松林、翠绿的灌木丛，还有娇嫩草甸子等，那么多的绿色，或许只有画家才能叫出它的名字。深浅不一的翠绿色自山脚蔓延至山顶，渐渐过渡到了云端。

看到一个个斧劈刀削的陡直崖壁，还有气势雄伟的三叠飞瀑从脚下闪过，只觉寒气袭人，刚刚安稳的心又揪了起来。山间不时窜过松鼠、猴子的身影，飞过一些不知名的小鸟，听着那清脆的鸟鸣，我也心如雀舞。深秋，我也如鸟雀般飞过这座山。独坐金佛山，相看两不厌。我想，金佛山因为我的到来，也多了几分乐趣呢。

"天生一个仙人洞，无限风光在险峰。"到了金佛山山顶，我以为就像泰山玉皇顶那样，哪知更美的风景却深藏不露。随着导游的指引，我们鱼贯而入来到古佛洞的巨口里，我忐忑不安地行走在蜿蜒曲折、黑漆漆的隧道里，想象着它的庐山真面目。迎着叮咚作响的溪流，大约走了五分钟，随着寒气越来越重，眼前渐渐亮堂了。随着人们的惊叹声，我的眼前豁然开朗。从南至北，看过无数的溶洞，但如此广阔的溶洞我还是第一次见。古佛洞空间面积5万余平方米，最宽处77米，最高处24.6米，由于海拔位置太高，洞内钟乳石发育并不太好，主要是一组岩体景观。揉揉眼睛，再一次环视四周，我惊讶得嘴巴都有些合不上了，再看看小妹，也像我一样瞪着满是疑问的眼睛。溶洞四周安装了无数彩灯，雾气迷蒙，在迷幻的灯光下，我们恍若置身仙境。这样巨大的溶洞，藏个千军万马应该是没有问题的。溶洞正中有一尊正襟危坐的金佛，听说这尊金佛原先是从天而降的石头，因为特别像普贤菩萨，人们就把他精心刻画，打造成金身普贤菩萨。你看他神态安详凝重，眼帘微垂正在打坐，如果你静心去聆听，或许还能听到诵经声呢。我的心在虔诚地叩拜，佛啊，你静坐莲花上迎送世事变迁，看多了悲欢离合，看清了得失荣辱，看淡了功名利禄。今天我千里迢迢奔到你的足下，也是我前世的缘，请你点化我，渡我过河。抬眼望望，菩萨依然静默不语，我琢磨着他嘴角的那一丝神秘的微笑，心有所悟。千里拜佛，不携半缕烟云，心诚就是最好的供品，无求方能心安。

看过主洞，其他的小洞就和他处的溶洞没有什么区别了，形态各异的钟乳石，精巧的五彩池，巧夺天工、惟妙惟肖的五百罗汉塑像，无不令人唏嘘感慨，啧啧称奇。此刻把所有的和造型艺术相关的奇特优美的形容词堆砌在这里都不过分。这是一场视觉的盛宴，我的眼睛忙得不亦乐乎，心却逐渐沉静下来，渐渐地随着溪流的脉搏，化作清流渗入岁月的皱褶里。

走出溶洞的巨口，阳光刺得眼睛有些眩晕。看看身后那个幽深的山口，再看看漫山的花红竹绿，我若有所思地点点头，慢慢走向来时的路。金佛山北坡上没有一间人工建造的庙宇，它却把每个红尘中的凡夫俗子拥在怀里。《华岩不厌乐禅师语录》卷三有给金佛山击竹明谭传法偈，偈云："即心即佛莫忘怀，二六时恒忆大梅。珍重一朝梅子熟，非心非佛骂吾侪。"

人生多一分烦恼，就需要有一分禅心来解救。金佛山归来，我渴望修得一颗禅心。

西 北 望

最近总是不由自主地想起大西北，想起那片时刻萦绕心头的热土。记得一位作家曾经说过，一个人的衰老是从怀旧开始的。也许是闲暇时间多了，故土的山山水水总是在不经意间浮现在脑海。兰州不知何时已凝成我心上的一道美丽划痕，此时淅沥的雨滴又扣动我思乡的心弦。

对大西北最早的记忆源自出生地渭源，三岁时被妈妈送到河北老家尚不记事，七岁时又被爸爸接回渭源上学。记忆里的渭源县潮湿、葱郁、宁静，青山如黛，溪流涓涓，梯田似画，繁花如海。

那时我家住在渭源气象站的家属院，一个花园式的大四合院，院中央是个大花池，里面种满了芍药、牡丹、大丽花、美人蕉，家家户户的窗台上都摆着鲜花，尤其是爸爸养的长寿菊更是引人瞩目。那时我和几个小伙伴每天在花间追蝴蝶，捉迷藏，甚至几个人把圆滚滚的小花盆当足球踢，盆中的小花被折磨得缺枝少叶，甚是可怜。大人们看到都要吆喝驱赶，可是淘气的我们只安静片刻，就又涌入花间。看到被我们踩得枝折花落的园子，爸爸总要拍打我的屁股，妈妈也常常一边不痛不痒地训几句一边打扫落花。

现在回忆那时的淘气，我想是因为爸爸妈妈每天忙于工作，陪孩子们玩的时间太少，孩子们故意捣乱也许是为了引起父母的关注，那些责打或许也是一种交流。另外妈妈捡拾打扫落花的动作很是优雅，那时的我不知道黛玉葬花的故事，却认为孩子摇花、母亲打扫是一种游戏，每天乐此不疲地淘气着，重复着这样简单的快乐。

不知道孩子的顽皮对大人而言是烦恼还是乐事，孩子却在玩闹中成长着，不知道那些被我摇落的花儿是否愿意，要感谢它们美丽了孩子们的童年。

　　渭源的雨季总是那么漫长，那柔婉的小雨从春夜开始淅沥，就像唐朝的使者骑着马儿踢踏踢踏地从诗词里走来，穿越岁月的烟尘与我相逢。或许是雨季让我少了几分顽皮，多了些许恬静。

　　夏雨淅淅沥沥，秋雨缠缠绵绵，直到初冬还眷恋着不忍离去。雨缩小了孩子的世界，他们每天趴在玻璃窗上数着雨滴，想象着雨帘里的故事，真想变作小雨滴无忧无虑地在屋檐下滑滑梯。

　　那时的我总是趁妈妈不注意跑到花园里，目光追随着小露珠在芭蕉叶上滚动，小小的心儿伴随风吹露珠的韵律之美欢呼雀跃。那时晴天看到的花儿都是含笑的，还记得初次看到牡丹花瓣上垂挂的露珠很是疑惑。

　　花儿为什么流泪呢？是谁伤了她的心吗？我去问妈妈。"孩子，你们白天碰伤了她的孩子，花儿妈妈心疼啊。"后来，我把这个秘密告诉了小伙伴，花间疯跑的孩子少了很多，可是，花儿依然在雨天流泪，这个事让年幼的我困惑了许久。

　　成年后，终于想明白，那是女人花，她有一颗易碎的心，需要一双温柔的手来遮风挡雨。朋友，请温柔地呵护你心上的那朵花，让她一生不流泪。

藤龙山夜曲

夕阳慢慢悠悠、恋恋不舍地隐入山涧，雾霭给山林穿上了一件薄薄的纱衣。山麓、林木、花草在静谧的暮色里悄然睡去。幽谷神秘诱人，蟋蟀、蛐蛐还有不知名的秋虫在草丛中忙碌着，或"唧唧切切"地谈情说爱，或"唧唧啾啾"地窃窃私语；若有若无、忽远忽近的情歌让久居闹市的我如坠梦里。

聆听着山泉欢快的小夜曲，我情不自禁地融入寂静的暮色里。山路蜿蜒，时陡时平，溪流时缓时急，随着山势不断地变换着音调。一会儿"哗哗啦啦"如九天银河倾下，一会儿"窸窸窣窣"像秋风拂过竹林，一会儿"叽叽咕咕"如梦里呢喃细语，一会儿"叮叮咚咚"似大珠小珠落玉盘。我如痴如醉徜徉在小溪边，真想化作一滴山泉融入小溪，渗入藤龙山的心脉。

与友人迎着晚风沿着山路漫步，蓦然间，硬化的公路中间一株大树朦朦胧胧映入眼帘。为什么要把树栽在路中？我疑惑不解地走近，原来是一棵两人才能合抱的老柿树。知情的朋友告诉我们，这树已经历百年沧桑，修路时藤龙山人没有将它砍倒，而是让老树留在路中央。我轻轻抚摸着百年老树皲裂黝黑的树干，心里涌起一种感动，纯朴善良的藤龙山人啊，他们不仅是大山的守望者，还是大山的见证者、建设者，他们的执着与坚韧才是真正的大山之魂。夜色苍茫，已看不出大树叶片的苍翠，但它遒劲挺拔的枝干透出的顽强生命力让人即刻产生敬畏！这不就是勤劳善良的大山人的化身？

依着古树聆听叶片轻声地诉说，仰望夜空做漫无边际地遐想。繁星满天，银河闪耀，河中的星座是撒开的金砂，每个星座都清晰可辨：那托腮凝盼的织女，那木讷痴呆的牛郎，那长柄横移的北斗，那巨螯奋张的天蝎，猎户星、大熊星、水瓶星……我的眼睛有些应接不暇了，刚看清了这个又错过了那个，流星划过还没有许完心愿，另一颗又划过天际，仿佛仙子的一滴泪瞬间消失在时间的长河里。看着此情此景，脑海中突然涌现 80 多年前郭沫若先生仰望天宇时留下的美丽诗篇：远远的街灯明了 / 好像闪着无数的明星 / 天上的明星现了 / 好像点着无数的街灯……你看 / 那浅浅的天河 / 定然是不甚宽广 / 我想那隔河的牛郎织女 / 定能够骑着牛儿来往。轻吟诗人的心曲，我的心早已飞翔在夜空。

久居喧嚣的都市，炫目的霓虹灯遮住了灿烂的星空，多少年来都未曾仔细认真地观察过璀璨的星河了，曾经带孩子们到科技馆认星座，夜色起合之际让孩子们仰望星空看银河，才发现天真烂漫的孩子们是多么快乐，也许每一颗星星都是放飞的梦想，每一张笑脸都记录着美好的童年时光。曾几何时，仰望星空辨认星座却已成为一种奢望，高科技的富裕生活给人们带来了许多便利，却让我们远离了最朴素、最美丽的自然。可怕的光污染让我们眼睛的夜视范围越来越小，最终我们的视线里只剩自我，一切唯我独尊。

久久地凝视星空，我的眼睛有些酸胀，低头揉眼的瞬间，感觉周围晃过几颗小星星。我以为是看花眼了，咦，是流星吗，怎会这样低？是宝石吗，又是谁遗落？绿莹莹，晶亮亮，像飘忽的小灯笼，像一眨一眨的绿眼睛，"啊，萤火虫，是萤火虫！"一盏盏小灯笼瞬间熄灭，一双双绿眼睛倏地闭合。朋友们围了来，寻找着那些可爱的小精灵。哦，悄悄地，不要惊扰了它们的幽会。

第一次看到萤火虫还是在我七岁时，我和姐姐在黄河边林地里无意中发现了它们，我跌跌撞撞地追逐着，一下绊倒在草丛里。但那绿宝石般的小精灵从此进驻我的心里，照亮了我落寞的夜。此时，我的眼、我的心被小精灵牵引着，在丛林间飞翔，世俗的烦忧在渐渐远离，我也仿佛是长着羽翼的仙子。问一声可爱的萤火虫，你们还是我在黄河边遇到的那几只吗？请你们带我寻找回家的路，找回慈祥的爸爸，找回快乐的童年时光。

星夜里，在这平山最北，在这深藏于八百里巍峨太行的藤龙山，在这人迹罕至却保持了自然生态的一隅，在这个美如童话的仙境里，我如同破茧的蝶儿，终于从世俗里挣脱，找回内心的那丝柔软与感动。静立在茫茫的夜幕里，没有恐惧，有星斗为我指引南北，有流萤为我提灯照亮，有溪水为我拨动琴弦，沿着曲折的山路，在无边的"静"中行走。

虎山寻幽

　　羁留在城市冰冷的建筑里，我渴望自然。天遂心愿，上个月我参加了河北省作协举办的第二届虎山诗会。暮色苍茫，我们驱车来到虎山，月光下丛林静语，溪流轻唱。

　　天刚蒙蒙亮，我被清脆的鸟鸣唤醒。推开门，一股清新的空气扑面而来，令人神清气爽。我被眼前动人心魄的风景吸引，急忙约朋友爬山。远看虎山就像一头酣睡的猛虎，山间奔流的溪水勾勒出它美丽的斑纹。这里是太行山腹地，人迹罕至，保持了自然的原生态。满山葱茏给虎山平添几分柔媚。鸟儿是这里快乐的主人，它们三三两两对唱于枝头，唱出了山的爽悦，水的灵性，花的柔美，草的狂放。此时远来的诗人们也成了快乐的鸟儿……

　　追随青鸟的歌声，我们来到了久违的山林。满山的枫林在燃烧啊，如同待嫁的新娘顶着红盖头，翘首期待心上人的到来。清风拂过，红叶频频点头，聆听秋风和枫叶的耳语，一抹绯红悄然爬上脸颊，原来大自然比我们更多情。枫叶在秋风里轻歌曼舞，却看不到一丝的哀愁。"生如春花之灿烂，死如秋叶之静美"，或许与秋风依依送别是秋枫生命中最灿烂、最动人的诗篇。无语的秋枫有着诗意的恋情，如火的相思醉了山林，醉了远方的游子。

　　走在山林里，感觉有无数的眼睛在注视着我，是谁在淘气地与我捉迷藏呢？是这清爽的秋风还是漫山不知名的树木，抑或草丛中的鸣虫。在这旷宇之中，它们奏响了一曲大自然的天籁之音。举目张望，远处是金灿灿的野菊花。闭上眼睛静静地聆听，我听到了花开的声音，黄菊花开了，花瓣娇小却暗香袭人，扎在石头缝里，依偎在悬崖上，肆意地绽放，你看那些在微风里点头的菊花如同孩子们在顽皮地眨着眼睛，可爱得让人情不自禁地想亲吻它。在这人烟稀少的深山里，没有人会为它驻足赞赏，野菊花依然在这块贫瘠的土地上无怨无悔地绽放、凋谢。它知道大山需要它的美丽，溪水爱恋它的欢笑，它依偎着大山和溪水，有了它们相伴，菊花更加美丽、欢畅。真想采一把娇艳的野菊花别在衣襟，编成花冠，当我的手触摸到它的花瓣时却犹豫了，它是大山的霓裳，拉扯花枝，我想大山一定会心生不满的。远处挺拔的松树在风中沉吟，伫立在近处山坡上高大的柿子树点燃嫣红的小灯笼迎接远客，树下的黄菊花高举花盏笑吟吟地为远方的诗人敬酒呢。青草悠然地舞蹈，我的心中忽然涌动，生命原来可以如此怒放，不为谁的喝彩，不为谁的垂青。在大自然里，荣是画，枯是诗，坦然地面对生命的荣枯，这是万物的轮回吧。在这万物环绕之中，我又在深思……

　　叮咚作响的溪流打断了我的沉思，又回到了眼前的一幕。是哪位仙子把裙带遗失在山林里，化作溪流与大山缠绵不息？虎山到处可以看到清澈的溪流，那是大山的脉搏，小溪叮咚地欢歌唤醒了我沉睡的童心。蹲在小溪边快乐地戏水，小溪清澈见底，美丽的卵石在水里懒懒地酣睡，小鱼儿自在地追逐。轻轻地掬起一捧溪水，嗬，终于捉住一条小鱼儿，看着它无拘无束地在我的掌心游动，竟然没有丝毫的惊慌。这里的小鱼儿居然是透明的，小鱼儿身上的骨刺就像树叶的脉络那么清晰。我放回了小鱼儿，小鱼儿依然悠悠地游玩着。我不知不觉地融入了自然中。

　　徒步半晌，来到了半山腰，这里有两眼遥遥相望的喷泉，好像一对深情的眼睛默默凝视。最有趣的是它喷水的间歇是有节奏的，好像听着指挥腾跃曼舞。喷泉的旁边有一块巨石，青色的巨石中有一条蜿蜒盘旋的白龙，千年蛰伏，它在为谁默守？喷泉何曾孤寂呢？喷泉和巨龙默默地凝望着彼此，虽近在咫尺却无缘牵手，但仍愿等待千年换来回眸一笑。喷泉把无尽的爱恋化作翩跹的舞姿长伴于白龙身边，蛰伏的白龙用那深情的目光凝望，亘古不变。或许，爱的最高境界就是目光与目光的缠绵。我又一次陶醉于这大自然的博爱中。这不正是大自然昭示着我们自然的和谐、人与人之间的和谐相处吗？

　　星星睡了，柿子依然点着小灯笼。牵着你的手，让我们骑着轻雾里的这只"虎"远行……

再别江南

心无翼，却总渴望着飞翔，渴望天马行空不着痕迹地亲近这个美好的世界。我用笔给自己画了一双翅膀，从此，我有了行走世界的力量。执笔走天涯，在异乡看潮起潮落，在奔驰的火车上细数半生的过往，或忧或喜，总有感动和美好萦怀。

也许是因为少女时期受三毛影响，总在不经意间向远方张望，渴望着在异乡放牧心灵的云朵。一次次行走，练就了强健的腿脚和臂膀，更强大了那颗多愁善感的心，无论是否有伴，心已是脱缰野马，在梦想的原野自在奔驰。

在异乡，一个人踽踽独行，与自己的影子相伴，有孤寂，有失落，有伤感，但更多的是潇洒和自在。环境改变人，30 年中形成了简单的生活方式，我早已学会独立，更习惯了独行。抬腿就走的旅行，无须别人照顾，也不必去迁就别人的感受。小女子有些个性，甚至可以说很任性，这样洒脱的个性，不好吗？我不想成为麻烦的制造者，成为麻烦的解决者岂不更好。

我是谁？来自北方的狼，默默走在自己的旷野里，寻找着属于自己的星空。

我是谁？一朵飘到异乡的流云，在天空和大地之间书写诗行，无论飘多远，总有来自故园的丝线牵引，云飘累了，自会归乡，再大的风雨也遮不住回归的航线。

金桂飘香的季节，我再一次来到了心爱的江南。在细雨中拜访了铜陵的大通古镇、镇江的西津古渡、合肥的三河古镇，在上饶的灵山问仙……此次的江南之行，更多的是走访古村落和古民居，体验原生态的百姓生活，我如一尾鱼儿在江南的烟雨里游走，寻到了江南味道，找到了久违的江南风情，沉醉在梦里的江南，那是苏小小的江南，更是叶紫的诗画江南。

江南的雨真是缠绵，每一天都是细雨绵绵。打着小花伞徜徉在悠长悠长的雨巷，青石板泛着油光，印下了我的足迹，陪着我访古寻幽。江南的雨有着酒的气息，渐渐地洒入我的心里，那颗多愁善感的心啊，慢慢融化，与漫天的酥雨轻轻飘舞……

离别江南的时刻，雨歇天晴，终于见到久违的阳光，照得心里暖洋洋。捧着朋友送来的玫瑰花，拉着行李箱，踏上了北归的火车，江南的人、江南的景、江南的歌，渐渐模糊，心欲留，却停不住奔跑的脚步。久久地凝望着窗外，那熟悉的风景，那真诚的朋友，渐行渐远，终于消失在心空的烟雨里。

孤寂的旅途中有一捧玫瑰花陪伴，少了伤感和惆怅，敲着字，饮着茶，再看一眼脉脉含情的玫瑰花，似乎在和友人把酒话桑麻，真是惬意。我越来越像个小女人，在三河古街被五个小水晶猪迷住，捧着那憨态可掬的小猪爱不释手，没有人看到我心里的泪流，那是我们一奶同胞的五兄妹啊，而今陨落了我的哥哥……

不知何时，心里飘起江南的烟雨，一丝丝，一滴滴，打湿我的记忆……

2020 年 10 月 8 日于江南旅途中

漫话镇江

"长江好似砚池波，提起金焦当墨磨。"说起镇江，人们口鼻都是酸溜溜的，镇江香醋酸遍大江南北的饭桌，几乎无人不知其味的劲道。于我而言，说起镇江同样感到酸溜溜的，但与醋无关，而是从心底溢出的酸，令人无端地对这个城的低调有了些许怜惜。

镇江名闻天下的还有它那厚重的历史和文化，只是普通百姓了解不多，外界对镇江文化亦知之甚少。从小就跟着父母看戏曲《白蛇传》，如果有人问这个故事的发生地，人们肯定毫不迟疑地回答：杭州西湖。金山寺在哪里？答曰：杭州。直至去年秋天，我来到镇江金山上的金山寺，读了金山寺的历史，明白这才是法海修行的金山寺。回到内地，我多次和朋友说起金山寺在镇江，朋友大为疑惑，和我一样，他们对镇江知之甚少。

这次我再访镇江，与当地朋友提起此事，朋友们也是有些感慨，镇江金山寺乃东晋时期创建，已有1600多年的历史，据史料记载有方丈约81位之多。金山寺布局依山就势，山与寺融为一体，经历代修葺，古迹甚多，其中主要有慈寿塔、法海洞、妙高台、楞伽台（又名苏经楼）、留云亭（又名"江天一览亭"）等。清朝时期金山寺与普陀寺、文殊寺、大明寺并称为四大名寺。

真寺、真人，有故事，有传说，一部《白蛇传》令杭州名闻天下，而天下人对镇江的金山寺却知之甚少，怎不令镇江人心里酸溜溜呢？为何杭州的宣传做得那么好，而镇江守着聚宝盆却是饥肠辘辘？答曰：镇江没有钱像杭州那样大张旗鼓做宣传。

镇江啊镇江，解放前你可是安徽省会啊，瘦死的骆驼比马大，虽然后来不再是省会，但城市的硬件设施，城市的文化底蕴，市民的文化素养，依旧卓然而立，那些融入骨子里的智慧和力量，如同沉睡的灵魂，等待一声呼唤。

镇江是京杭大运河的流经之地，西津古渡立有全国重点文物保护单位的标牌。只是，提起镇江大运河，镇江人的心里再一次泛起酸楚。随着全国改革开放的步伐，镇江的有识之士抓住商机开发建设小区，在刨地基的时候，意外地发现了一批保存完好的宋代古粮仓，文物部门的专家闻信赶来，经过一番考察得出结论：此乃全国仅存的宋代官置古粮仓，其规模和品相都有着重要的历史文化价值和意义，必须重点保护。不想，目光短浅的开发商盯着这个有潜力的地段不肯放手，多次与政府商谈未果，竟强行在遗址打桩建房，最终导致古粮仓被毁，众专家闻讯甚是惋惜。当时镇江和京杭大运河文化带上的众多城市一起参加世界级大运河申遗，镇江因宋元粮仓遭破坏及西津渡、京口闸还有镇江境内河道保护不佳等原因，最终未能进入申遗名录。难怪我在西津渡古街上没有看到世界非遗的标牌，那是镇江人心上的一道疤痕。似乎镇江欠历史一句道歉，抑或世界欠镇江一丝温暖，镇江的江河里流淌的不仅是水，更有泪和憾……

我来镇江，因为这里有相识十多年的老友，还有令人心动的摩崖石刻"瘗鹤铭"。自从多年前痴迷书法的老友给我讲了这块神奇的"瘗鹤铭"，我便对镇江充满期待，于是在一个被桂子染醉的季节，我千里迢迢从北方来到镇江拜访。金山、焦山、北固山、西津渡等名胜古迹，随着走访的深入，我的心一点点融化在镇江那厚重的历史文化中，不知不觉，我已爱上镇江，它的安静、它的秀美、它的低调、它的味道、它的大气，就连它的遗憾、它的伤疤，我都不再纠结，依然执着地爱着它。

镇江有一种静，静得似乎超越了尘世。远远地似乎听到金山寺悠悠的钟声，暮鼓晨钟唤醒世间名利客，经声佛号唤回苦海梦迷人。身在红尘中，当理世俗事，转眼间，长假已到尾声，我要回归北方，重回红尘的喧嚣与寂寞。

"铁塔一支堪作笔，青天够写几行多。"在梦里，在文字里，我再次细细品味镇江的雨、镇江的泪、镇江的伤与痛。

2020 年 10 月 6 日于清晨的镇江高铁站

我见青山多妩媚

"山不在高，有仙则名。"高耸入云的白石山上是否住着神仙，我没有看到，但青山秀水间弥漫着浓郁的禅意和诗意，涤去了我心灵的疲惫，让我对这座山有了几分敬畏，它是我心目中的灵山。

初夏时令，我来到了涞源的白石山。白石山雄踞八百里太行山最北端，山体高大，有"三顶、六台、九谷、八十一峰"，主脊线长 7000 余米，最高峰海拔 2096 米，是华北平原西北隆起之龙首，登临其顶可以远眺狼牙山和五台山。

晨曦微露，我随着文友一行走进白石山的怀抱。白石山山体泛着白玉般的色泽，这也许是它名字的来历。清晨山林格外地寂静，晨雾的怀抱让白石山多了几分娇媚与神秘，忽飞忽落的小鸟就像仙翁座下的小童子，唧唧啾啾欢叫着，欢迎着远方的游客。那一声声清脆的鸟鸣蓦然地撞入我的心里，于是，我的心里也有了花香鸟语。小鸟奏过迎宾曲，蝴蝶仙子出场了，五彩的羽翼，翩跹的舞姿，让我也忍不住随着它起舞。在这里，人变得简单、清纯。眼神如水，笑容如花，洁净是这个时刻的主旋律。

也许是还没到汛期，这里的溪流仿佛藏在大山的骨髓里，轻易看不到它的身影。偶尔在山体的缝隙里看到浥湿的水痕，如泪似汗，不知不觉濡湿了我的心。"厚德载物，上善若水"，白石山的山水把老子的这句话诠释得非常透彻。虽然看不到水的行踪，却时时能感觉到它的存在，那树，那花，那鸟，不都是山泉乳汁滋养的吗？它默默地奉献着自己，从不在乎名利，不争，却一直流淌在我们心中。

初见白石山，我有了些许恍惚。它与张家界堪称姊妹山，雄浑大气，挺拔入云，是山中的伟丈夫。白石山集"雄""险""奇""秀""幻"五个特点于一身。李白的"连峰去天不盈尺"用在这里很是恰当。白石山的"雄"，令人叹服。这里峰高谷深，气势雄伟，站在它的脚下，仰望云雾缥缈的山顶，心底油然而生一种敬畏。慕名而来，千里迢迢，是为征服？经历了沧海桑田，亿万年时光的雕琢，它巍然矗立在太行之巅，不增不减，无论我来与不来，它美丽依然，寂寞依然。情动、黯然，只是人们心海的潮汐，与它无关。

白石山的"险"，让人胆寒。山高路自险，这里指白石画廊的双雄石至飞云口的玻璃栈道。这是目前国内最长最宽、海拔最高的栈道，全长95米左右，宽2米，海拔最高达1900米。别说是行走，就是看着那架在云端的玻璃栈道，心里已在打战，透过玻璃注视着万丈深谷，三魂七魄已丢了一半。走近栈桥，身后拥挤的人流已截住了退路。咬咬牙，狠狠心，学着别人颤颤悠悠地贴"墙"走，跪着走，尖叫着走。心悬到了嗓子眼儿，小心翼翼，一步一蹭，如同回到了蹒跚学步的孩童时代。紧张刺激中，走完这段栈桥，腿打软，心突突，半天才回过神来。其实，那玻璃栈桥与木桥、铁桥、石桥一样结实，只是因为透明才让人忐忑不安。世间最难征服的是自己，试过才知是自己的想象设置了无数的路障。

白石山的"奇"，让人惊叹。这里山高谷深，落差可达600米，站在悬崖边，让人不寒而栗。北方的山大多连绵起伏，但这里的山是一座座拔地而起，各不相连，像骆驼，像巨象，像塔，像笋，像采药的老人，双雄石、八戒背媳妇，那惟妙惟肖的样子，让人感叹大自然的鬼斧神工。你看远处那个直钩垂钓的姜太公，悠然淡定地坐在悬崖边，从西周钓至今日，直钩上挂着看不见的名与利，引得无数的贪婪者竞相咬钩。

白石山的"秀"，让人乐不知返。白石山上植被茂密，从山脚至山顶覆盖着郁郁葱葱的森林。走在遮天蔽日的红桦林和针叶松林中，恍惚来到了小兴安岭。林间弥漫着淡淡的松脂的香味，就像庙宇里焚烧的檀香，丝丝缕缕萦绕心头，仿佛在擦拭着心上的尘埃。刚才还叽叽喳喳的人们突然安静下来，嗅着松香，聆听若有若无的山泉声，默默地沉思着。这里是花的海洋，红的似火，白的似雪，粉的如霞，一路伴你穿行。此时正是丁香花怒放的时节，白石山的丁香花生长得格外茂盛，粗壮的枝干、硕大的花球，一团团，一簇簇，热烈地开着，似乎在倾诉着满腹的心事。轻轻捧起一簇淡粉的丁香花，闭上眼睛，那袭人的香气，那诗意与优雅，慢慢浮在我心灵的画卷里。

白石山的"幻"，让人飘飘欲仙。"白云回望合，青霭入看无"。白石山常年云雾缥缈，若雨后初霁，波涌浪卷，走在其间真若腾云驾雾的神仙呢。如果有缘，在佛光顶上还能有幸看到佛光。佛光是一个七彩光环，人影居其中，影随人动，变幻之奇，令人惊叹。在夏天和初冬的午后，阳光照在云雾表面，经过衍射和漫反射作用形成了佛光这一自然奇观。佛家认为，只有与佛有缘的人，才能看到佛光，因为佛光是从佛的眉宇间放射出的救世之光、吉祥之光。我的脑海里浮现出仓央嘉措《问佛》中的诗句："我问佛：如何才能如你般睿智？佛曰：佛是过来人，人是未来佛，我也曾如你般天真。"其实被佛光簇拥的是自己的灵魂，每个人都是自己的佛。

静谧是渗透进白石山灵魂的气质，走在无边的静谧里，感觉自己就是一朵花，一滴水，一片云。贪恋花草的我慢慢地落在了后面，视线之内，除去鸟鸣和蝉声就只剩自己的呼吸，再无声息。阳光透过枝叶洒落在青苔上，洁净而有质感，触摸着金箔般的阳光，内心有了一种莫名的感动。久违了，如此静谧的时刻，于是在树下的一块岩石上盘腿打坐，双手合十，闭目静思。慢慢调整呼吸，把注意力集中在眉心，呼吸变得悠长舒缓。思绪飘近又飘远，渐渐地一切空无，我在何处？青山碧水中有我，又无我。在密林里，在溪流旁，在阳光下，我打开了久闭的心扉……

"万籁此俱寂，但余钟磬音。"白石山，我不要你读懂我，我只是要读懂你静谧之中蕴含的禅意与诗意，找到一个纯净的自己。

永远的毛十五

2016 年 10 月 10 日是毛泽东文学院第十五期文学班举行开学典礼的日子，这一天我幸运地来到湖南省委党校学习。

在这里我结识了众多来自湖南和新疆各地区的文朋学友，见到敬爱的游院长、刘哲老师、谢宗玉老师、纪红建老师、陈嵘老师，聆听王跃文、施战军、龚旭东、何立伟、何顿等全国著名作家学者讲授文学。

生动活泼的课堂，至今印象深刻，尤其是龚旭东老师授课时插播的世界名曲，竟然令我潸然泪下……

校园里种满桂花，每个角落都飘着醉人的芳香。初至校园，金桂在怒放，半个月后，桂花凋零，校园似乎突然间冷清了，弥漫着离愁别绪。毕业典礼的那天，第二茬金桂怒放了，浓郁的芳香仿佛无言的挽留，令人欲走难离……

从寝室到餐厅的小路上种满香樟树、银杏和白蜡树，香樟树叶在秋雨的洗礼下红如玛瑙，银杏叶和白蜡金光灿灿。秋风拂过，红叶、黄叶、紫叶、绿叶颤抖着飘过地面，就像一枚枚凋落的秋心。

每天行走其间，总忍不住捡拾几片落叶，插在床头，夹在书页里，嗅着叶片散发的清香入梦，梦都变得五彩斑斓。

同屋的海晓姐姐来自新疆，我们总有说不完的话。姐姐沉静，喜欢宅在宿舍看书，我却拉着她东跑西颠，逛街，去湖大听民俗讲座，看陶瓷小镇，爬岳麓山，跟着杨震去爬衡山……

在我的带动下，姐姐也变得开朗起来。吃过晚饭，我和姐姐在操场散步，走了一圈又一圈，总也说不够……

毕业典礼后，我独自去爬岳麓山。雨中的岳麓山寂静清幽，在平缓的山路上散步，不必关注脚下，放飞思绪，沉浸在短暂而又美好的毛院学习的回忆里。在山顶遇到岳阳的卢宗仁大哥和两个女同学，只是我们是相反的方向，都不愿意走回头路，相视一笑，擦肩而过。

百年修得擦肩缘，已是美好。

毕业联欢，海晓姐姐没有参加，我郁郁寡欢地坐在角落里，默默无言，就像初到校园。看着朝夕相处 20 天的老师同学，内心撕扯般地痛，早已过了好冲动的年龄，却依然脆弱得像风中的芦苇。

联欢会上，我邀请刘哲老师跳了一曲华尔兹。第一次在同学面前展示自己，错过今天，再相聚，不知何年何月，丢下羞涩，勇敢地做一次真实的自己……

联欢会落幕了，近处的同学陆续离校，送走一个又一个，相同的话说了一遍又一遍。恋恋不舍地送出寝室楼，送到小路边，送到大路旁……

挥手，再挥手，直到那身影消失在雨雾里，脸上滑过泪珠……

怅然若失地坐着，思绪归不拢，理不清，想不起自己在哪里……

门突然打开，同学急匆匆地走了进来。"叶紫，再见！刚才走得急，忘记与你们告别……"

窗外的雨紧一阵，慢一阵，不时敲动玻璃，汽笛嘟嘟地催促着，美好的时光疾驰而去。

雨夜，独自漫步在寂静的校园，在心里默默地与校园告别。有雨陪着，有路灯陪着，孤独若即若离，忧伤似有似无……

清早不到 6 点，朋友开车去校园接我，整个校园还在沉睡。雨淅淅沥沥落下，仿佛有擦不完的泪，落在脸上，滑入心里，木然地坐在车里，眼前再一次模糊……

2017 年 10 月 10 日

第五辑·致故乡

守望文化记忆

我喜欢这样——在生活与文化深深的肌理里感受、思考和工作。我曾经对民俗文化不屑一顾，对基层的群众文化工作甚是陌生。自从专管基层文化工作以来，每天和草根艺人打交道，我对基层文化和民俗有了初步的认识，开始关注民俗文化，我的创作由风花雪月的优美散文转为朴实无华的民俗文学。

最近几年我利用一切机会深入老百姓中间，用我的笔记录濒临灭绝的非遗项目，为他们奔走呐喊。我知道自己的声音很微弱，但是我情愿为他们喊破喉咙。曾经我以为自己在孤军奋战，有时因为乡民的不理解被误会，委屈得落泪。这次来到北京，参加文化部组织的全国文化村官的培训学习，听到众多专家的授课，如同醍醐灌顶，终于明白自己肩头的重任，宣传文化、引领时尚，是文化人的天职。做自己能做的，也是自己喜欢做的事，就是幸福。文化部出台了相关的政策措施，一再强调基层文化工作的重要性，原来上面明白我们基层文化干部的疾苦，总是在想方设法地为我们排忧解难。

参加培训的学员来自全国各地，尤其是边远地区如新疆、内蒙古、青海、东北等地区都得到了照顾，比别的地方多获得了名额，看到国家如此重视边远地区和少数民族的基础文化，我感到欣慰，为我的祖国自豪，她在不断进步，不断地修正着前进方向，总想把文化的甘霖洒入每一块干涸的土地。

我们 60 名学员都是来自基层的一线干部。在文干院学习的日子，每天都有新的收获，大家亲亲热热如同一家人，我时刻被感动着。每一堂课都令我受益匪浅，别开生面的课程，有深奥的基层文化管理理论，有各种各样的文化活动实例，文化大院、文化礼堂、文化大舞台，一个个成功的经验都令我深受启发。尤其是吴晓武老师讲述的浙江文化礼堂的建设经验，更是让我茅塞顿开。

文化礼堂突出了"精神家园"的核心地位，利用家族祠堂，建成文化礼堂，做一些文化展示的橱窗与文化墙，深入挖掘村庄文脉，编写村史、村歌、村训、家谱、家训等。选本村的好人、能人，用身边的榜样来感染人，熏陶人，引领风尚，发扬老干部和文艺工作者的作用，深入挖掘、大力弘扬优秀的传统文化。文化站牵头举办各种主题活动：开蒙礼、新人礼、成人礼、敬老礼、入伍礼、金婚礼等各种主题礼仪，不但紧密了党群关系，团结了村民，更是对村民、对晚辈的教化。尤其每年重阳节的敬老礼，把村里年逾八旬的老人请到台上，送上拐杖、蛋糕等小礼物，儿孙们纷纷上台行礼。潜移默化中在村民中形成爱老敬老的风尚，小家和睦，才有了社会大家庭的和谐。在村干部的就职礼上，他们在德高望重的村民前庄严承诺，发表自己的就职宣言与将要施展的蓝图，请村民监督。严肃的承诺给他为官的尊严，同时也是无形的压力与约束，把自己置于一个较高的道德点，他会努力克己自律，有所作为。对比自己的工作，我看到了不足，我要虚心学习他们的工作方法，努力把基层的文化工作落到实处，实实在在地做事，做实实在在的事。

深入民间，增进政府与老百姓的感情，为街村做点事，设计村徽，整理村史，编写村歌……我将这些任务作为这两年工作的重点，帮助村民设计有本村特色的文化品牌，这也是凝聚民心的工作。努力在村民中弱化小我，强化我们的集体荣誉感。

文干院的学习不仅让我知道如何深入细致地做好基层文化工作，更重要的是让我的文学观有了大的改变。我爱好文学，经常发表一些优美的散文诗歌，在一些文学杂志担任编辑。以前我的文章很少接地气，总觉得农村题材的文字枯燥土气又乏味，听了中国艺术研究院曲艺所的吴文科教授的一堂课，我感觉心里突然亮堂了许多，艺术来自民间，只有植根于老百姓的艺术，才是有生命力的。引领风尚、教化人民、服务社会、推动发展，是文化的作用。文化工作者要树立文化自信，扎根民间文化，以宣传民间文化为己任，努力写出农民的心声。吴老师的课让我找到了自己的文章没有厚重感的原因，不深入群众的文字就像那无根的浮萍，长得再繁盛，开得再美，也是漂浮无依。我找到一条通往人性灵魂山庄的小径，虽然这条路坎坷崎岖、荆棘丛丛，但是用心去走总会发现一片风景。

国学大师南怀瑾曾说：一个国家，一个民族，最可怕的是自己的根本文化亡掉了，如果文化亡掉就会万劫不复，永远不会翻身。我们需要文化，就像需要空气一样。基层文化工作者要努力树立文化的自觉与自信，扎根基层文化，团结和引导广大人民群众，从各自的立场与兴趣出发，成为本地文化的创造者、拥护者、参与者、实践者、爱好者、传承者、经营者、管理者、传播者和弘扬者。

2015 年 10 月 28 日于中央文化管理干部学院

大河之上

生命之河构成写作的基础体验，一个作家的任务不是平视河面上的一朵浪花，而是窥探一条河的底部，那深不可测的部分。

——题记

河是自然的重要组成部分，文学也是一条大河，流淌在天地间，淌过岁月，流过心灵，带走生命的沉重，留下月光的轻灵。

自从踏入文学的河流，感觉自己这条小河被淹没了，被大河冲击着，我挣扎着，总想站稳，缓一口气，再前行。文学把人还原成小水滴，从生活的左岸出发，游向远方的大河。一浪又一浪打过来，有的水滴已消散，有的蒸腾为云，有的则抓着垂到水中的藤条爬上生活的右岸。

文学的河床上礁石密布，河中的小岛三三两两，诗歌的雄奇，散文的曼妙，小说的跌宕，传记的奇幻，每个小岛都在向自己招手，却无处可攀。众多的水滴在小河里游荡着，彷徨着，眺望着。

一直想与名家近距离接触，无数次与他们在书中相聚，触摸着冷冰冰的文字，那河却流淌不到心里。今天，终于见到文学大河，终于能亲见老师的真容，见到李一鸣、杨海蒂、俞胜、王冰、张继合、邓迪思六位文学大家。我静静地坐着，听着，心里不时泛起小浪花。心中的浪花小心地靠近那条大河，触摸、轻拍、耳语。大河微微一笑，小河的天就亮了，云开了，风笑了。会场上，一根针落下，都像惊起的炸雷。一场文学的盛会，无须语言的交流，小河与大河的目光无数次碰撞，纠缠，耳语。无数的小河在欢唱，唱给台上的老师。

台上的老师也曾是一滴水、一条河。他们也曾在沙漠里彷徨，在雪地上纠结，在唐诗宋词里左突右撞，也曾撞得头破血流，也曾想放弃远方的大河，不再做纯净的水滴，随波逐流。可是，他们时刻记得出发时的初心，咬牙坚持，钻入历史的书页里，在经典里汲取营养，强壮自己，努力由一滴水长成一条河。

水滴长成河，需要时间，需要行走，需要汲取天地的精华。其实，出发时，曾有无数的水滴，有的迷路，有的摔倒，有的被阳光吻走。能走到今天的他们，跋涉千里，一路的大风吹迷了路，吹歪了身子，却没吹走他们内心的温热与执着。

他们贴着岁月的脊背走，牵着月亮的手，不停地走。他们啃食着中外名作做的养料，不停地壮大自己。他们扛着锄头在文学的田里耕种，把走迷的水滴引入自己的田里，在春天播种，种下星星，在月光里耕耘，在阳光下收获。终于，他们长成了一条大河，一条波涛汹涌的大河，一条无形的河，高高站在山冈上，俯瞰脚底的芸芸众生。

这是一个文学的会场，彼此交流着文学创作经验，在我眼里，更像一条大河与无数小河的对话。台下无数的小河，内心按捺不住地欢悦着，有的河总想踩着其他河的肩膀爬到大河里；有的河挤丢了鞋子，一瘸一拐地喃喃自语，又不甘心错过与大河相识；有的河或许站久了，一不小心跪倒在地上……

远处的大河静静诉说着文学的创作经验，看不到浪花，看不到河床，那是一条神秘的河。生命之河构成写作的基础体验，一个作家的任务不是平视河面上的一朵浪花，而是窥探一条河的底部，那深不可测的部分。每个人心中都有一条河，它淌过了心尖上的那些蜿蜒小径，以及岁月的尘埃。

一滴水，走成一条河，要走很远的路。水流淌至远方，才能形成河，作家要积攒行走的力量，脚步到不了的地方，就让灵魂到达，走得远，走得久，骨头里就长出了河。以水的姿态，以河的样子，走入历史的夹缝里，与文字相亲相爱，让指尖生出有灵性的文字。

作家仰视天空，就像一株草仰望一片雨。雨以飞翔的姿势掠过我们，我们能看到它的轻灵，于是，沉重的我们，有了飞翔的欲望。我们在大地上积攒水滴，也是在积攒能量，直到有一天，我们能够踏着风，飞向云朵，或者飞向星星。

风是世界上最美好的事物之一，它带着我们向未知的领域进发，文学不是书写已知世界，而是去发现一个未知世界。因为有风，所以，我们的心便长出了翅膀。

霸州作协主席王英也是一条河，一条由水滴一点一点长成的大河，一条大河之上的大河。他用真情打动了远方的大河，引来六条文学大河到霸州，在这块干涸的土地上布施文学的甘霖。他懂小水滴的渴望，听到了土地的呐喊，看到了灵魂的小火苗在燃烧。他是一条倔强的河，一条淌入大河的河，拉着无数的小水滴在前行，他是这块土地上的纤夫，咬紧牙关，挺起脊梁，拉着文学的船往前走。风打了他的前胸，又锤了他的后背，吐出咬碎的半截牙和血，继续往前走！

风在头上呼啸，想要带走那些不安分的水珠，我们要加快脚步，奔向远方的大河。

2023 年 10 月 23 日

梦里水乡

胜水荷香

胜芳，父亲的外婆家，我在此生活了近 30 年，它的大街小巷都装在我的心里；不是故乡，却是我最爱的人的老家，爱人与孩子在这里出生，成长；不是故乡，我却与它片刻不能分离。

每天行走在古镇，触摸着沧桑古朴的桥栏，想象着曾经的小桥流水人家，感叹着远去的那一湾碧水，还有那盈盈荷香。胜芳是白洋淀的东大淀，而今水乡无水，只剩"胜水荷香"四个字——昔日胜芳人耳熟能详的荣耀，据说是乾隆下江南时给这方秀水的题词。

乾隆是否曾给胜芳题词，年代久远，已无从考证，但胜芳自古以来便是北方经济重镇，帆樯林立，车水马龙的水陆码头，这不容置疑。胜芳曾经归属文安县，当地民间流传苏东坡的父亲苏洵曾在文安当主簿，引来了稻、荷、菱，从此此地称为胜芳。史载苏洵的确曾被委任为文安主簿，只是还未走马上任，又改任他处为官。燕王扫北时从江南带来的士兵戍卫京畿，他们同时也把稻、荷、菱带到了这里，这才是胜芳水乡农作物的由来。当地还传说胜芳之名来自朱熹"胜日寻芳泗水滨"的诗句……

历史上胜芳曾经有地位显赫的八大家，每家都有风格独特、奢华唯美的大宅院。胜芳八大家之首王家，也是天津八大家之首，他家在天津卫有着不凡的产业和豪华宅院。解放后，胜芳八大家大多凋敝，现存的只剩王家大院和张家大院，还有奄奄一息的杨家大院……

时光无情地蚕食着美好，洼淀、苇塘、碧水、鱼虾、荷塘……都已远去，只有那清清的乡音，浓浓的乡情，依然随着血脉流淌……

梦里，那荷，那苇，那河，美丽依然，苇莺啾啾的鸣叫声，脆生生如玉石一般，栖落在心上，却催出热泪串串……

未老莫还乡

恍然一梦，似乎又回到了从前的胜水荷香。"南游苏杭，北游胜芳"，曾经的胜芳男渔女织，靠洼淀生活，悠然自得，吃喝不愁。

随着经济的发展，人们的生活方式发生了翻天覆地的变化，洼淀没有了，湿地缩水，虾蟹也跑得没有了踪影，取而代之的是工厂、楼房和满街满巷的汽车，人们住得越来越近，距离却越来越远，生活节奏越来越快，快乐却越来越少。

看古镇，你要记得带一壶老酒。一手酒壶，一手荷扇，走着饮着，醉着，醒着。

看古镇，你要记得带着一壶上好的浓茶。请把心里的惆怅稀释，不然，我会心疼古镇的石栏杆，担心你凭吊着水乡曾经的美丽会把古镇的桥栏拍遍。

看古镇，你要记得带上一方手帕。最好是绣花丝绢，一如年少时邻家小妹相赠的那方，每日晨昏，在河边吊脚楼窗前，小妹静静地刺绣，阿哥在河对岸哼唱着小曲……古宅尚在，斯人无踪，且用这方丝帕裹住满怀的惆怅，还有那淌不干的乡愁。

好留恋从前的慢生活，小桥流水人家，渔船苇塘，遍城荷香。

"未老莫还乡，还乡已断肠。"河边的老树又发芽，燕子呢喃正南归，古镇泪眼迷蒙眺望着远方的游子，担心它的孩子找不到回家的路，再也寻不到老母亲的模样……

热土难离

胜芳，我的古镇，我的家，天天在古镇行走，总也看不够，爱不倦。

虽然胜芳没有了曾经的水乡风貌，但它依然有着独特的风韵与魅力，吸引着众多游客如春燕般从各地赶来，流连忘返。

虽然古镇有着诸多不尽如人意之处，它依然是人们身心栖息的家园。也许，你从没有感觉到它的美丽，当有一天你真的离开了古镇，你才会明白古镇在每个游子心中的分量。

爱古镇吧，不要再伤害她的身心。古镇的血脉、古镇的容颜、古镇的骨骼、古镇的皮肤，再也经不起丝毫的摧残，不要再以牺牲古镇儿孙明天的健康为代价大肆破坏古镇的环境了。

留点良心，等你垂垂老矣的时候，面对满目疮痍的古镇，面对家乡父老，内心少一些惭愧吧！

不必去大悲寺烧香拜佛，把自己当佛，毋以善小而不为，你就能惠泽古镇的生灵！

百年老宅的眼睛

最近每天在政府整理档案，疏远了古宅。今天回王家大院办公，从老柿子树下走过，被硬邦邦的小家伙敲了脑袋，定睛一看，哟！几天不见，这几棵百年老柿子树竟然结果了，一串串，一个个，精巧可爱，躲在绿叶丛里，像星星，像眼睛，俏皮地和我捉迷藏呢。

王家大院前的那棵老柿子树，高大挺拔，距离地面两尺的树干上布满核桃大小的疙瘩，仿佛岁月的眼睛，见证着古镇的兴衰。这棵老树虽已百年，却枝繁叶茂，尤其是它的柿子果虽然只有橘子大小，却甘甜爽口，那醇厚的滋味，令人惊叹，这是我吃过的最好吃的柿子。

每天在窗前看着它发芽开花结果，看着岁月的脚步慢慢地挪移着，看着四季的交替，不知不觉，它已成为我的老友，陪着我工作，伴着我敲打心爱的文字。累了，倦了，抬头看看那一树的青碧，心里就多了一份安静，每天在树下行走，注目，总有灵感涌上指尖。

不知道柿子树是否喜欢与我相伴，我却非常感谢它，陪我走过有风有雨有阳光的日子。甚至我开始羡慕这棵老柿子树，它经历了古宅的风花雪月，也看到了古镇的辉煌与湮灭。

古宅，好幸福，有古树陪伴，夜深人静的时候，它们可以推心置腹地聊天，古宅里那么多奇珍，大多遗失在流年里，唯有这棵古树忠诚地守护着古宅，与它风雨共担，古宅有柿子树，就有了不老的青春。

古镇有了这个百年古宅，才有了底气，成了老胜芳那抹不去的乡愁，成了小城里父老乡亲心灵驻足的地方。

而我，也仅仅是迁徙的燕子，春天来这里筑巢鸣唱，秋叶飘飘的时节，我亦背起行囊告别。在这里，我亦是过客，就像南来北往的旅客，短暂地停留，聆听古宅与古镇的呢喃细语，曲终，茶凉，人已散去。

只有这棵柿子树，依然在不离不弃地陪伴着古宅，在风里一遍遍地讲述着那古老的童话，从前有个院，院里有棵树，树下有个老人在讲故事，从前……

一花一世界，一叶一菩提。仿佛昨天才看过柿子花，今朝已是青果串串，光阴不声不响地流逝着，似乎看不到它的脚丫，沉默的柿子树似乎已被时光遗忘，它只是随着季节，春来花自青，秋至果飘香。这棵老柿子树才是智者。

2016 年 5 月 5 日

心里的雨飘到云上

春雨从昨晚开始稀稀疏疏地飘着，那是亲人从地面洒向天空的泪水啊……

又是一年清明时，我和妹妹一家回老家给父亲和哥哥扫墓。

早春的田野似乎还在沉睡，新翻的泥土一块块地立着，仿佛大地竖起的耳朵，聆听着农人与耕牛的对话、鸟雀的鸣唱。酥雨轻轻柔柔滑过脸颊，清爽酥痒，仿佛母亲的抚慰，又像孩子的淘气抓痒。久违了，如此沉静的心绪，终于走出了思亲之痛，时间是疗伤的妙药啊。

父亲已离开我 15 年，哥哥也走了四年多。唉，哥哥，你是我心中不能触摸的伤痛啊……

远远地看到村边的那片杨树林，那是姑妈当支书时栽下的，转眼已过去了 40 多年。儿时的夏天，姑姑组织社员们在树林里召开党支部会议，给我在地上铺一领凉席。我在上面看小人书，捉蚂蚁，玩累了，躺下看着阳光透过树梢洒下的斑驳树荫，阳光照在叶片上闪亮着，仿佛母亲温柔的眼眸，想着远方的母亲，迷迷糊糊入睡了，那时虽然没有父母的疼爱，日子却过得好开心……

车颠颠簸簸地开到北大岗子的墓地，那片树林里密密麻麻布满坟茔，大家生前是左邻右舍，死后依然聚在一处，串门拉话真是方便。看着墓碑上那些陌生的名字，有些凄然，这里沉睡的老人，大多认识我，我在这个小村子生活了五年，虽然记得一些叔叔伯伯、婶子大娘，却不知道他们的名字，所以看到墓碑上他们的大名，我依然陌生。

我和妹妹年年来祭拜，没费劲就找到了爷爷奶奶、爸爸、哥哥的坟，早春时节，只有星星点点的野草钻了出来，静静地偎在坟包上，为阴郁的墓地带来些许暖意。冥币、锡箔元宝和金条毕毕剥剥地燃烧着，仿佛阴阳两界的桥。

火光舔干了脸上的热泪，心底的寒泪谁能擦去？

奶奶、爸爸、哥哥，我的亲人啊，我来看你们了，漫天的春雨是我倾诉的心声，你们是否听到？

"树欲静而风不止，子欲养而亲不待。"多希望爸爸只是睡着了，一翻身起来，品着小酒，大口大口地吃着女儿带来的烧鸡……

纸钱烧尽，鞭炮也已燃过，含泪拜了又拜，祭品静静地供在坟前，纹丝未动。这一切的一切只是生者的心理安慰，逝去的亲人永远逝去，尘归尘，土归土，自然的轮回没有谁能改变啊。

我庆幸还有八旬的老母亲陪着，把思念化作对母亲的孝顺，是对爸爸最真诚的回报。我替哥哥为母亲养老送终，哥哥的在天之灵一定很欣慰。我不知道他们是否能感知，不论多难多累，我都要牵着母亲苍老的手慢慢走！

从坟地回来，远远地看到老家的后房山，那曾是爸爸祖上留下的老宅啊。由于爸爸是独生子，一直在外地读书工作，老宅常年闲置着，后来爸妈落叶归根回到河北，把奶奶接到城里生活，老宅依然空着。20年前奶奶去世，祖宅卖给了家族里的亲戚，从此，我与故乡的联系只剩这三座坟茔。站在幼年时生活的老宅旁，心里仿佛被冰刺揉搓着，我在大门缝里痴痴地望着，望着，渴盼着屋门吱呀一声敞开，奶奶扭着三寸金莲吆鸡喊猫地走出来，后面跟着高大的爸爸、儒雅的哥哥……

老宅的门紧锁着，举起手想叩门，却又收了回来，喊谁呢？进去又看谁呢？心里怅怅地离开了。

走过大队部，看到伸到墙外的那株明开夜合，树冠犹如巨伞，荫蔽半个院子，枝头爆出嫩芽，仿佛先辈们的眼睛，深情地注视着这片苍生。听奶奶讲，这棵树至少已有100多年，是村里的一个年轻人去日本留学时带回种下的，一个世纪过去了，依然枝繁叶茂，在岁月的沧桑里挺立着。树干非常粗壮，两个人勉强围抱，黝黑皲裂的树皮，宛如莽莽龙鳞。这棵老树有脚啊，从日本走到中国，来到北方的穷乡僻壤，生根散枝，它看过繁华，见过饿殍，经历了硝烟，与村庄一起走进了新时代，它的根已触及时代的脉搏，它的呼吸更加悠长有力。

这棵百岁老树被村民视为神树，得到很好的保护。小时候我常在这棵树下玩耍，这棵树看着一代人走远，又一代人走近。村庄老了，曾经在树下乘凉的老人、陪我玩耍的孩子，你们又在哪里呢？村庄老去，唯有这棵树依然青碧。

走过大队部就到了二伯家，他是爸爸的远房亲戚，已出了五服，胡家人口单薄，两家一直走动得像至亲。他家盖了新房，高大宽敞，很气派，一生勤劳的二伯终于闲下来，他已84岁，和我的爸爸同岁，除去走路有些迟缓，身体依然很硬朗，只是干不动地里的活。每到春种秋收的季节，他都急得团团转，可是现在的年轻人很少在土里刨食，都去胜芳的工厂打工了，随便干干就比种地强。我们和二伯聊了一会儿，像以前一样给他留下钱和物，二伯推辞不要，非留我们吃饭。二伯的儿子都去上班了，我怎么忍心再打扰他们，再有，刚拜祭完爸爸和哥哥，我如何含泪吃得下啊！

我们执意离开，二伯眼睛红了，嘴哆嗦着问起母亲的近况。难得还有人牵挂着母亲，除去大姑妈，就属二伯惦记着。我拉着二伯的手安慰着，走出院子，二伯在大门口抹着泪挥手，车缓缓开动了，走到转弯处，二伯依然望着，望着，那身影好孤寂，那神情真像我的爸爸……

走到村边，我忍不住张望，这里曾经有一口胡家井，那是我们家浇园子的水井，养活了半个村子啊！奶奶家的院子、房子曾经成片成片啊！我的爷爷是远近闻名的糕点师，在天津祥德斋学艺，他和胜芳的祥德斋老爷子、东段祥德斋的老爷爷是师兄弟，同时学艺，由于爸爸在外读书，爷爷的手艺没能传承。

我的爸爸是解放后第一个走出这个村子的学子，去北京读大学，然后和妈妈一起支边大西北30年。我的姑妈是这个村子第一个女支书，至今村民提起姑妈为村民做的好事，依然赞不绝口。

我的哥哥在30岁的时候人称"胡一刀"，在霸州市医院做开颅手术堪称一流，为了救落水的同事，无私无畏地献出自己的生命。曾经，这个村子的老少几乎都找哥哥看过病，哥哥去世后回老家安葬，整个村子的人自发来送行，路祭设了一桌又一桌，老人们说：村里德高望重的老辈人才能有如此高的礼遇，就连曾经在外面做高官的人都没有这样举村哀悼的隆重场面……

曾经，我咿呀学语走在这个小村子里，曾经，我在这里撕心裂肺地送走奶奶、爸爸和哥哥……

而今，我与这个小村的联系只剩三座坟茔……

雨还在淅淅沥沥地落着，仿佛亲人的呢喃细语。

天上的泪落到心里，心里的泪飘到了云朵里……

2017 年 3 月 23 日

在细雨里呼唤

有人用童年治愈一生，有人用一生修复童年。

——题记

秋雨昨夜就淅沥着，阴冷又伤感，与记忆里的那个阴雨天多么像啊。今天是毛主席去世 47 周年纪念日，不由自主想起那个黑色的日子，那是一个悲伤逆流成河的日子。

那是 1976 年 9 月 9 日，我已在甘肃上小学一年级，西部的秋天冷得早，一入秋，阴雨绵绵，仿佛有洒不完的伤心泪。那天，刚打了上课铃，班主任老师快步走进教室，只见他臂缠黑纱，面沉似水，眼睛红红的、肿肿的，他含着泪刚说了一句："同学们，我们敬爱的……"话没说完，老师就哽咽着说不下去了，于是，他提笔在黑板上写了一句："敬爱的毛主席永垂不朽！"我们已感觉到有大事发生，但又不明白是什么事。大同学们呆呆地注视着黑板上的这行字，揣摩着它的含义。

同学中有一大部分人不认识垂和朽，更不知道它的含义。我家订报刊，我在报纸上读到过"周总理永垂不朽"和"朱德总司令永垂不朽"，我问过爸爸，不光会读也知道了其意义。我明白了，我们最尊敬的毛主席去世了，我小声地告诉同桌。"胡说八道，毛爷爷是神，他怎么会死呢？你在诅咒毛爷爷，你是反革命啊！"

同桌和我急眼了，忍不住朝我吼起来。他的话惊动了全部同学，"唰"地一下，大家把目光都聚到我这里，我的脸"唰"地一下子红到了脖子根。我低着头，手足无措地揉捏着衣角，我竟然蒙圈了，真以为是我读错字了。如果是这样，那我不真成了反革命啊。悔恨的泪水哗哗地滚落，我在心里千声万声地骂自己，为什么就记不住妈妈的叮咛，人多的地方千万别乱说话，小心被坏人扣帽子。

我低着头寻找着地上的老鼠洞，真想赶紧消失。哽咽许久的班主任终于把心情放平静："芳芳同学没说错，我们伟大领袖毛主席去世了！"老师的话语刚落下，我"哇"的一声竟然带头号啕大哭起来，我不知道是哭毛爷爷，还是为自己差点成了同学嘴里的反革命而惊恐。紧接着，全部同学都哭了起来，尤其是我哭得最伤心，竟然把胃里的早餐都给呕吐出来。老师把我带到办公室喝水漱口，我听到并看到全年级、全学校都在痛哭，那声势如海似潮，真是浩大。

不知是因为受到巨大惊吓，还是秋雨太阴冷，我又呕吐了两次，连走路的力气都没有了，老师让我自己背着书包回家休息。

回家的路上，哀乐此起彼伏，各个单位、各个家庭，都在用自己的方式向伟大领袖表达哀思。我一路昏昏沉沉回到家，爸爸和妈妈眼睛红红，他们一边耳语，一边抹泪。我断断续续听到几个词"形势""变动""飘摇"，家里规矩大，大人说话孩子不许插言，再有我很难受，迷迷糊糊倒在床上很快入睡了。

一觉睡到中午，吃了饭，有了力气。爸爸妈妈都去上班了，一个人在家无聊，就去办公室找妈妈。没想到全气象局的大人都在办公室，大人们的表情非常严肃，都穿着黑色衣服，臂戴黑纱，胸佩小白花。人们都在忙着做花圈，爸爸他们几个男人力气大，用柳条扎花圈架子，妈妈和几个阿姨在用彩色皱纹纸叠花朵。我也学着妈妈的样子叠花朵，叠了一朵又一朵，却没有一个人说话。我叠了一朵小小的白花，妈妈又给花加了两片绿叶子别在我的胸前。

第二天，我早早到了学校，似乎有人无声地指挥，大家的穿着都差不多，黑纱和白花，只是我胸口的白花是皱纹纸，还有两片翠色欲滴的小叶子，细致优雅又有个性。也许因为我家是非农业，爸妈都是干部，平时吃穿比较好，有几个同学很是看我不顺眼，看到我的这朵个色的小花，竟然毫不犹豫地抢了过去，扔着玩。

我追过去，他们又传给别的同学，这朵小花竟然成了击鼓传花的一部分，我焦急地追着花跑，又急又气却总也追不上。这时，有个女生故意一伸脚，我被狠狠地绊倒在地上，摇动好几天的门牙也被磕落下来。我又一次"哇"地号啕大哭起来，我趴在地上哭着，眼泪和着口里的血水稀里哗啦地打湿了胸口……

这时，班主任老师走进教室，搀起了伤心痛哭的我。我还在抽噎，我不明白为什么一朵小花加了绿叶就是不尊敬毛爷爷，我不服气地瞪着那几个男同学。老师掏出自己的手绢给我擦着眼泪和嘴角的血迹，一边大声地批评那几个同学。老师让我讲讲过程，我勇敢地回答："虽然毛主席去世了，但他永远活在我的心里。妈妈说，绿叶象征着生命，那是我对毛爷爷无限的怀念啊！他们给我扣帽子，说加了绿叶，就是不尊敬毛爷爷，就是反革命。"

幸好我们的班主任是上海知青，他刚摘掉右派的帽子，最恨那些用政治折磨人，乱打棍子，瞎扣帽子的政治流氓行为。老师拾起落在地上那个揉皱的小白花，花已沾上血水。老师默默地摘下自己的花端端正正给我戴上，轻轻抚摸着我的头："芳芳，勇敢点，以后不要那么爱哭，太脆弱，就不聪明啦！"我捏着那朵带血的小白花，深深地点头，那朵带血的小白花也深深地别在我幼小的心灵上。

每到与毛主席有关的纪念日，我就不由得想起这一幕，悲痛、心痛、恐惧。虽说童言无忌，孩子说话有口无心，但是"你是反革命"这句话从孩子嘴里迸出来，并不是那么简单的事。

2023 年 9 月 9 日

风萧萧兮盐水寒

那是一条时常萦绕在我心里的河，河水深不见底，幽幽地泛着蓝光，仿佛一汪泪眼，冷冷地凝望着蓝天白云，心事重重，似有满腹心语要诉说。有人说，这条河时常在午夜叹息，在雨天哭泣，它的水又苦又涩，因而人们称它盐水河。

盐水河，在北方的一座小城中心，叫河却不是河，而是一个小小的内陆咸水湖。盐水河曾经是一处照相休闲的景点，河水波光粼粼，周边垂柳依依，不时有水鸟飞过，是闹市中难得的幽静之所。盐水河的水真是奇怪，地下冒出的泉水竟是咸水，据说通海眼，从来没有干涸过，水中寸草不生，也没有淡水的鱼虾。春夏的周末，我和小姐妹们来这里看河水，照相，吃冷饮。冬天，湖面结了厚厚的冰，我们兄妹四人来这里滑冰，哥哥给我和姐姐买了长冰刀的滑冰鞋，我和姐姐是这个小城里最早学会滑冰的女孩子。几乎每个周末，我们都来盐水河滑冰。

阔别盐水河已 35 年，河周边已面目全非，只剩下巴掌大的水面，周围盖了一圈楼房。围着盐水河走了一圈，内心感慨万千，不由得想起那个因抢救落水儿童而牺牲的解放军战士，年轻又美好的生命逝如流星，如今在这里却再也看不到与他有关的痕迹。

那年好像是 1985 年或 1986 年正月十五前夕，连日来天气比较暖和，盐水河中间的冰面有点融化。那天，我们兄妹四个又去盐水河滑冰，游玩的人比平日要多一些。几个孩子坐着自制的冰闯子杵着冰飞快地滑行，我们兄妹沿着河边滑，大哥有经验，知道河中间的冰冻得不结实，不让我们去河中心。一切都是那么和谐，那么安静，那么快乐，谁也不知道危险会突然降临，河中间的冰面突然开裂，一个小男孩连人带冰车掉进了冰窟窿。一同玩的几个小孩子哭天抢地喊救命，附近有一对军人小夫妻正在拍照，男的穿着军大衣正搂着妻子对着镜头微笑。看到孩子发生危险，他没有丝毫的犹豫，一边朝出事地点奔跑，一边甩去棉帽子、棉大衣和棉鞋，来不及脱掉棉衣棉裤就一个猛子扎入了冰窟窿。妻子连忙把他的衣物归拢起来，紧张万分地喊着他的名字，再三叮咛他多加小心！

听到呼救声，我们兄妹停住了滑冰，朝着出事地点赶了过去。

腊月的冰河寒冷刺骨，只见那个救人的战士在水里焦急地寻找着落水的孩子，经过一番艰难地搜寻后终于抓住了那个小孩子。可是，几次送到冰沿，冰面又坍了下来，孩子已冻昏过去，他一次又一次吃力地托举着孩子，一次比一次低，眼看着他的力气就要消耗尽。他的妻子一边大声呼喊着战士的名字，一边声嘶力竭地呼救。

人们听到呼救，从四面八方聚拢过来，却无法靠近水面，眼巴巴地看着战士吃力地扒着冰沿托举孩子，冰面太薄了，一碰就塌。人们揪心地看着冰窟窿里的战士和孩子却无能为力。

看到战士的妻子，我愣住了，我见过他们。那年春节前，我路过政府大门，看到过他和妻子拉着手从政府大院走出来，妻子手里拿着大红的结婚证，他们笑得那么甜，应该是去办结婚登记。妻子穿着一身崭新的红衣，娇小俊秀又温柔，战士穿着棉军装，浓眉大眼，阳光又帅气，让人一见就心生好感。

天越来越冷，战士的体力即将耗尽，却依然顽强地哆哆嗦嗦地把孩子往岸上托举。围观者无计可施，急得直叹息。妻子在附近跪着不住地磕头，哀求围观者出手相助。冰面已被她额头的血染红，红得那么刺眼，那么惊心……

我大哥在附近的商店工作过，他连忙跑到店里找来长竹篙，却还是够不到冰窟窿里的战士。大哥也急眼了，他扔了棉帽子，甩了冰鞋，一把拉开棉衣丢在地上，扣子噼里啪啦掉了一地，眼看着大哥就要往冰窟里跳，我和姐姐一人抱着大哥一条腿，二哥搂着大哥的腰，我们声嘶力竭地哭喊："哥，不要，不要啊！"大哥要跳到冰水里救战士，我和二哥、姐姐拼死拉着大哥，那天太冷了，我怕哥哥也上不来了。我都要吓死了，死死地抱着哥哥的小腿，哭得上气不接下气。

如果我们没有拼命阻拦大哥，那天成为烈士的就有可能是我的哥哥。可是，他是我们一奶同胞的亲哥哥，他身边有三个弟弟妹妹，那年我 18 岁，姐姐 20 岁，二哥 22 岁，大哥 24 岁，我们已成年懂事，宁可自己受伤，也不会让哥哥出事啊！

兄弟姐妹是手足，三个弟弟妹妹就在身边，怎么能眼巴巴让自己的亲哥哥涉险？那时的我们兄妹特别团结，哥哥玉树临风，妹妹乖巧可人，我们一直都是父母的骄傲啊！

如果我们不那么胆小，也许大哥能救上战士，但我就有可能失去自己的哥哥。多年以后，我的二哥因救同事牺牲了，是不是冥冥之中天意使然？……

傍晚时分，那个战士终于被专业救援队打捞上岸，人早已冻僵，他的妻子顿时昏死过去。这个战士春节回家探亲，年前刚结婚，第二天就要归队。多年后，我去甘肃旅行，听白银公安局的同学讲，这个战士曾是他的战友，在白银军区服役，是部队的英雄，战士们都以他为骄傲，至今荣誉室里有他的专栏，说起牺牲的战友，他的眼里闪着泪光。

今天我围着盐水河走了一圈，没看到与他有关的只言片语，人们早已遗忘了这个英雄。我对这座城有点失望，这个舍身救人的战士是这座城的骄傲，却不再被人们想起。

今天，我在盐水河边坐了许久，想起了那个不知姓名的兵哥哥，默默地在心里喊出："兵哥哥，对不起，当年都怪我拦着哥哥去救您，是我太自私太懦弱了。"可是，如果时光能倒流，我想，我还是会做出这样的选择，毕竟我与哥哥是亲手足，我绝不会让自己的哥哥置于险境。

没有英雄的时代，是一个时代的悲哀，没有英雄的城市，是苍白无力的。这是北方一座名不见经传的小城，却是一座英雄的城，这个战士是那么平凡，平凡得让人想不起他的名字，他又是那么了不起，他用自己的生命让这座城的历史厚重，让那个寒冬温暖，让这座城有了荣光。但是有英雄却被遗忘，这也是一座冰冷的城，一座无情的城，一座令人失望的城。崇尚英雄，英雄才能辈出。

盐水河，在北方，在燕赵之地，这里自古多慷慨悲壮之士。这是一条聚满泪水的河，从古至今，那水就没干涸过，仿佛泪眼，冷冷地看着云起云落，注视着红尘里的悲欢离合。

秋日牧云

云朵是天空的宠儿，尤其是秋天的云，也仿佛随着季节变得成熟。天上的流云，有聚也有散，飘飘悠悠，仿佛娇羞的水莲花，自开自谢自欢颜。今天的云曼妙如诗，碧空怀抱着朵朵白云，就像蜡笔染出的童话世界。

上午，我去霸州办完事，在步行街逛街，累了，坐在路边长椅上看云。湛蓝的天空如同被清洗过，洁净得令人心悸，天空小心地呵护着云朵，云朵悠然地飘着，飘着，我的心儿静静泊在云朵上，悠悠荡荡，真是自在！我坐在街心的长椅上发呆，游人行色匆匆，都在忙着赶路，没有人抬头看看蓝天白云。人们是那么忙碌，云朵是那么寂寞，人与云仿佛分处两个世界。突然接到朋友的电话，问我在何处，我抬头张望，竟然看到头顶的云那么静，那么美，那么令我心动。

接完电话，我静静地读云，云也美美地看我，目光的交流，胜却万千诗行。云，终于遇到懂它的人，变得更轻盈、更洁白，在我的眼前变幻着身姿，默默地向我诉说着心事。我如痴如醉地仰着头看云，那一刻，天上的云朵只属于我一个人，它们安静地陪着我，天空就像我的私人花园，云朵是我放牧的羊群。

霸州是我的娘家，上午走过气象局，走过霸州二中，心里涌起诸多感慨。虽然在霸州只生活了短短的五年，但这五年也是一段鲜活的青春记忆。这里曾有我的小家，有奶奶、爸爸、哥哥和我们，有欢笑，有泪水，有相聚，有别离。

曾经的气象局方方正正，就像一件精致的中山装，大门是严谨的衣领，通往办公楼和家属区的小路，就是那一串严实的纽扣。前襟是办公楼，观测场就像两个前兜，兜着揽不住的春华和秋实。左右两边的办公室是两个大兜，装着气象人员给天空测云诊脉的记录。后片是家属区，连排二层小楼，一家一户一小院，一家一春秋，一户一悲欢。那时爸爸妈妈风华正茂，忙碌又辛苦，刚从简笔画般的大西北调回河北，入住气象局小院，一家六口突然变成了祖孙三代八口人，爸妈处理诸多关系的辛苦与纠结，让人不忍回顾。后来，气象局拆迁，一家家如南迁的大雁飞到各处，少了相聚，疏于联系。多少年后，气象局成了一片瓦砾一片废墟，在等待与失落中，这里终于盖起了摩天大楼，终于有了钢筋水泥的城市味道，却再也没有了我的青春记忆。

曾经的母校霸州市二中当年只有六个班，却也是学子们的象牙塔。这里有尊敬的老师，有亲爱的同学，如今已是散落各地，毕业 30 余年，有的人已陌生，有的人不再相见，有的人依然亲如手足。

忙里偷闲，去看看老姑，一晃老姑也老了，看到她的模样，仿佛看到了奶奶、爸爸、大姑和哥哥，又回忆起童年时和奶奶、大姑、老姑和两个哥哥在老家生活的幸福时光。

人啊，走着走着就陌生了，走着走着就丢了。不知不觉，我也变成一朵流云，飘到异乡，飘到远方，抑或更远的地方。人与人的关系，始于性格，陷于三观，终于人品。

虽然霸州的亲人越来越少，我离霸州也越来越远，但是今天有蓝天白云陪伴着，我不再孤寂。

"宠辱不惊，望天外云卷云舒；去留无意，看庭前花开花落。"回娘家了，其实，也无娘家可回。人生当放开，放下，忘却，往前看。本是红尘不归客，却因浊酒恋红尘。每个人都有家，亦无家。何须执着？何须感叹？何须伤怀？

坐在熙熙攘攘的街角，我的心被云朵撞了一下，撞醒了沉睡的记忆，撞开了久闭的心门。日渐麻木的心竟然酥了，柔了，软了，也化成了一朵洁白的云，轻轻地飘了起来，飘离了自己，飘离了俗尘。望天外云卷云舒，想着或远或近的心事，那一刻，感觉自己真的有了云朵的轻柔与空灵，心中的块垒被时光击打揉碎，被雨雪冲洗，被风带走。

　　人啊，真不必活得那么累，生命原本单纯，可以活得像云朵那样飘逸，像小草那样柔韧，像雪花那样轻盈，像大树那样稳健。其实，活成什么样，都在自己的选择。"我们曾如此渴望命运的波澜，到最后才发现：人生最曼妙的风景，竟是内心的淡定与从容。我们曾如此期盼外界的认可，到最后才知道：世界是自己的，与他人毫无关系。"

　　在熙熙攘攘的街头，做一朵云，静静地泊在高空，俯瞰人世间。我看到一个个裸奔的灵魂，看到人性的本真，看到大地的秋色，看到日落之后的黑暗，看到太阳冲破黑暗之后的光芒万丈。

2023 年 10 月 9 日

唯有诗书可传家

从古至今，纵观历史上的名门望族，之所以能绵延数百年，一定都有其独特的治家之道，那就是其家族兴旺的密码。你可知什么可传家？从商吗？从政吗？从文吗？从商，富不过三代，即使家里有再多的摇钱树，也架不住一个败家子。从政吗？宦海沉浮，诸多诱惑，一个把持不住，身陷囹圄，家道中落，令祖先蒙羞。

经商从政似乎都不是最佳的传家之道，但还有从文之道可斟酌。纵观中国名垂青史的大家族，远的不说，仅明清时期的八大世家大族：江西义宁陈氏家族、浙江德清俞氏、江苏无锡钱氏、安徽建德周氏、广东新会梁氏、浙江上虞罗氏、河南唐河冯氏、浙江海宁查氏，他们是传承数代的书香世家，是近代中国文化传承的中坚力量。翻看这八大家族的历史，你会发现他们的兴旺有着共同点，那就是尊文重教，诗书传家，他们把教育子女、培养良好的读书习惯当成头等大事。

唯有诗书可以兴家，是古人都懂的大道理。清代嘉庆年间，礼部尚书姚文田的书房里题写着一副对联：世间数百年旧家无非积德，天下第一等好事还是读书。儒家思想提倡古代仕人一生成就要经历四个阶段：修身齐家治国平天下。古人已把传家的法宝研究透彻，那就是诗书兴家。读书，可明理；读书，增长智慧；读书，是寒门子弟走向仕途的唯一路径。

但如今，如果在街边采访路人：希望给子孙留下什么宝物？这个问题大多数人不用思考肯定说是万贯家财。在市场经济的时代，一分钱真能难倒英雄汉，但尽管挣钱很重要，读书还是必需的，读书与挣钱并不矛盾。不论多忙，只要挤挤总会有时间阅读。如果家长只想挣钱给后代，那是目光短浅，留给子孙精神财富，对于家族的兴旺发达，更有意义。一个不爱读书的家庭，如何能培养出爱学习的后代呢？

这周，霸州市作协主办的纯文学刊物《星河》创刊号顺利出版了，前天拜托家人开车去霸州把刊物运来，中午又嘱咐他给单位同事带几本我参与编辑的《星河》，让大家传阅。哪知他不假思索地回答："你们这纯文学刊物没人看，你天天点灯熬油爬格子，净整这没用的文学，你的文字不值钱，没啥价值。"

家人的一句话把我惹毛了，立马回敬了他几枪："我的文字不值钱？说得轻巧，是骡子是马拉出来遛遛，你当年不是班里的尖子生吗？你先来写一篇，再把你身边的朋友聚到一起，让大伙尽情书写，看看有几个能达到《星河》上诗文的水平，不信就试试！"

其实，他说的也并非没有道理，像他这样怀有轻视文学想法的大有人在。文学在不爱它的人的眼里就是吃饱了闲得无病呻吟；写在网上是耗费时间；印在纸上就是浪费纸张。阅读文学作品就是给脑子注水，让大脑越来越傻，渐渐脱离现实，没有谋生技能，不会劳作，又难以安于现状，最终变成半疯半傻的孔乙己似的书呆子。

写作与阅读，如果带有功利性，注定不会有多大收获。写作需要灵性，一半靠勤奋，一半靠天赋，更需要知识的储备和大量阅读，就像煲汤和煎药，药引子、水和火，三者缺一不可，还需要时间，慢慢熬煮，把生活里的酸甜苦辣咸一点点提炼。饮下的药汤，入心入肺进肚肠，丝丝缕缕融入血脉，把身体的悲愁苦痛一一化解。

写作，是作者的自洁，一点点梳理心里的淤积，用文字刮骨疗伤，在疼痛中升华灵魂。阅读，是读者对自己灵魂的清理，扶着文字的拐棍，走入紧闭的心灵小屋，清扫心灵的尘埃，再给小屋开一扇窗，让阳光照进来，而文学就是照亮生命的那道光。

心里装有诗书，灵魂不会空虚，有文学陪伴，再凄凉的长夜也不会孤寂。文学是生命的钙，它不光给血脉营养，还能使骨骼坚硬。如果一个孩子从小以诗书为伴，吸足养料，他的双腿就能奔跑有力，朝着目标顽强奔跑，即使摔倒，他也会有重新站起的勇气和力量。

书籍是古今中外智者人生经验的结晶，那些千百年积累的智慧有着穿透时光的力量，总是无声地走入人们的内心，滋养着人们的灵魂，以一种崭新的姿态涅槃重生。

曾国藩说："人之气质，由于天生，本难改变。唯读书可以改变气质。古之精相法者，并言读书可以变换骨相。"这里虽是一座北方小镇，但并不贫穷和落后，那是祖辈吃苦耐劳辛勤创下的基业。各个机关单位拥有大量的文化人，当年他们都是读书人，大部分读过大学和中专，他们本该成为小镇文化的引领者、守护者和传播者。

自古以来，人们把文化人尊称为读书人，由此可见读书是多么令人尊崇的事，读书人是博学多才的代名词，被人尊称为读书人，是多么自豪的事。但是，就有那么一群人却活成了自己曾经厌弃的样子，天天抱着手机刷抖音，变成跑街的油腻大叔或大妈。知识和吃饭一样，不可能吃一顿饱一辈子。知识需要常学常新，上学时学的知识早已消耗殆尽，知识需要储备，更需要更新。

父母是孩子的第一任老师，希望孩子长成什么样的人，自己就要做什么样的人。给孩子营造良好的读书环境，每日带着他们坚持阅读，天长日久，孩子肯定会爱上读书。爱读书的习惯会陪伴孩子的一生，不光他受益，他的家庭、他的孩子肯定也会感受到读书的美好。

最近几年，国家越来越重视中华优秀传统文化，尤其是加重了中小学语文阅读与写作的分量。常听语文老师感叹："学生越来越笨，教不会他们写作文！"细想，谁之过？学生每天在书山题海里忙碌，如何能静心阅读，怎能享受美文对心灵的抚慰？没有养成良好的阅读习惯，没有创作的素材，巧妇也难为无米之炊。

阅读是写作的基础，学生的阅读光靠学校培养远远不够，一堂课，一本书，一个教师的说教，对于提高学生的文学素养可谓杯水车薪。阅读要从娃娃抓起，从父母做起，只有父母真诚地爱着阅读，边阅读边引导，才会培养出爱读书的孩子。书结有缘人，书爱恋它的人，我们成年人要爱书敬书，给儿孙做个好表率。

读书，读书，重点要落在书上。看手机新闻、读网络小说、刷抖音等，这些虽然都与读有关，却有着天壤之别。网络阅读属于快餐文化，没有多少营养，在等人、等餐、候人等碎片时间阅读，浏览消息，可以及时了解社会新闻，开阔视野，增加自己对社会的了解。这样的阅读没有多大效果，对于知识的储备没有多大意义。真正的阅读必须捧卷阅读，边读边思考，边做笔记写心得，不懂的地方要查阅资料，要在书上做批注。学生和文人如要阅读，务必如此，才能从阅读中有所收获。

"忠厚传家久，诗书继世长！"一个不爱读书的家庭，能走多远，能培养出有出息的子孙吗？一个大家族的兴旺，不仅仅是旺丁旺财，富不过三代，唯有诗书可传家，那绝不是一句空话。

2023 年 8 月 8 日